孙侃 著

浙江人民出版社

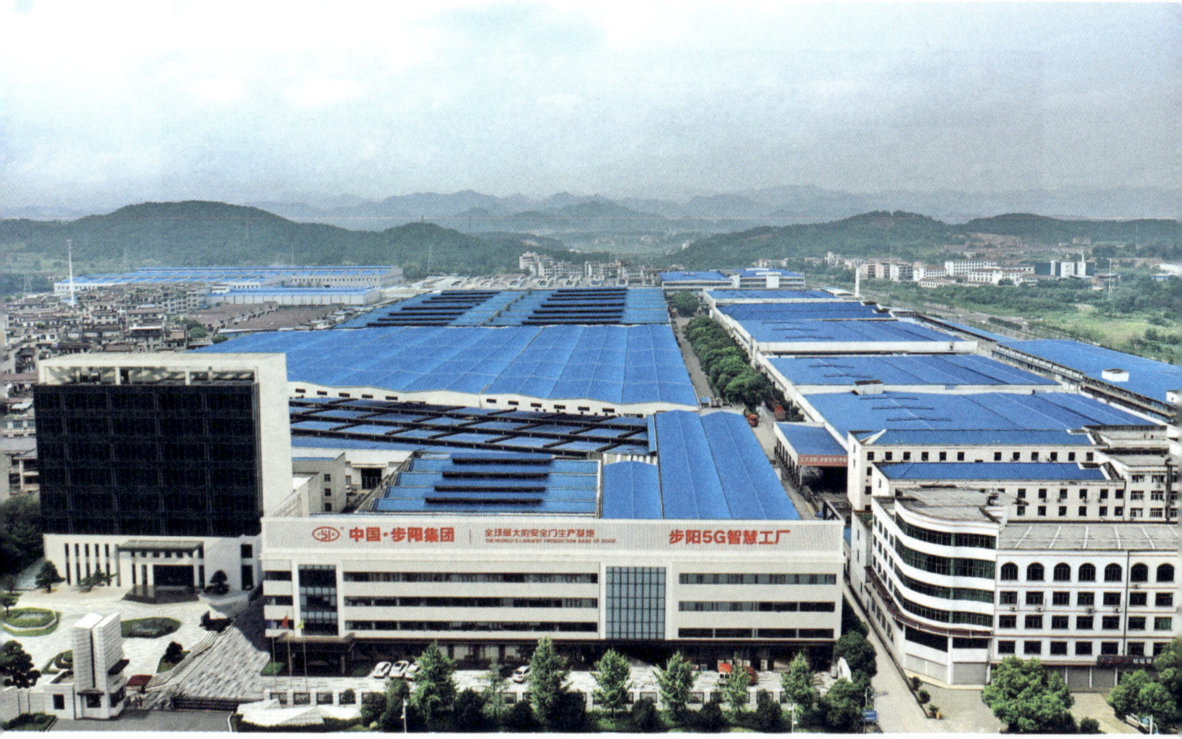
中国·步阳集团
全球最大的安全门生产基地
步阳5G智慧工厂

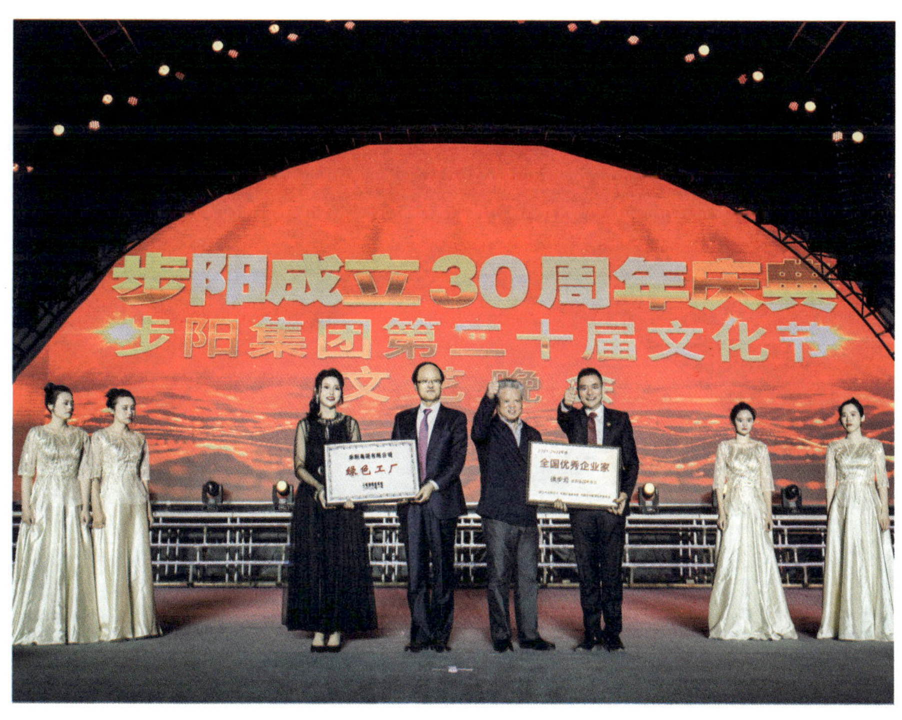

步阳成立30周年庆典
步阳集团第二十届文化节
绿色工厂
全国优秀企业家

步阳成立30周年庆典
步阳集团第二十届文化节

步阳成立30周年庆典
步阳集团第二十届文化节

步阳30年庆典一级功勋员工
事业部经理、部门经理15年以上：
成 建、刘斌义、蒲万毅、徐月莲、
王克金、胡金奎、朱 宁、陈宇雷、
鲍 鲲、陈德红

求真 务实 拼搏 创新
把求真务实作为步阳人价值观
把拼搏精神作为步阳人行动力
把创新理念作为步阳人前进方向

徐璟珺
步阳集团有限公司
中国·步阳集团
CHINA · BUYANG GROUP

30周年VIP订货5200万
感谢有您 一路同行

中国·步阳集团
30
步阳30年发源地

立30周年
节隆重举行

中国·步阳集团
CHINA BUYANG GROUP
热烈庆祝
步阳集团成立30周年
1992-2022

步阳营销研讨会
NG MARKETING SEMINAR
河南分公司

NA·BUYANGGROUP
30年 耀·见未来

目　录
Contents

序　言

步阳30年，奋发正青春

门，房屋出入口的遮挡物。一门之内所居常常为一家人，门也就成了一家人出入之口，与“家”“人家”“家族”“门第”等概念关联，甚至衍生出“国门”等具有宏大象征意义的词。对于一户人家来说，门十分重要，它不仅是需要守护的关隘，来往出入的径口，还是一种生活趣味的流露，体现出某种文化精神。眼下的人们，十分看重美观雅致、结实耐用、功能齐全的家门，是家居装修时的重要话题。的确，伴随着社会进步、工艺改善和材质的丰富，如今，门的品种日趋繁复，艺术内涵也日渐精深，达到了以色炫目、以型表心、以质竞富、以艺显神的境界。优中选优，反而成了一个“难题”。

改革开放以来，尤其是20世纪90年代以来，中国专业门行业的发展突飞猛进，涌现了一大批拥有生产实力、具有创新意识的民营专业门产品制造企业，出现了不少用户信赖、社会影响力巨大的专业门品牌，形成了举足轻重的安全门制造专业县（市）。浙江省永康市就是中国门业产业集中度高、市场覆盖广、科技创新和品牌建设成果最多的地区，目前拥有专业门产品生产企业280多家，涉门行业企业和加工户总数近1500家，年产各类门产品2500万樘，整个行业年产值在100亿元以上，出口700多万樘，享有“中国门都”之美誉。而在永康众多门产品生产企业中，步阳集团凭着351.6万樘年生产总量、年销售总额50亿元的骄人业绩，毫无疑问地成为永康门业的“领头羊”。

1992年，步阳集团的前身永康市城中铸造厂成立。至今，步阳集团已走过了整整30年的发展历程。在这30年中，步阳从一个以浇铸燃气灶具炉头为主的小厂，一步一步发展成为国内一流、潜力无限的大型安全门生产企业，拥有了一支技术精湛、孜孜以求、善于创新、爱岗敬业的生产和管理队伍，打造出一个用户高度认可的著名品牌，还创造了独有的展现步阳人精神风貌的企业文化。30年很长，可以让一家寂寂无闻的小厂持续发展壮大，成为享誉天下的一流民企；30年也很短，每个步阳人都在争分夺秒地勤恳工作，创造价值，时间远远不够用。步阳30年间栉风沐雨的故事需要记述，奋斗者的酸甜苦辣不能忘怀，丰富而宝贵的企业经营经验值得总结，傲人的累累硕果必须赞美，这是中国民企尤其是专业门产品生产企业走过的不平凡道路的生动反映和智慧结晶，是一位中国企业家白手起家垒筑一座民企大厦的壮丽诗篇！

徐步云是步阳集团的创始人，也是30年来该企业的掌门人。没有他的努力拼搏，步阳的成立和发展无从谈起。在他的身上，凝聚了步阳人最突出的特征：勤劳、睿智、坚毅、淳朴、诚信、善良。毫无疑问，用传神感人的语言，讲述徐步云的创业史和成长经历，展示他从不懈怠、知难而上、求思进取的个性，展现他的人格魅力，记录他创业创新的独特历程，剖析他在人生道路上执着前行的内在动能，能让我们窥见在当代经济发展的背景下，中国民营企业发展的某些现象和规律，窥见企业家在推动民企发展过程中的本质作用，以及他们在遇见艰难挫折时所表现出来的自信、睿智和能力。作为成功的民营企业家，徐步云具有毋庸置疑的样本价值，他走过的每一步，做出的诸多抉择，遭遇的发展瓶颈，既具有鲜明的个性化特质，又有普遍共性，相当一部分是这一代民营企业家必须回答的命题，必须破解的难题。不得不佩服的是，面对重重考验，徐步云出色地实现了突围，交出了一份令人满意的答卷，步阳30年的稳健发展，便是这一事实的最好证明。

《云起》以步阳集团董事长徐步云的创业创新经历为主线，以皇皇近30万言的篇幅全面、真实、艺术地叙述了徐步云从小勇于吃苦，执着自主创业，瞄准高远目标，不畏艰难挫折，紧跟时代发展的人生奋斗历程，深刻揭示了步阳集团“培养一批人才，培育一个市场，铸就一个品牌”的成功秘诀，深情描述了包括各地经销商在内的广大步阳人“敢打敢拼，越做越强，永创辉煌”的干劲和精神。作家在对徐步云董事长和众多步阳人深入采访的基础上，始终突出步阳集团30年发展历程和徐步云董事长非凡人生这一主线，运用了大量客观而生动的故事和细节，在展现历史的同时，分析步阳集团和徐步云获得成功的本质原因。值得一提的是，这部作品始终把步阳集团的发展壮大与徐步云董事长的人生经历融合在一起，记史叙事的同时又写人塑人，强调步阳集团与徐步云董事长的不可分割，强化了徐步云董事长对步阳集团难以替代的巨大贡献。这是这部作品的最大特点，也是最大亮点。整部作品高度讲求真实，所有人物、时间、地点、事件都经过了考证，又在符合事实的前提下进行了恰如其分的剪裁、梳理、归纳，脉络清晰，详略得当，语言质朴而精练，能让读者手不释卷，一口气看完。以企业家为主人公的报告文学作品，往往有叙述内容过于概念化、人物形象过于平面化等问题，这部作品却摆脱了这一痼疾，提升了作品的艺术价值，体现了作家的创作功力。

“晴空一鹤排云上，便引诗情到碧霄。”（唐·刘禹锡《秋词》）展望未来，不忘初心，继续前行。在这丰收的季节，每个人都充满着创业的激情和创造的信心。步阳集团已经走过了业绩辉煌的30年，而在今后的日子里，“共赴新征程，奋斗正当时”将成为步阳集团的发展主题，全体步阳人将朝着“打造百年步阳，再创更大辉煌”的目标全力奔跑。步阳30年，奋斗正青春。让我们在此许下愿望，祝愿再过30年、70年，步阳能成为拥有国际声誉、享有国际影响、产品遍及国际、铸就国际品牌的民族企业，为人类造福，为中华民族屹立于世界民族之林，圆复兴之梦，作出非凡贡献！

是为序。

中国建筑金属结构协会会长

2022年9月

序章

凌云步月，30年拼搏铸就骄人业绩

一家全球一流的安全门生产企业，一条筚路蓝缕、励精图治的无畏汉子，在浙江永康，30年光阴铸就一家民营企业从零起步、由弱至强的辉煌传奇。登上事业成功之路时，他在思考些什么？还准备做些什么？打造“百年步阳”之路漫漫其修远兮，伊将上下而求索。

秋天，收获的季节。2022年9月16日，由中国企业家联合会、中国企业家协会主办的“2022年全国企业家活动日暨中国企业家年会”在内蒙古包头市隆重召开。会上，获评“2021—2022年度全国优秀企业家”的企业家上台接受表彰，获颁全国优秀企业家证书和奖杯。

在欢快的乐曲声中，来自浙江永康的步阳集团董事长徐步云，迈着他惯有的矫健步伐登台亮相，捧起了这尊金黄色的“2021—2022年度全国优秀企业家”奖杯。

“2022年全国企业家活动日暨中国企业家年会”以“弘扬企业家精神，全力奋进新征程”为主题，会集了全国最顶尖的企业家，通过两年一次全国优秀企业家颁奖、袁宝华企业管理实践讲坛、大变局下的企业家精神论坛和项目签约等活动，旨在进一步弘扬、激发企业家精神，营造有利于企业家干事创业的市场环境和社会氛围，激励广大企业家坚定信心，迎难而上，推动企业高质量发展。会议期间，徐步云除了登台领奖，还与企业家代表广泛交流，重点介绍了步阳集团30年发展历程，以及步阳集团的企业特色和经营经验。

荣获年度“全国优秀企业家”称号，只是徐步云在2022年步阳集团成立30周年这个特殊年份中，获得的其中一份荣誉和战绩。

也是在这一年的10月17日，香港股票交易所，徐步云凭借实力，在历经2020年9月30日、2021年4月9日、2021年10月12日、2022年4月18日先后递表失效后，第五次冲击港股IPO，距离在香港主板IPO上市，已只剩一步之遥！不再有悬念，不会再过太久，“步阳国际”的上市梦即将成为现实。

徐步云在永康纳税表彰大会上发言

正在港交所IPO队列中的“步阳国际”，是徐步云磨砺多年的汽车轮毂制造业务。招股书显示，截至2021年底，步阳国际已拥有31台重力铸造机、12台低压铸造机、52台数控车床、22个机械加工中心、3台预处理喷涂设备、6台粉尘喷涂机和10台液体喷涂机，最大设计年产能约120万只铝合金轮毂。公司的

步阳成立30周年庆典

客户主要是汽车售后市场的铝合金轮毂批发贸易商和零售商，产品远销38个国家及地区。

汽车轮毂制造业仅是徐步云经营版图的其中一块。众所周知，徐步云麾下的步阳集团，主业是安全门生产，辅业则是房地产开发、汽车轮毂生产，以及与安全门销售紧密相关的物流服务。

这一事实足以说明步阳集团几大业务以较快的速度成长，而以下这些数字，说明的是这一大型民企目前的生产和销售实力，以及在经济形势下行压力之下的逆袭能力。

2021年，步阳集团各类安全门的生产总量达351.6万樘，同比上年增幅达到10%。其中钢门287万樘，精品门38万樘，装甲门22万樘，大非标门生产1.86万樘。智能锁销售35万把，实木复合门销售额达到

7851万元。门业产量和销量达到历史最高，销售总额达50亿元。中德合作步阳SMIED品牌继续推向全国市场，至2021年底，专卖店开业达420多家。SMIED高端门销售额增幅达到373%。

2022年1—6月，面临经济形势下行和疫情反复的局面，步阳人毫无懈怠，生产各类安全门的总量达120万樘，其中钢质门100万樘、精品门15万樘、装甲门4万樘。另外，完成SMIED品牌门、防爆门和大非标门等销售额6500万元，同比上年增加2000万元；木门销售额2600万元，同比上年增加230万元；智能锁销售9.2万把，同比上年增加1.5万把。

在汽车轮毂制造方面，2021年，浙江步阳汽轮有限公司销售汽车轮毂115万只，销售额4.3亿元，出口创汇4450.79万美元。

步阳智能生产线

SMIED战略（中国）渠道合伙人签约仪式

2021年，步阳集团总销售额达50亿元，上缴税收总额达6.32亿元，其中永康区域3.21亿元，连续3年名列永康市第一。

永康市是中国门业产业集中度最高的区域，2009年9月被中国建筑金属结构协会授予“中国门都”称号，安全门产量在全国占比达70%。可以说，安全门产销量在永康位居第一，就是在中国位居第一；中国是全球最大的安全门生产国，在中国位居第一就是在全球位居第一。从企业生产体量来看，自2010年第1000万樘步阳安全门下线之时算起，步阳安全门的产量和销量即已位居永康第一、全国第一。如今的步阳集团已连续12年雄踞全球安全门生产和销售第一把交椅！

2021年，步阳集团下属步阳智慧门业研究院参与国际评奖，连续获得美国IDA国际设计大奖银奖、亚太IAI设计奖铜奖、法国DNA国际设计奖。

也就在这一年，步阳集团被工信部评为“绿色工厂”，并通过了国家高新技术企业复评、浙江省智能工厂认定、浙江省出口名牌认定等，被授予浙江省知识产权示范企业、浙江省节水型标杆企业、金华市重点制造业企业、金华市工业十强、永康市门业龙头企业等荣誉称号。步阳集团党委还荣获了“金华市先进基层党组织”称号。

当然，还有一组数字是不能疏漏的：2021年，步阳集团一线生产员工工资大幅提升，月平均工资达8178元，比上年净增468元，这个数字值得骄傲！而遍及全国的步阳经销商的收入，在2021年究竟有多少增长，只需在营销研讨会、步阳商学院总裁班上看看他们的笑容，就能知悉……

步阳集团荣誉展示墙

“我们步阳集团成立于1992年，是一家集专业设计生产和销售安全门、钢质进户门、防火门、装甲门、不锈钢门、室内门、汽车零部件以及房地产开发于一体的大型民营企业。公司先后被评为中国民营企业500强、全国大企业集团竞争力500强、中国最具成长力企业100强，在全国有5000多家营销网点，拥有永康、山东、四川等4个生产基地，拥有5000多名员工。”在永康城北，那片占地面积颇为广阔的厂区内由先前旧办公楼改建的步阳集团总部办公楼内，徐步云开始向笔者娓娓介绍。一个个数据是抽象的，发展故事似乎也常见，笔者一时不能感知其中的奥妙。

然而，徐步云那双异常明亮的眼睛吸引了笔者，闪亮的眼神与招牌式的微笑融合得恰到好处，展现出一种热情、从容、乐观、宽厚、睿智，让人觉得这是一位历练丰富、善于交流、拥有故事的企业家，想要倾听他的故事。

钢铁历经淬火方能变得万般坚韧。在极其简洁的介绍后，徐步云向笔者道出的，是他眼下迫切想要解决的事项，正在思考的发展命题，已在采取的有效措施。

“2021年以来，发展难题更加深重。以美国为首的西方国家对中国经济继续打压，国内疫情反复，针对房地产行业的调控政策严厉，这些都是众所周知的。对门企来说，还有一个最直接的困难，就是原材料成本上涨。怎么个涨法？冷轧钢板从4200元/吨上涨到7000元/吨，每吨上涨2800元，折合每樘门涨168元；不锈钢板从17000元/吨上涨到23000元/吨，每吨涨6000元，折合每樘门涨18元；铜棒从5万元/吨上涨到6.9万元/吨，每吨上涨1.9万元，折合每樘门上涨17元；其他防

步阳科技园月度员工大会

火门芯、纸箱、铰链、塑粉、皮条等各种配件的原材料成本合计每樘涨37元。这还只是困难的一部分。人工成本如今也在大幅上涨，眼下每樘门工资已在50元以上，比以前增长了30%左右。除此以外，有资金、用电、环保等方面的压力，招工难、用工难等问题也纷至沓来，企业的运行和发展面临巨大挑战。”徐步云掰着手指向笔者介绍，毫不掩饰自己的忧虑和焦灼。

摆在面前的难题是什么？如果不涨价，越做越亏；如果涨价，经销商没利润，无法生存。这是步阳集团成立30年来，从没有遇到过的。企业经营是没法停滞或者观望的，甚至连喘息的时间都没有。再大的难题也得马上解决，再大的瓶颈也得尽快冲破。

“怎么办？不断改革完善内部管理架构；‘比管理、比生产、比质量、比降耗’的生产比拼活动从未停止；市场开拓充分发挥步阳‘团队、网络、品牌、规模、创新、质量’六大优势；而对于原材料涨价的问题，由步阳承担上涨成本70%、经销商承担30%的方法进行分解，希望步阳与经销商齐心协力共渡难关。”徐步云向笔者展示了步阳开展营销活动的照片，“在年初举办的一年一度的营销研讨会上，我们给各地经销商讲发展，树信心；10月举办步阳文化节期间，我们又组织经销商，以学习红军长征精神为主题，重走长征路，希望大家共同克服营销过程中的艰难险阻，彰显步阳销售铁军的英雄本色。同时，继续以工程为主要目标，通过与融创、绿地等大房企的紧密合作，大幅提升销售业务量。我们还主动为经销商垫资近10亿元，解决他们的资金周转困难。”

步阳门业生产比拼大会

与此同时，一系列貌似琐碎实则有效的管理和经营举措不断推出，积小胜为大胜：加强对历史遗留欠款的催收，2021年共收回遗留欠款165万元，减少了公司的损失；新销售合同管理软件于2021年4月1日正式上线，合同审批、下单、发货、开票、收款，全部实现一线流，所有数据一一对应；持续开展节能降耗活动，从技术上进行调整改革，努力降低生产各环节成本；强化对各销售办事处的超期发货、超期库存、审核时间等七大考核，累计罚款637万元，以保证成品库管控，减轻库容压力，减少资金占用；改进车辆调运机制，利用平台竞价，堵住运费管理的漏洞，每年为企业节约数百万元；强化运货司机服务意识，禁止野蛮装车；发挥服务软件作用，要求经销商对办事处的服务进行点评，指出违规现象；组织第三方人员对江西、湖南、广西、广东、福建等地的专卖店进行巡查……

“当然还有进一步强化步阳品牌战略。这几年来，我们继续与央视

步阳集团大数据智能指挥中心数据汇总

合作，进行广告宣传，并继续做好高铁冠名广告。如今全国有10多列冠名‘步阳号’的高铁车组在运行，全国各地经销商的数千辆步阳广告车在各个城市中流动。步阳品牌更加深入人心，产品销量自然也就稳步上升。”说到这里，徐步云脸上的忧虑和焦灼渐渐散去，洋溢的已是热情和自信。

就这样，2021年，步阳集团的门业主业和轮毂生产销售、房地产开发等辅业都取得了历史上的最好成绩，超额完成了年度总目标。而2022年上半年，步阳集团各方面的业绩又创造出了新的辉煌。

“岱宗夫如何？齐鲁青未了。造化钟神秀，阴阳割昏晓。荡胸生层

质量护品牌宣誓

云，决眦入归鸟。会当凌绝顶，一览众山小。”（唐·杜甫《望岳》）

那年，一个秋天的清晨，徐步云登上了五岳之首的泰山，站在山巅，极目向东远望。越过重重山峦，东面即是波浪翻滚的大海，再往东方，便是整个太平洋，甚至整个世界。站在峰巅俯瞰，脚下的一切都已变得那么渺小，他有一种气吞山河的豪迈。

徐步云知道，站在高处，可以看见很多、看得很远，但并非可以忽略脚下的现实。泰山并非悬在半空，它有着一块块坚硬无比的磐石组成的山体，这便是它扎实的基础。要一步一步往上爬，才能抵达光明的顶点；要一件一件踏实地做，才能获取最终的成功和圆满。既要放眼世界，“冷眼向洋看世界”，胸怀宽广浩荡的世界观，又必须面对

徐步云视察安全门车间

现实，俯身向着大地，认认真真做事，在大地的怀抱里孕育希望，收获硕果。

他想起了30年前步阳初创之时的桩桩件件，艰难辛苦自不待言；他想起了自己初涉商海的日子，驾驶着那辆残破的卡车奔驰在黑夜的山道上；他想起了少年时期的生活，那些为了温饱早早挣钱的岁月，小小年纪就习惯了风吹雨打……事实上，每当他取得了进步，获得成功，或者被难题所困、因遭遇挫折而陷入短暂的迷惘，他都会习惯性地想起自己的从前。从前是怎么走过来的，现实是怎么被改变的。一切都让他感慨，让他冷静，并从中悟到诸多启示。

不能忘记来时的路，更要继续走好前行的路。

登高是为了望远，铭记是为了前行，唯有朝着目标奋斗。他说，因为有了步阳，有了这群步阳人，有了这份事业，胸中始终充满使命感、责任感、紧迫感。无论走到哪里，犹在耳畔的，总是这一声声步阳口号：

“步阳铁军，敢闯敢拼！一家人，一家亲！大家努力一起拼！步阳步阳，越做越强！步阳步阳，永创辉煌！步阳步阳，百年步阳！干！干！干！”

第一章 Chapter 1

执着、勤恳、坚韧的秉性源自何处

1. 艰苦奋斗、自强自立的家族品格渗入血液

家境的贫困，让小步云早早地懂事。12虚岁时，为了挣学费和贴补家用，他利用暑假摆了一个简易茶水摊。以努力来改变人生，成了他幼时最大的愿望。尝过自食其力、积铢累寸的甜头，他再也不会轻易放弃了。

一位成功者的成长历程是值得追寻的，包括他的身世，他的童年和少年，他的奋斗经历，他的所得所获，以及曾经有过的失败和挫折。

明代方孝孺曾经分析过一个人成功的秘诀："不安于小成，然后足以成大器；不诱于小利，然后可以立远功。"这的确是一个人在追求事业和人生过程中，应有的法则和格局。做不到这一点，就没有成就一番大事业的可能性。然而，具体到某位成功人士，剖析他之所以实现目标，登上事业的巅峰，还得细致考察他的家庭、他的个性、他的喜好、他的早年际遇，紧密结合他的智力、体能、素养等天然禀赋，乃至人生道路上的各种机遇。

的确，徐步云的成功无法复制。他的成功，是因为有上述种种明了或神秘的因素，是外因与内因相互激烈作用的结果。人不能两次涉过同一条河流，一个人也不可能全盘复制另一个人的经验。即便在永康，在众多从事门业生产的企业家中，有不少试图摸清他的成功之路，沿着他的脚印获取同样的辉煌，但事实证明这是不可能的。他是一位有代表性的新时代企业家，个性鲜明。高步云衢，青云独步，他的路并非没有荆棘，并非一路通畅，却是独特的，唯一的，属于他个人的。

但这并不妨碍我们撩开他成功人生的纱幕，窥知他经历过的桩桩件件，迈步走过的坑坑洼洼、山山水水。

徐步云的祖辈可能是从北方迁过来的。徐姓的起源应在安徽省泗县北，其远祖可追溯到五帝时代的金天氏少昊（嬴姓）。少昊重孙为伯益，佐大禹治水有功，夏王封伯益之子若木于徐。后代以国姓为部落姓氏，繁衍于江淮一带。春秋战国时期，徐国虽败于楚国，但其子孙以国姓作为部落姓氏的做法一直未改。如今的浙江，是徐姓的四大聚集地之一（另三地为江苏、江西和山东），说明徐姓多选择迁徙至近旁的富庶之地。

已经弄不清徐步云家族这一支是何时迁徙到永康的。查史籍得悉，宋、元、明期间，徐姓人口主要由北方向东南迁移，尤其是在近代，由于饥荒和战乱，中国人口向东南方向的迁徙呈加剧之势。徐步云家族这一支，在此时迁入永康的可能性较大。

“在印象中，曾听父辈说过，我们徐姓家族这一支是从北边迁过来的，先祖生活的地方应该是在现在的江苏徐州一带，也就是安徽泗县以北，后来一直向南迁移。据说先祖曾当过四品官，后来也有当上九品官的，但到我祖父这一代时，已经以从事农业为主了。其实，不论是担任基层官员还是从事农业，一代又一代徐家人都在这片土地上默默耕耘，传承着脚踏实地、艰苦奋斗、勤俭节约的中国传统美德。”老一辈徐家人总是教导年轻人，不要丢了吃苦耐劳的良好习惯，必须记住“粒粒皆辛苦”的道理。“会吃苦”，几乎是徐家人信奉的人生圭臬。

扎根于此的徐家人，在这里筚路蓝缕、开荒拓地、繁衍生息。这种长年累月不辞劳苦、无惧艰难、甘守寂寞、向阳而生的品格，流淌在一代代人的血液里，化作一种能消除贫穷、获得富足和幸福的永恒精神。

“我父亲就是一个勇于吃苦，执着向上的普通劳动者。3岁时就失去了双亲，靠叔伯亲戚接济，才慢慢长大。十几岁时他有了自己的一辆双轮车，靠拉货来维持生活，后来在永康汽车站老码头一带找活干，靠着自己的劳动获得最基本的收入，还买下了二间房。父亲影响了我，特别是在遇到陡坡、经过难走的路时，他那种咬牙屏气，一步步撑过去的毅力和信心。”徐步云不无深情地感慨，脚踏实地、默默无言的父亲是他成长道路上最重要的楷模。

是的，苦吃多了，吃苦似乎就成了习惯，对于艰苦、辛劳、磨难，甚至失败的承受力会变得很强。如同一个长期负重的默默前行者，即便再加一点分量，他也不会轻易跌倒。如同俄罗斯作家阿·托尔斯泰说的那样，纵然“在清水里洗三次，在碱水里煮三次，在盐水里腌三次”，也不会服输。

当然，不惮于艰辛、善于吃苦，并不意味着向艰难困苦妥协，从此安于现状，徐步云向贫穷发起进攻，驱除困苦，破解难题，追求富裕幸福。

从记事那时起，小步云对家里最深刻的印象，就是穷。他有两个哥哥、两个姐姐，加上父母，全家七口人似乎总是在为如何填饱肚子而烦恼，并倾尽全力。七口人挤住在永康汽车站老码头附近，也就是眼下正在改造的解放街北端的三间房子里。时光流逝，三间简陋的房子已经破旧不堪。那时候，在狭窄昏暗的空间里，连一个能舒展四肢的地方都没有。

孩子多，但父母的收入低。当时他的父亲徐桂货在县交通局下属的县搬运公司工作，干的是体力活。傍晚一下班，父亲还得到自留地

永康市解放街旧景

干农活。母亲王宝丹来自永康乡下，没有读过书，身体不好，还驼着背，主要做家务。一家人的生活来源主要是靠父亲这个正劳力的几块工资，以及自留地里种的若干蔬菜杂粮。家里缺粮少食，常常是几个孩子抢了一点勉强填肚的番薯、麦碎饭之后，锅里就空空如也。在很长时间里，小步云甚至弄不清楚父母每天是拿什么来充饥的，因为有限的食物都已给了总在喊饿的五个孩子。

父辈的辛苦，小步云从小就看在眼里，如今一点一点回忆起来，不由得感慨万千。“为了养家，父亲真的是不惜拼老命换取全家赖以生存的那一点钱。这样的例子、这样的情景，小时候的我看到了、感受到了，那种心灵上的震动简直是太巨大了，刻在脑子里再也抹不掉。”

永拖产拖拉机

徐步云记得，那时父亲养家糊口靠的就是卖力气。从永康到丽水，一百四五十里路呢，只要有人需要送货，水果、布料、杂物，父亲二话不说就挑起沉重的担子赶路。当年这路实在不好走，沿砂石公路走，路程要远不少，也不适合走；抄一条近一点的小道，道路泥泞、黑灯瞎火，夜间只能摸黑前行，速度根本快不起来。眼下若走高速公路，每小时120公里的速度，永康到丽水半个多小时就能到，但在当年的正常情况下，单趟起码要走一天，来回就是两天。这简直是一种苦役，徐步云的父亲却走了一趟又一趟，从不推辞，反而主动抢来这苦役。

挑担走长路辛苦万般，但为了节省盘缠，苦役之人还得尽量把肚子骗过去。父亲挑担赶路，路上只吃饭不吃菜。肚子饿了，就停下来吃干粮，或者找地方把随身带着的生米煮熟，唯一的菜肴竟然是用菜油伴盐炒过的小鹅卵石。干粮或干饭实在难以下咽时，拿出一颗鹅卵石含在嘴里，那一点盐分就是佐餐的菜肴了，然后再继续吞咽干粮或饭团。吮入一些盐花，还能为身体补充因流汗而失去的盐分，可谓一举两得……这不是名副其实的“骗嘴巴”“骗肚子”吗？

有关父母含辛茹苦、历尽风霜、万般节俭的故事，刻在徐步云脑海里的还有很多。

不过，家境虽然贫穷，但家里并不缺乏爱，家教也是极严的。“母亲非常善良，总是以身作则，教育我们做人要诚实，凡事不要做假；要学会忍让，该吃亏时就吃点亏；要学会帮助他人，只要自己手里有半块番薯，看见别人正在挨饿，也得掰半块给他。母亲这些朴实的教育，一条又一条，我都记得很清楚。”徐步云充满深情地回忆，母亲对苦难有着非凡的承受力，一生中最大的愿望是把五个孩子拉扯大，一直没有停止对孩子们的言传身教，默默传授着中国人最传统的为人准则和道德品质。

“父亲对孩子们的关爱，当然是另外一种形式的。年轻时的父亲刚烈、执拗，不知疲倦，平时说话不多，但一旦说话，肯定是比较要紧的事了，而且一言九鼎，一般无法反驳他。他对孩子们的关爱，主要体现在让我们吃饱穿暖上。与母亲一样，他同样是言传身教，引导我们养成不怕吃苦、不懈怠、自强自立、勤俭节约的品德，养成对自己、对家庭、对社会的责任感，一点也不含糊。”在徐步云的印象中，父亲除了日复一日、从无间断地劳作，就是极度节俭。后来家里条件好了，儿女们都有出息了，再也不愁吃穿了，可以大把大把用钱之时，父亲依然是那么节俭，一分钱都舍不得乱花。这样的品质已经深入骨髓，化为一种精神，渗入灵魂，与生命相融，不可磨灭。

那时的小步云才10来岁，是家里最小的孩子，父母和哥哥姐姐们相对宠他一些。比如当年家里人吃饭，大多吃的是清汤面条和粥，给小步云的则是清蒸米饭。吃的蔬菜总是家里种的青菜，没有别的东西，孩子们看见青菜都有点儿恐惧了。虽然条件这么差，可对小步云，还是想方设法给他弄点好吃的。小步云也慢慢理解了父母的艰难，生活的不易。在他还小的时候，就学会了煮饭，学会了炒鸡蛋、炒青菜等简单的事。少年的他，力量是有限的，但他从不向父母提不切实际的要求，不给父母增加生活负担，自己的事情总是自己解决。

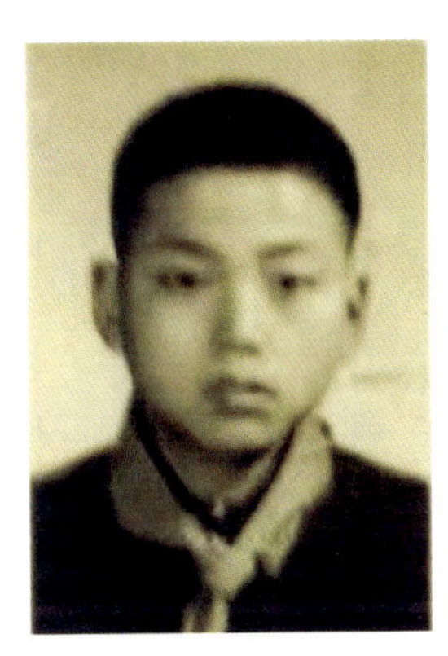
少年徐步云

已逝年代的每一个日子，不时会泛映在徐步云的脑海里，历历在目，铭心刻骨，像是一种提醒和督促，让他不能停下奋斗和创造的脚步。

家境的贫困，让小步云早早地懂事。不到10岁，他已自觉地帮父母做事。当时家里养了几头猪，小步云只要一有空，就跑到附近的田野里、河边拔猪草，夏天时还捡西瓜皮喂猪吃。很多事情已用不着父母提醒和催促。

应该是在1974年，12虚岁的那一年，小步云开始盘算怎样挣点小钱贴补家用。对一个孩子来说，即便只是有这样的念头，也已够懂事了，他却付诸真实的行动。

那时的小步云还是一名小学生，在人民小学读四年级。这一年暑假，他在离家不远的老码头摆了一个简易茶水摊，主要是卖茶水、茶叶蛋，兼卖一点水果、熟番薯、糕饼等。

永康人的商品经营意识真的是与生俱来。还在读四年级，小小的脑袋瓜竟已想着赚钱了。他想，哪怕是只赚到一块钱、两块钱，那也是钱呀，可以当学费，也可以交给父母，让父母稍微休息一下。这是一件多好的事情呀！少年被自己的这一想法打动，还因此涌上了一种难以遏制的荣誉感和自豪感。

当年的永康县城，城区面积不大，主要就是永康江两岸这一区域。通往外面的主要有两条路，一条是从永康通往东阳方向的，另一条是从金华经过永康再往丽水、温州的金丽温干线公路，从城北掠过，当时的永康汽车站就设在现在的三马路口。永康人习惯称运送人员和货物的地方为“码头”，汽车站老码头指的就是这个地方。如今，这条干线公路成了横贯永康市区的城市主干道路，名曰九铃路。汽车站搬走后，这里变得颇为安宁，但在当时，这是一个车辆穿梭、人来客往的热闹地方。当时整个永康城只有两处街口设有红绿灯，汽车站老码头附近就是其中一处。

说真的，尤其是到后来，徐步云真要感谢父亲当年含辛茹苦买下的这三间小房子，因为地段实在太好了，居然就紧贴着老码头。推开窗子，就可以把小河对岸的汽车站看得清清楚楚。正是因为家在这里，才会萌发赚点小钱的念头，才会有摆个简易茶水摊的勇气。

“这三间房后来因为城市改造被拆掉了，我们都觉得很可惜。对于我们家来说，这三间简陋而拥挤的房子，意义特别重大，它是我们全家的栖身之所，也是艰苦岁月的象征，它被拆掉的时候我还特意跑来看。正是那些曾经吃过的苦，让我更快地成长成熟！”徐步云极其感慨地说。他还特意带笔者来到这三间房的旧址，如今那里已是宽敞的道路和漂亮的绿化带了。

或许，正是对昔日三间房化不开的浓情，2022年5月27日，徐步云麾下的步阳置业有限公司以4.11亿元的价格拿下了永康市旧城区G-05地块的开发权，准备在此打造一流的高档别墅区“江南里”。这里正是永康老城解放街的核心，周边有宝龙广场、步行街、大司巷小学、永康中学、图书馆、新华书店、博物馆、紫薇园等商业、教育、文化设施，配套齐全。昔日汽车站老码头那三间房都离这儿不远。使出这样的大手笔时，徐步云内心深处想到了什么，已不言而喻。这当然已是后话了。

年纪虽小，但小步云的胆子不小。当年，那小小的茶水摊就摆在离汽车站进出口不远的地方。这简直是个最佳的摆摊位置，几乎每个进站出站的人，一眼就能看见他，何况他那么年幼，说不定是整个永康，哦不，当时全国年龄最小的摊贩主，免不了引人注目。

引人注目，再加上动作机灵、为人勤快、待人和气，生意没有理由不好。茶水是1分钱一大碗，茶叶蛋是8分到1角一个，水果、熟食随行就市，但都不太贵，小步云走的是薄利多销路线，看中的是这里川流不息的人流。不消说，他的选点、他的营销方式、他的服务，实在是太对路子了。

每天晚上，收摊以后小步云最大的乐趣，就是躲在某个角落，悄悄地整理那堆钱。尽管都是碎得不能再碎的小钱，硬币和纸币混在一起，乱七八糟地绞成一团，但把一张张纸币舒展摊平，把一枚枚硬币按面值大小卷成一筒筒，这一过程让他十分快乐而满足。

“开始时，只是利用暑假摆摊，时间不长，但赚得颇为可观。第一个暑假究竟赚了多少钱，具体金额是多少，现在我已经记不得了，但下学期的学费已经完全解决了，还有一部分交给了父母。父母起初是不同意我摆摊的，毕竟我还小，让这么小的孩子去赚钱，父母于心不忍，但我对他们说，我赚点小钱，一是不会影响上学和功课，二是不需要出大力气，不会伤身体。”徐步云回忆，当时他就用这些理由说动了父母。当时家里穷，想到小孩都已能帮衬家里了，父母其实也高兴。

虽然不需要像父亲那样挑担子、拉车子，拼命花大力气，可既然是个摊，也有不少事情要做。比如茶水，他得事先煮好茶叶水，再一桶桶地搬到摊位上，保证不间断供应；比如茶叶蛋，他先打听好哪家的鸡蛋最便宜，当时1块钱最多能从农户那儿买18个鸡蛋，在家里煮好后再拿到汽车站老码头。刨去成本，就是收益。为了收益高一些，他必须精打细算地完成上述每道程序，还要与顾客讨价还价，抓紧时间把当天的茶叶蛋都卖出去，因为隔夜的茶叶蛋容易变质，口味也差了不少。他不能白白丢掉赚钱的机会，就算是最后一个茶叶蛋也得卖掉，而不能砸在手里。

茶水和茶叶蛋如此，各式水果如此，熟番薯、糕饼等食物也如此。苦则苦矣，累则累也，但有一张张纸币、一枚枚硬币进账，小步云乐此不疲。

一个多月的暑假里，小步云的茶水摊收入颇丰，等到9月份新学期开始，他有点不愿就此作罢。经一番纠缠，父母最终同意他可以在放学后、星期天，重新摆那小茶水摊。

得到了父母的同意，小步云别提有多高兴了。他的高兴，是因为他又能为父母分忧了，又能获得赚钱的乐趣了。没错，尝过自食其力、积铢累寸的甜头，他再也不会轻易放弃了。

2. 外表瘦削的小青年，干起了搬运工这最苦的活

苦其心志，劳其筋骨。身为县运输公司搬运工的这一年，他经历了从未有过的苦、累、脏，但他认为没有吃过苦，就不知道甜的宝贵；没有承受过压力，就没法应对各种各样、难以想象的困难。

1979年，17虚岁的徐步云在父亲退休后，顶了职位，成了县搬运公司的职工。

并不是他不喜欢读书，也不是在学校里不刻苦，说到底，还是因为那时各方面的条件不允许。读小学高年级时的他，利用假期和放学后的闲暇，干过摆摊赚小钱的活，但这并没有影响他的学业。课堂上的认真、细致、刻苦，使他的成绩始终处于全班的中上游。就读的人民小学，在永康还是一所百年名校，当年的教学水平不低。即便后来他在永康第二中学读初中、高中，成绩依然保持在中上游。

但他没有继续往上读，参加高考，读大学，读研究生，一直往

前。高中毕业证书一到手，徐步云的校园学习生涯就戛然而止。为什么?

徐步云坦然告诉笔者，经过反复琢磨，他认为凭自己当时的成绩，是不可能考上大学的。如果真的非考不可，那么将要付出巨大的时间和精力成本，而且至多只能读末流大学。“你想，那时高考才恢复，整个永康能考进大学的也没多少。永康二中能出几个大学生，那肯定就是一条大新闻了。我能行吗?”徐步云认为，正确认识自我，是理智和智慧的一种表现。

二是家境依然没有改变。为了能让全家人糊口，年岁渐老的父母每天都在强打精神劳作，不舍昼夜，哥哥姐姐也已加入了辛勤劳动的行列，自己怎么还能安然坐在教室里享受着舒适和轻松而无动于衷?读书固然辛苦，但怎能与老黄牛埋头耕耘相比？他在教室里再也坐不住了，高中毕业后，他就想赶紧站在为努力改变家境和自身命运的劳动第一线!

“不过，在安排我的工作时，父母表现出了一点点偏心，这与我是家里最小的孩子有关，也与父亲的退休年龄有关。当时，大家普遍对国营和集体单位的招工特别看重，毕竟那是有编制的，是体制内的。父亲没有别的资源，只有这份相对可靠的工作，所以他让我顶了他的职，让我进了县搬运公司。”徐步云说，去县搬运公司干的是体力活，分明也是一个苦差事，但各方面的待遇比种田好多了，身份是国营企业职工，拿的是工资。

拿工资在当时不只是收入稳定，还意味着身份和地位。当时，他的两个哥哥，徐步升和徐步昌都已开始学做木匠。木匠是手艺活，在当年也是蛮吃香的，毕竟农民要建房、家里要置办家具、年轻人要结婚，都要木匠来参与造房、打家具，收入比纯粹的农民好多了，但从工种性质和收入稳定性来说，当然不能与县搬运公司的正式职工相比。

需要补充的是，为了能让徐步云顺利接班，父亲想办法在单位里多干了一年，延迟至61周岁退休，正好与徐步云的高中毕业时间完美衔接。父亲为了让他在国营企业里谋得一个有编制的职位，真是煞费苦心！

17虚岁的小步云，从外貌上看，其实还是一个半大的孩子，唇上的须毛也是淡淡的，伸出来的那双手也显得有些嫩。毕竟没有干过农活，没有握过粗糙而沉重的工具，但在接下来的时间里，他就必须像父亲那样，用体力来赚取每月的几块工资，以此来养活自己，继续帮衬父母和家里。

尽管这是一份众人眼里的好工作，但依然是万般艰辛的体力活、青春饭。徐步云闷着脑袋，老老实实地干起了搬运工的活。他把一袋袋沉重的大米，或是煤、化肥，从货车车厢里背起来，装上搬运公司分配给他的大板车，在把大板车装得满满当当后，再拉着它送入仓库；或者是从仓库里把货物背出来，扛到大板车上，再用大板车拉着送到客户指定的地方。这便是他每日的工作。

起初，他的力气不算大，一麻袋货物远远超过他的体重，一下子压在身上时，免不了全身一抖，甚至连骨骼都会发出咔咔咔的响声。他闭眼咬紧牙关，成功地顶住了这重量，然后又拼足力气站起身，迈开步，把这袋货物稳稳地放在大板车上。紧接着，他转过身，把又一袋货物背到了大板车上，一袋又一袋，大板车上渐渐地堆出了一座小山。其实，此时的他几乎已耗尽了身上的力气，汗如雨下，气喘不休。可他明白，把货物搬到大板车上，这只是完成了这套动作的一小部分，他还必须全力把这辆大板车拉到仓库里，拉到送货点……

有力气、有经验的老职工，一般装到1000多斤，甚至更多一些，毕竟每袋货物有时会达到180斤。对于还在长身体的徐步云来说，每车装到七八百斤，拉起来就已够沉重的了。这份考验着实不小。

“一开始我真没想到这大板车竟然会这么重！它就像是与道路粘在一起一样，不拼命使出力气拉，连动都不会动一下。但我是一名搬运工，没有理由不做好本职工作，哪怕再累，再难，再苦，我也得不折不扣地完成。”如今，当被问及当年是如何克服这天大的困难时，徐步云微微一笑，露出淡然的表情：“当你认定这个难题不得不破解，别无选择的时候，它就已经不是难题了。”

当搬运工的这一年，徐步云变得强壮起来，也变得粗砺。这是一种经历了严峻考验后才会有的粗犷和坚韧。他说，那一年的自己几乎脱胎换骨，成了一个富有力量的汉子。这一年的考验堪称严酷，但进一步锤炼了他的意志，让他变得坚毅沉着，无惧困难，同时又强化了原有的机灵和智慧。

“搬运货物的确够累，但这一年，我从来没有让别人帮过我，装上卸下都是一个人完成。装卸、拉车，可能是所有工作中最需要体力的活，也相对原始，但过了这一关，我的收益还是巨大的，它给我带来的种种好处，至今仍在发挥作用。”

徐步云这句话说得非常诚恳。从见到他的第一眼起，到后来慢慢熟悉，他给笔者的一个极深印象就是健壮、敏捷和豁达、乐观。只有经历过考验和淬炼的人，才会拥有这样的素质。

记得在跟随他去步阳集团驻郑州、山东等地参加年度销售大会的途中，尤其是从飞机或高铁上下来时，在取行李、拿随身物品时，他常常谢绝随行和接站人员的帮助，亲力亲为，动作敏捷，行路如风，其他人的脚步反而跟不上他。光从健壮的体形和动作来看，根本看不出他已年近六旬。其时，几个人分头负责拿随身物品，其中有一只大大的行李箱归他拿。那只行李箱是有些分量的，但他扛上搬下轻松得很，甚至还拎着爬楼梯。他可是一个上了胡润百富榜的企业家，一个真正的大老板呀。

军人出身的董事长助理蒲万毅深有感触地说，董事长精力充沛，从这家办事处赶到那家办事处，哪怕中间相隔几百公里，照样一天内赶到，赶到后还要参加销售大会，其中还有在台上发表慷慨激昂、鼓励人心的讲话等环节。一旦跑起来，三天跑五六家办事处也是常事，其行事风格堪比在战场一线指挥的将军，没有一定的体力肯定扛不住。这一点，连很多年轻人都比不过他。没错，能具备这样的体能、体格和体魄，与他早年的经历分不开，也与他长期坚持锻炼分不开。

“过去的日子确实辛苦，没好吃的、好穿的，生活压力也特别大，有时甚至还看不到未来，但我还得要感恩过去的日子。没有吃过苦，就不知道甜的宝贵；没有承受过巨大压力，从来都是顺风顺水，就没法应对眼下各种各样难以想象的困难。这是我发自内心的深刻体会。”徐步云认为，面对挫折和苦难，要么是你被它吞噬，而一旦你战胜了挫折，把苦难踩在了脚下，那你就彻底赢了。这就是苦难造就人的道理。

此言与《孟子・告子下》中那著名的句子相合辙:“故天将降大任于是人也,必先苦其心志,劳其筋骨,饿其体肤,空乏其身,行拂乱其所为,所以动心忍性,曾益其所不能。”只有对此有切身经历,有深刻体会和领悟的人,才能说出这样的话。

在毅力、决心和隐忍的支撑下,虽然苦,虽然累,这搬运工的活儿,徐步云是干得越来越得心应手。但同时,他坚信自己不可能像父亲一样,干这个活一直到退休,他认定自己今后必将承担起更大的任务,成就一份引以为豪的事业。少年的心思其实很宽很远,这个梦想早已形成,一直揣着,好多次,在工余休息之际,他坐在大板车上吹着凉风,或者趴在运输公司的窗口看着公路上忙碌的场景,看更远处的田野河川,思绪跑得很远。对于未来的憧憬不由得让他绽开一丝微笑,不无热切的期望消解了纠缠于身的辛劳。

新的转机果然很快到来。

在当搬运工期间,因为表现突出,徐步云获得了“先进工作者”荣誉称号。一年后,由于他的勤劳、肯干,也由于他的聪明、机灵和高中学历,他得到了搬运公司的重用,被调到了公司所属的汽车修配厂,成为一名汽车修理工。从此,他吃上了技术饭,也朝着自己后来的事业起跑点,跨出了关键的一步。

那一年是1980年,他18虚岁。

3. 一名出色的汽车修理工是怎样炼成的

师傅带进门，修行靠自身。他不仅很快适应了这份工作，还由衷地爱上了这份工作。随叫随到，随时提供服务。他的尽心尽职令人钦佩，精湛的修车技艺也为他接下来的自主创业打下了坚实基础。

徐步云似乎天然与机械相关的设备和产品有缘。

20世纪80年代初的永康，因了改革开放的逐步实施，各项经济发展政策日趋宽松，累积日久的社会发展潜能被释放出来，人们对于勤劳致富的热情愈显高涨。永康的传统手工业极其发达，计划经济年代人们只能在极小的范围里悄悄搞一点，像农具、手工具、菜刀、铁锅、雨伞等小五金产品。小五金产品因生产原料简单，且有较高的附加值，很早就被永康人青睐，从事这类产品生产的家庭和人员为数不少。改革开放后，大家无须再躲躲闪闪了，小五金产业的发展突飞猛进，“小五金业”甚至成为了永康的代名词。

当时人们称温州人是中国的犹太人，其实也有很多人这么评价永康人。只要有生意可做，永康人就会全中国、全世界地跑。当年，永康人对便捷交通工具的需求越来越大，汽车不断增多，这也是永康社会经济加快发展的重要表征。

年纪稍大一点的永康人可能还记得，当时，从每年的正月初八开始，就有很多人背着行李乘车出发，或者前往金华火车站转车奔向全国各地。那时还没有金温铁路，也没有如此畅达的高速公路和国道，从永康到金华有60公里，因为路况不佳、汽车老旧，走上四五个小时也是常有的。坐上有座位的客车，是一件颇为奢侈的事。因为那时的永康，连客车都还屈指可数。哪怕是挤上货车，在车厢里占有一个立锥之地，也已经足够幸运。

徐步云回忆，当时他所在的县搬运公司，虽然只是一家小型货物搬运公司，但因了经济发展的需求，也因了属于县交通局管，原先主

老汽修厂

要依靠人拉肩扛以及船只运输的方式，当时开始转换为汽车运输，公司自有的各类运输汽车不断增加，成了一家名副其实的运输公司。

在20世纪70年代末，整个永康据说只有6辆汽车，都是属于政府部门和国营企业所有。几乎在一夜之间，各个机关、企业、学校、医院等都在通过各种途径买车，有汽车的单位也越来越多，有买罗马尼亚产、美国产轿车的，有买平头或尖头货车的，有买双排座小货车的，也有买货车挂车的，不少买来的还是二手车。你想，如果运气好一点，两万元就能买到一辆大卡车。当然，这车是不是拼凑组装起来的，零部件的来路怎样，是无法计较的了。

很快，永康城里那些原本就不宽的马路上挤满了各类汽车；城外的公路上，一辆辆大卡车一路狂奔，日夜不息。可想而知，汽车多了，汽车修理也成了一个热门的行当。

近水楼台先得月。在汽车修理业愈见繁荣之时，县搬运公司因为得到了县交通局的支持，办起了汽车修理厂。修理厂以修理本系统的汽车为主，也修理社会上的各类车辆。

就这样，县搬运公司把表现出色的徐步云调入了汽车修理厂。对于年轻的徐步云来说，起初的他并没有太在意："反正领导叫我做什么，我就做什么。"后来他才慢慢悟到，从搬运工变成汽车修理工，着实是一种重用。你想，与当搬运工相比，汽车修理工靠的是技术和智慧，没有一定文化底子的人还干不了；汽车修理工的收入要远高于搬运工；汽车修理工是技术工人，社会地位高。一句话，汽车修理工整天与汽车打交道，是一份真正的美差，是当年人们极为看重的一个工种。

“四个轮子一把刀，革命红旗两边飘。”这是当年流传甚广的俗语，说的是那时的姑娘择偶时最愿意嫁三种人：“四个轮子”指的是汽车司机，“一把刀”说的是厨师，而“革命红旗两边飘”就是指衣领上缀着两片红领章的军人。这三种人在当时不是能得实惠，就是待遇好、社会地位高。汽车修理工在一定程度上捏着汽车的“命脉”，还可能会开车，比一般的汽车司机更牛，也更为人们羡慕。

徐步云很快适应了这份工作，甚至可以说爱上了这份工作。

只花了很短的时间，或许是两个月，或许是一个半月，甚至更短，徐步云就把汽车，尤其是货车的结构、性能以及常见的故障，全弄清楚了。这有点出乎领导的预期，但也是在情理之中。这个话很少、略腼腆的小伙子，在成为汽车修理工的那天起，似乎就喜欢钻在汽车下面琢磨，浑身上下沾满了机油。

他有着非凡的钻研劲头，汽车上的任何一个零件，他都会弄清楚它的功能、特点、容易损坏的几种可能性。他的记忆力极强，一辆汽车有多少个零件，互相之间有着怎样的关系，他都一清二楚。汽车的故障五花八门，有的是轮毂或者轮胎出问题，有的是发电机烧坏，有的是铝合金零件损坏，有的是汽缸垫磨损……因为他对汽车的结构和各个零部件了如指掌，诊断故障的敏锐性特别高，修理起来速度极快，常常令他的师傅惊讶不已。

当时的永康，还没有一家汽车修理培训班，所有汽车修理工都是师傅教出来的。师傅是积累了修理经验的人，其实也没有上过培训班。尽管汽车是现代工业的产物，但当时传授汽车修理技术的方式是最初级、最原始的，靠的是手把手教学，除了要领悟师傅的每句话、每个动作，你还得自己琢磨，摸索方法，寻找窍门。所谓“师傅带进门，修行靠自身”，说的就是这个行当了。

还得提一句，当时的车辆牌子非常杂，什么国家、什么年代的都有。有的车辆在出了故障之后，被人胡乱修理了一通，换上了并不合适的零部件，对此，徐步云哭笑不得。不过，正是因为他什么样的破车、烂车都遇到过，什么古怪的故障都排除过，他的修车技术反倒是更快地熟稔，经验也很快丰富起来。

在这家汽车修理厂，出师一般需要两年，但事实上，约莫一年多，他就开始独当一面，师傅也让他放开手脚干。当时的汽车维修业以前所未有的态势发展着，人才匮乏，像徐步云这样的年轻专业人员，顺理成章地获得了用武之地。

“他能把整辆汽车拆开，再装回去，几乎每一种汽车都能做到。我亲眼看到过，不得不服。当年的汽车、摩托车，不像现在这样都是用芯片、靠电脑来控制，以前的汽车、摩托车都是由各个零部件机械组合起来的。这些零部件组合，都要靠平时了解。师傅太了解汽车了，好多故障用耳朵就能听出，而且一听一个准。”徐献勇是徐步云在汽车修理厂时带的徒弟，说起徐步云当年修理汽车的功夫，不由得连连竖大拇指。

当年的汽车牌子杂、型号乱，大多数还都是老爷车。“当时还没有根据使用年限、公里数强制报废的规定，一辆车修修补补可以一直用。用了15年、20年的车子都有，坏了就让人修理，修不好还会怪你。修车难度很大。”在徐献勇的记忆里，这样的现象直到20世纪80年代后期才逐渐变少。当时徐步云修好了多少辆车，他已经记不起来了。

“他为人很低调，年纪轻，还不到20岁。我来到汽车修理厂的时候，他已经是师傅级的人物了。这个‘师傅级’，不单是有资格带我这样的徒弟，别的职工修车时遇上了麻烦，也都会让他解决。他是整个厂的师傅。不过他一点架子都没有，总是任劳任怨，不推辞，不敷衍潦草，不干完手中的活就不休息、不下班。”徐献勇说。

徐步云记得，当年县搬运公司自有的车辆仅五六辆，维修保养的活儿并不多，但汽车修理厂的服务面向全社会，那这个活儿就多了。县搬运公司的汽车修理厂是永康城里开办较早的一家，又属县交通局管理，这生意就更好了。生意好了，自然需要更多技术好的人干活。就这样，年轻的徐步云便成了主力。

徐献勇比徐步云略小几岁，进入汽车修理厂时18虚岁。在他眼里，徐步云当时带着近20个徒弟，把徒弟们一个个安排得井井有条，大家各自忙着自己的事，不懂的地方向师傅请教。“一下子就对师傅产生了钦佩之情，觉得他生来就是当领头人的，甚至觉得他在这家汽车修理厂干活有点委屈他。”徐献勇告诉笔者，这一直觉并非夸张，更非因为如今的徐步云成了著名企业家，就给他套上光环。

“你想，自己也只是20来岁的小伙子，却指挥着一大群同龄人工作，个个都心服口服地向他学。能做到这样的有几个？他技术过硬，还毫无保留地传授给大家；敢于攻难题，汽车的疑难杂症他都会主动揽去；他不计较小节，自己多干点、干久一点，从来没有半句怨言。”徐献勇说，徐步云的诸多优点，上上下下都看在眼里，他也自然而然成了大家的榜样。

正是因为徐步云身上的这些优良品质，徐献勇自然而然地更亲近他，每天黏在他身边，从中也学到了很多。

在服务行业中，汽车修理是蛮辛苦的工种。汽车日日夜夜在开动，汽车修理厂也必须24小时全天候开门服务。哪怕是过大年，哪怕是天上在打雷，或者鹅毛大雪满天飞，汽车修理厂依然不能关门。值班人员更是得干到深更半夜，整个晚上不睡觉，那都是正常的。随叫随到，随时提供服务，是这一行业的一大特点。

“汽车修理厂就在当年的国道边，好多车是过路车。有客车，也有货车，不少车的车况本身就不太好。一旦出了问题，司机就急得要命，跑到厂里来。凡是经常过路的司机，都知道我们。我们不仅要修

给优秀管理团队颁年度奖

理那些开到厂里的车辆，更多时候是拿着工具，跑到汽车抛锚的地方，以最快速度修理好，让汽车重新开动。有时候，我们在半夜还得走很远的路或骑着自行车赶到抛锚点，这路上来回也要花上很长时间。像这样的修理任务，几乎每晚都会碰到。”徐献勇回忆，当时也有个别年轻徒弟会有怨言，毕竟晚上这样折腾过一回，那是再也睡不着了。这种时候，徐步云总是以身作则，主动留下来值夜班，与徒弟们吃住在一起，带着徒弟们连夜修车。很多烦琐和困难的修理任务，都是他主动揽下了。

由于工作出色，成了师傅的徐步云，后来又担任了汽车修理厂的汽修队长。他在厂里发挥的作用也就更大了。

随着改革开放深入推进，社会形势在变化，人们的世界观、价值观及人生追求的目标也在不断嬗变，这也是社会历史发展之必然。

虽然每天都在修理厂忙碌，但来来往往的人多，徐步云也因此认识了很多人，社会接触面迅速扩大。这些人中，有供销社的，有国营企业的，有附近公社的，也有各类新成立的公司的。他及时获取了各种各样的信息，梳理出值得重视的，有参考价值的，对自己有用的。他也弄清楚了，当时社会实行的再也不是铁板一块的计划经济，国家已在农业、集体手工业等领域倡导承包经营，允许个人承包土地或者小型企业，企业职工可利用业余时间、自己的技术特长赚点小钱……这些来自四面八方的消息被反复证实，他的心也不由自主地有些痒痒的。

一句话，赚钱是一件光明正大的事，勤劳致富是值得肯定的。合法合理地赚钱，就是在为社会、为国家做贡献。

徐步云还记得，刚进县搬运公司当搬运工的时候，就算拼尽全力拉大板车，一个月的工资也只有20多元。第一次的工资发到手里，那几张纸币被他捂在胸口。他终于拿到工资了，是一个拿国家工资的正式职工了，感觉浑身暖洋洋的。但几个月下来，他就越来越觉得这工资委实少了点。要靠这一点帮衬父母和家庭，养活自己，以后还得娶妻生子，实在是杯水车薪！

即便一年后成了汽车修理工，每月的工资升到了40多元，再加上七七八八的补贴，每月到手已经超过50元了，在当时绝对是不低的了，他还是深感不满足。不是对单位不满足，也不是对工种不满，而是对微薄的工资与自己日益增长的物质文化需求之间的差距不满。这样的收入，显然不能从根本上改变自己的生活，改变自己的人生。

虽然当时是20世纪80年代初期，年轻的徐步云已不满足于稳定的工作，不甘心只拿这饿不死但也吃不饱的工资。他在谋求改变，渴望获得新的致富路径。他希望通过自己的劳动和智慧，过上不同于祖辈的日子。

在泛起渴望、下定决心的过程中，永康人固有的敢想敢试、经世致用的秉性，与他的热血一起，在他身体里流淌、奔涌。一股按捺不住的激情，在他身上左冲右突，无法安宁。

“奋斗以求改善生活，是可敬的行为。”这是中国现代著名作家茅盾说的。是啊，疏于努力，懒于奋斗，一切得过且过，再好的社会发展形势也无法利用，再好的机会也只能丢失。孜孜以求地改善生活，不惜代价地改变自己，这才是从争取个人发展到获得社会发展的真正动力。

“其实说到底，真正让他鼓起勇气，选择尝试和冒险，选择一条艰苦创业的路子，还是他身上那种不安于现状、不满足于已有成果的个性在起作用。”徐献勇说，当时身为一名汽车修理工，在工资收入、社会地位等方面，“已经很吃得开”。毕竟是在国营单位工作，各方面都很稳当。徐步云又这么年轻，只要保持勤恳踏实的工作态度，在修理厂是很有发展前途的。可他认为，这样按部就班的工作不是自己真正想要的，他不愿意躺在国营单位这张舒适的大床上，享受旱涝保收的日子。

他要努力过上一种别样的生活，尽管他也知道要过上理想的日子，要达到人生的巅峰，将要付出巨大的努力。

不过，他没有贸然行事，他还是在思考和观望。在他离开汽车修理厂之前，从1982年开始，徐步云便利用下班休息时间，干起了汽车修理的私活，为接下来的动作做准备。不占用上班时间，不影响本职工作，利用点滴余暇，发挥特长，增加一些收入来源，这是当年的政策所允许的。也就是这样，在不知疲倦地干着汽车修理厂活儿的同时，他拥有了一份兼职。这样的日子一直持续到1985年。

第二章 Chapter 2

咬钉嚼铁，筚路蓝缕必能启山林

1. 决计下海，有了自己的汽车修理厂

位于双股金钗的只有一间店面房的小微型汽车修理厂，是他办起的第一家企业，也是他走向商海的第一步。他日夜操劳，夏天与成群的蚊子、冬天与风雪作战，为的是在汽车修理业发展最迅速的时期掘得更多金。

改革开放不断向纵深推进，在企业生产经营领域，以往想都不敢想的事，竟然都慢慢成为了事实。刚刚二十出头的徐步云感受着这一切，也为这变化和革新而激动。

汽车修理厂先是变成了集体所有，不久后又推行了承包制。企业实行的是自负盈亏制，个人拥有了经营管理权。原先的职工则与承包人签协议，接受承包人的管理，分配制度也有了一系列的改革。

那时的永康，似乎一夜之间出现了很多小工厂、作坊、地摊、商铺、贸易市场，它们开设在城区的大街小巷里，也出现在每个村庄的各个角落。家庭作为独立的生产单位，是最简易、最灵活的小微型作

坊式企业，在浙江四处开花，永康也有许多。

永康人是务实的，头脑灵活。在当时经济发展的大好形势下，永康人亦积极参与其中。

“当时是怎样一个形势？万元户很吃香，人人羡慕，也光荣。只要你有一门手艺，不出意外，办一家小厂的收入就比工资高很多。成为万元户是完全有可能的。关键在于你得看准路子，勤劳肯干，在这方面我绝对有把握。”徐步云说，当时有不少人赚到了钱，用来投入资金扩大再生产，或是造新房、买汽车、讨老婆。大家的日子越来越好过，勤劳致富成为社会上倡导的主流。身边这样的例子太多了，年轻的他也不免摩拳擦掌。

另一个让他兴奋不已的消息，是办企业已不再像以往那样，必须经由多个主管部门审批，要盖上几十个公章。只要有技术、有一定的资金，就可以因陋就简办起来。没错，当时的永康，与全国各地一样，奔驰在公路上的各类汽车更多了，交通枢纽也出现了堵车。车辆的增加，对汽车修理行业来说无疑是个极大的商机。

只要有技术，有一定的资金，就可以开办企业，这对徐步云来说，实在是太有诱惑力了！他对自己向来有个准确的认识，一旦有与开办企业相关的信息，就会条件反射般地自问可不可以加入其中，有没有可能取得一瓢饮？当时，他一遍遍问自己：离开汽车修理厂，独立开办一家汽车修理铺，能行吗？

行的。自己不单有技术，有一些这几年积攒下来的资金，而且还有充分的信心，有敢于吃苦的精神。肯定行。

在盘算下一步该怎么做的日子里，他考虑再三，把各个方面的利弊得失全想透了，依然翻涌着这番激情，最后便做了这一决定。

他就这样下了海。只是创业之初，离开汽车修配厂时，他与厂里签下了留职停薪的协议。

留职停薪这一年，即1985年，徐步云创办了自己的汽车修理厂，取名为“双股金钗”。一个不无诗意的名称，其实是永康城南一座村庄的名字。村庄虽然不大，当时也没几幢好房子，但金丽温干线公路从这村庄中间穿过，是绝对的交通要道，也是设立汽车修理厂的好地方。

如今的双股金钗，村庄已经淹没在城市的高楼大厦之中，九铃路、金城路和望春路等城市主要道路在此交汇，周边分布着众多银行、写字楼、居民小区、五金城广场，以及大量的与五金建材有关的商铺，龙川公园也在近旁，双股金钗建材市场在此矗立。从市场名称

第6代步阳智能门发布现场

来看，似在纪念曾经那座拥有诗意村名的小村庄。没错，徐步云那家只有一间店面房的汽车修理厂，就设在这干线公路和一条小马路的十字路口处。

只有一间店面房，哪怕前后搭棚，规模终究有限，称其为双股金钗汽车修理铺似乎更贴切。

但不论怎样，这小小的修理厂是正儿八经地办了工商营业执照的，其他各类许可证也一份不缺。这是徐步云办起的第一家企业，也是他走向商海的第一步。

他在汽车修理厂的同事，同时也是忠实徒弟的徐献勇不久后也下了海，加盟了双股金钗汽车修理厂。师徒两人成为这家小微企业的骨干，日常的修理业务就由他们来完成。

“企业的规模确实小，但两个人的活儿一直干不完，从早干到晚，常常忙得连简单吃个饭的时间都没有，晚上也从来没有好好睡过，十有八九会被司机的敲门声吵醒，要我们以最快速度把车子修好。这条公路上的汽车日夜不歇，半夜里一直亮着灯的汽车修理厂只有我们一家，可想而知我们两个人的忙碌程度。”说起当年的忙忙碌碌，徐步云脸上不由得漾起一层自豪感。

生意极好的另一个原因，是他们两人的服务态度好，尤其是当司机和旅客在半路上遇到麻烦的事情时，他们总是毫不犹豫地出手相助。

“从前在汽车修理厂期间，他就总是急司机所急，不管夜半三更，不管春夏秋冬，不管风霜雨雪，都会带着我以最快速度跑到汽车抛锚的地方，把车修好，让汽车继续上路。后来有了自己的修理厂，这服务就更周到了，只要有司机来叫，只要有车要修，他就非修好不可，修得细致，修得牢靠。当时他就对我说过，做人做事也好，赚钱也好，信誉特别重要，偷工减料的事情是不能做的，毕竟我们修的是在公路上跑的汽车啊。”下海跟着师傅干活，徐献勇觉得收获不比在国营修理厂的时候少。

有一次，在一个大雪天的晚上，累了一天的他俩躺下睡了，忽然听到有司机拼命敲门，说是走了半个多小时才找到双股金钗汽车修理厂。看司机身上都是落雪，头上冒着大汗，就知道他刚才确实走了很长的路。这雪地里走路，可是比修车还要累上好几倍呢。

徐步云微笑着轻声问道：“你那辆是什么车？”

司机忙不迭地回答：“是一辆卧铺客车，车上还有30多名旅客呢！”

徐步云一听就弯腰抄起工具包，又多拿了几件工具，与徐献勇一起撑伞出发。

事实上，徐步云离店到现场修车，从不额外收费，来回步行（天晴时是骑车）无论走多远，也不会多收一分钱。有人会觉得，这本该要的钱，何必不拿呢？大多数司机的想法就是快点能把车修好，多付一点钱也是心甘情愿的，但徐步云不肯。“这不是乘人之危吗？我们赚钱，每一块钱都要赚得理直气壮，投机取巧不能有，歪门邪道也不能走。”他总是这样提醒徐献勇。

一个把生意做大的企业家，绝不会拼命压榨消费者。对消费者斤斤计较，最终的结果反而是毁了自己的生意。你愿意为消费者多付出，消费者也定会让你多收益。

这样的大智慧，徐步云年轻时即已形成，但他却坚守如一，如今登上事业巅峰依然丝毫不变。

为了能随时提供优质的汽车修理服务，徐步云索性住进了这狭小的修理厂，春夏秋冬皆如此。后来，徐步云有了自己的家庭，又有了孩子，但他始终住在这里，回家过夜的日子屈指可数，哪怕是过大年，大部分的时间依然在这里。他十分在乎这家小修理厂，十分在乎自己的第一份事业，期冀能越办越兴旺，改变自己的生活，也为下一步创业积累资本。

心里怀有热切的期望，干活不累，也能熬过各种艰苦。那时，双股金钗汽车修理厂的这间店面房是孤零零立在公路边的，周围只有稀拉的房子，农田夹杂其中，夏天时蚊子特别多。小小的店面房四处漏风，一到晚上，田野上的蚊子成群涌入，向他们发起进攻。

“哪怕挂了蚊帐也是没用的，何况我们总不可能躲在蚊帐里修车，还得光着上身在屋里屋外拼命干活，不可能躲开的。真奇怪啊，那些蚊子虽然小，却特别凶，在身上一咬就是一个大包，你抓几下，它就开始烂，要好几天才能慢慢结疤痊愈。当年我们开玩笑地说，我们身上最大的伤口，竟然是蚊子咬的。”徐步云不免苦笑，随之又乐观地说，“不过，小小的蚊子怎么吓得住我们呢？蚊子再多再凶，也算不了什么。从来没有因为害怕蚊子而放弃办企业的人！”

孤零零的店面房里，到了冬天，呼啸的北风从数不清的缝隙里灌进来，同时进来的还有雪片，这酷冷的滋味也够不好受的。徐步云的手脚经常被冻得伸不直，那些冰冷的金属零部件摸起来，甚至比冰块还要冰冷。“屋里生了炉子都没用，门是开着的，人不断走进走出，屋里冷得像冰窟窿。但还是那句话，屋里再冷，手脚再冰，总不能不开门吧。”徐步云说。

种种困难根本没法逼退他，非但不能逼退，他还想方设法扩大经营规模和范围，在这一时期掘得更多金。

除了修车，那时徐步云也跟着司机出车，长途跋涉去外地拉货。司机去外地拉货，为什么还要带上修理工？道理很简单，生怕这老掉牙的货车在半路上抛锚，随车的修理工如同随军的医生，随时随地可以“救死扶伤”，让趴窝的汽车重新跑起来。不过，有的车辆实在老旧得不像话了，医术再高明的医生，也无力让其重获新生。

这家小小的修理厂办起来不久，1985 年的十一二月，徐步云就跟着一个姓楼的司机前往江西乐平拉废铁。那里有一家化工厂倒闭了，不少设备成了废铁，低价买入后拉到永康卖的价格要高得多。事实上，这个姓楼的不单是一名司机，也是一位老总。这批废铁对他的企业来说，很重要。一旦买卖成了，利润是蛮丰厚的。

毕竟过去了几十年，徐步云前往江西，与他父亲当年挑着担子去丽水已完全不可同日而语。汽车的快捷、载货量大、运输成本低，过去的人们是想都不敢想的。但汽车运输同样也会遇到种种意想不到的麻烦，尤其是在开着一辆老爷车上路时。

时间已是初冬，从永康出发时天气还是蛮好的。暖阳高照，微风轻拂，天上连云彩都不多。从永康到金华开了两个小时，接着是西拐，向衢州、江山方向行驶。进入江西地界时天已大黑，汽车的速度也减了下来。老爷车开起来虽有些杂音，但行驶还算正常。

进入江西境内的山区后，公路变成了崎岖不平的砂石路，汽车开始抖动，不过更大的麻烦是下起了雨，后来又变成了雪。随着车辆往山区深处行驶，这雪竟越来越大，在砂石上积了起来。这路就更不好走了，轮子不时在雪地上打滑。

两个人赶紧把车上的防滑垫拿出来垫上，让汽车一点一点往前开。两个人的心都提到了嗓子眼，预感到接下来可能会发生点什么。果然，当汽车车尾不时喷出一团团黑烟，随着一阵啪啪啪的燃爆声，汽车终于趴窝了，在漫天飞雪中停下不动了。

徐步云拿出所有的修车本领来对付，但那老旧得实在不像话的车子，就算是医术再高明的医生也无力让其复活。轴瓦彻底烧掉了，没有可以替代的零部件。驱动系统也有大问题，哪怕更换了轴瓦，照样也无法驱动。徐步云不得不收起所有修理工具，在风雪中逃回驾驶室。

业务精湛、技术高超的徐步云都已无奈地摇头，哪还有什么指望？

这里完全是个前不着村、后不着店的大山深处，确切地说，是在一座高山的半山腰处。要不是这是一条必经之路，他们绝对不会把车开到这个地方来，但没想到这条路会如此糟糕，大雪会不期而遇，这辆老爷车竟已老到这种程度。“大概在半夜两三点钟，楼老板也已是一点办法都没了，只说‘这下麻烦了，要冻死在山上’，满脸的沮丧甚至绝望。”徐步云陷入了回想中。

这么个大雪天，又没有必要的御寒设施，甚至没有可以填肚子的东西，冻死、饿死、困死，这样的可怕结果不是没有，而且越来越有可能。天黑得伸手不见五指，大雪似乎准备把天和地裹成一团。黑暗和寒冷正在吞噬一切，两个人需要做的只有自救，自救。这是一个多么恐怖的夜晚啊！

停了发动机的汽车变成了一坨冰冷的铁。两个人坐在里面，先是不停地搓手搓脚以获得热量，后来又绕着汽车一圈圈地跑，因为一旦停下来，尤其是睡着，那也许就真的醒不过来了。

搓手、跑跑，搓手、跑跑，不停地运动。时间在一分一秒过去，两个人从半夜两三点钟运动到天亮，又运动到七八点钟，直到终于有其他车辆来了，能让人帮着捎口信，让山下修理厂的人来救他们，他们才摆脱了困境，摆脱了危险。

后来，山下的一家修理厂先派车把两人接到了山下，老爷车也被别的车拖到山下，看是否还有修理价值。楼老板另租了一辆车，把那批废铁拉回了永康，徐步云也跟着车回到了永康，一路上依然履行维修车辆的职责。对楼老板来说，莫名折腾了一番，无疑是减了不少利润，而对徐步云来说，这个令他一辈子难忘的黑夜，让他了解到产品质量的重要性。

睿智的人，他发现的、关注的，当然与常人不同。偶然发生的大事小事，他都会有独到的感悟，会循着一条独特的门径，找到其内在的本质，真正的奥妙。没错，徐步云之所以向笔者细细回忆这个夜晚的前后经过，还是因为这貌似偶然的遭遇让他有所触动。

困在山上过了极其寒冷的一夜，说到底是一件小事，但对他来说，他因此更明白以后应该做什么，应该怎么做。

2. 找到了情感的寄托，也找到了事业的最佳搭档

神秘的缘分把一对最合适的人永远牵在了一起。内敛的陈江月起初并没有悉数展现自己的经营才华，对于徐步云来说，与婚姻同样重要的，是他找到了事业上的最佳搭档。

1983年，徐步云遇到了甜蜜的爱情。那个女孩叫陈江月，是长相甜美、性情温柔的永康本地姑娘。

任何一场爱情的开始，都源自一个偶然，一个天赐的机会。徐步云、陈江月也不例外。

这年的夏天，收割早稻的那几天，这些20岁上下的小青年聚集在一起，帮其中一个小青年的家里割稻。南方农村的“三夏”时节（夏收、夏种、夏管）时间是很紧的，成熟了的稻子是不能再让它待在田里的，如同男大当婚，女大当嫁，不应该耽误时辰。这群爱劳动的80年代小青年深谙其理，帮他人抓紧时间收割，便是他们的实际行动。

其时的陈江月，在永康县印刷厂工作。这可是一家国企，当年成

为这家企业的职工自然也是颇有荣耀感的。她的一个同厂小姐妹，准备利用休息天去外婆家帮着割稻，叫上了她的男朋友，也叫上了陈江月。而这个小姐妹的男朋友与徐步云是蛮要好的小伙伴，这回也叫上了徐步云。由此，故事的发生就具备了可能。

夏天的早晨，天高云淡，有清风吹拂。10来个小青年骑着自行车，男孩子的自行车后面都坐着女孩子。风卷衣衫，铃声清脆，每个人的脸上都绽放着笑容，女孩子的笑声还不时像鸟雀一样飞起。这轻松浪漫的情景，好像他们不是去田里劳作，而是在开心地郊游，一起陶醉在青春独有的快乐之中。

陈江月是在什么时候向徐步云投去第一眼的已经无从考证，但当时的徐步云，身材修长，眉清目秀，四肢肌肉发达，嘴角微微一牵就可以迷倒一大片。尽管之前两人不认识，但如此吸睛的小伙子，陈江月无法忽略。

可以想象的是，在割稻的过程中，在劳动间隙，在简单午餐的时候，陈江月发现这个比自己略长几岁的小伙子，劳动能力极强，做事细致认真，不怕苦累，还善于照顾身边的人。他的动作轻快从容，一招一式像个真正的熟手；他总是把水先递给别人，别人喝了他才喝；比如她割稻的速度慢一点，他就会转过头来关切地询问，且一声不吭地出手帮她收割……这一切，要她不关注，怎么可能哦。

当然，女孩子是不可能主动向男孩子表示些什么的，哪怕她心里已经翻江倒海。积极主动地表示的，永远是，也应该是男孩子。男女之间该如何恰到好处地表示以及接受，往往是一种无师自通，想必徐步云这时也已经掌握，尽管当时的他还未曾正儿八经地谈过一场恋爱。

一群小青年一起割稻的这一天，在两个人初步对上眼之后，互相还传递过一些什么已经用不着再去追究了，反正，当这一天过去，帮着割稻的这群小青年返回永康城时，陈江月已经坐在了徐步云的自行车后面。上午来的时候，她还是坐在临时安排的别的男孩子的自行车上。这个动作意味着什么，解释已经多余。

这一天，对于徐步云和陈江月两个人来说，意义非凡，说是揭开了人生的新一幕也不为过。

在回永康城的路上，小青年们各自回家。没了外人在场，在同一辆自行车上的两个人，聊天更加自由自在。两个人聊起了各自的工作，各自的家庭，各自的爱好，徐步云的话显然更多。事实上，从乡下回城的这段路并不太长，半个多小时也就到了，但陈江月知道徐步

20世纪90年代永康老街旧影

云宁可这条路很长很长，长得看不到头，那样两个人就可以一直待在一起，就可以滔滔不绝地把想说的话统统讲出来。

“有一个小小的谜团，我至今还没有弄清楚，那就是当时他是怎么知道我家位置的。我根本没有告诉他，他也没有问过我，但他骑着自行车，就把我送到了家附近，就是解放街那个地方。他一路上与我聊着聊着，七拐八弯，就到了我家。就好像他以前送过我很多次似的，非常熟悉，这实在是太神奇了！”回忆起昔日的这一幕，如今的陈江月依然有些兴奋，“后来，我问他好几遍究竟是怎么回事，难道以前认识我吗？不然你怎么能这样送我到家？他总是微微一笑，不肯回答我。问多了，就故意卖个关子说这是他的小小秘密，不能告诉我的。”

笔者在徐步云面前试图解开这个小小的谜团。徐步云同样微微一笑，没有直接作答。看来这个谜团还将继续存在下去。不过，笔者设想出几种可能性：一是因为徐家与陈家都住在解放街一带，距离并不远，徐步云可能无意中看见过陈江月，知道她住在这里；二是割稻的这一天，两个人多有交谈，陈江月无意间说出了住处，徐步云马上记住，陈江月本人却浑然不觉；三是徐步云是个极聪明的人，骑着自行车送陈江月回家时，一边聊天，一边关注陈江月的反应，自行车准备转弯了，陈江月没异议，便是对了，陈江月说不对，便不转弯或转到另一个方向，就这样不动声色地摸清了陈江月家的所在。在对方不经意间便窥探到奥秘所在，这可是徐步云一大长处，在日后的商场中也屡试不爽。

互相对上了眼，甜蜜的故事自然就会继续向前推进。

在接下来的日子里，有一件事颇让陈江月觉得奇怪。至少在印象中，以往从未在家附近碰到过徐步云，相遇之初对他也是陌生的，可这一天之后，她几乎三日两头地遇见他，有时是在她家附近，有时是在她下班路上。最密集的时候，甚至一天能遇到两三次。遇见他时，他总是说恰好路过，正好在这附近办事，但总是要与她聊上一通才肯离去。

起初她以为都是偶然的，不久就恍然大悟了：这哪里是偶遇，哪里是凑巧，分明是故意的啊，是特意跑来看她的。

明白了他的心思，他的用意，他的执着，她涌上了感动，滋长了真情。因为他对她，确实是认真的。

他也敏锐地发现，她并不讨厌与他的“偶遇”，甚至喜欢他突然出现在面前，他现身的次数也不由地增加了。很快，他的出现已不需要编织理由，她的喜欢也不需要掩饰，两个人聊天的时间更长了，沿着街巷一起走走，也是一件顺理成章的事。

那时没有网络，没有手机，甚至连座机都还没普及，最靠谱的交流方式就是见面。这种实打实的形式也利于两人关系的推进，在那个秋季，两个人的关系日趋密切。

事实上，其时陈家的经济条件远胜徐家。陈江月的父亲是县邮电局的干部，母亲是永康城里人，曾是下放工人，后又回城，在县色织布厂工作。家里除了陈江月，还有弟弟陈向阳和妹妹陈江波，当时要么在读书，要么已有了工作。徐步云的哥哥姐姐虽然也都在工作了，但家底远不如陈家，父亲已退休，母亲是家庭妇女，身体也都不是太好。徐步云本人也知道，追求陈江月，自己是有些高攀了。

可陈江月从来没有因为家庭因素而影响自己的选择，她看中的就是徐步云这个人。快20岁的她，家人已开始为她考虑婚事，想与她交往的也不乏其人。陈江月的父亲在县邮电局工作，相邻机关的同事和热心人已向陈家推荐，比如在军校读书的某局局长的儿子，比如已经当上了军官、长相极帅的男孩子，等等。在当时人们的心目中，他们显然会有更远大的前途，会拥有更高的社会地位。在热心人的张罗下，陈江月也勉强见过他们，却因没感觉而没了下文，但对徐步云，她是慢慢地动了心。

"因为我感受到了他身上美好的品质，这些品质打动了我，让我认定他就是我等待的人，跟着他没有错。并不是因为现在他成了成功人士，我才这样评价，那时的我就已经真切地感觉到了，这才让我变得义无反顾。"陈江月的脸上浮起一丝骄傲，"现实生活中，理想的男人确实很难找，但他就是其中的一个。我很幸运，找到了。"

类似的话，徐步云的女儿徐璟珺也由衷地说过："我爸真的是一个完美的好男人！他身上的很多优秀之处，是很多人学不到的。"这当然是后话了。

两个人交往了一段时间，就想着该怎样见父母，得到父母认可。不久后，徐步云在陈江月母亲面前有了一次直接且较为全面的展示机会，这机会当然是他积极主动争取来的。

这就是找准机会，陪着未来的岳母，当然还有恋人，一起去金华城里玩。

那时的金华，尽管城市不大，却是整个金华地区的中心，下辖县城买不到的很多东西，只有在那里才买得到。永康人结伴去金华城里玩一趟，是当时的时新事。尤其是女性，毕竟在金华可以买到不少可心的东西，去金华的积极性自然更为高涨。因交通条件的限制，去金华必须搭乘汽车，来回需要三四个小时，班次也不是太多。乘拖拉机、摩托车，耗费的时间则更多，还有诸多不安全因素。因此，若能搭上便车，那真是求之不得的大好事。

事实上，即便两个人已在密切交往中，陈江月也没问过徐步云家住哪里，女孩子的害羞心理让她不好意思问东问西，她根本不知道他家紧依着汽车站老码头。要去汽车站乘车，徐步云家在必经之路上。

陈江月的母亲晕车，闻到汽油味就头晕，吃晕车药也不一定能控制住。这天早上也是同样。母女俩拎着包出门来到汽车站，看到汽车在此进出，一股股汽油味飘过来，陈母弯下腰后在路边蹲下干呕。就在这时，徐步云骑着自行车从家里出发去上班。就在车站前，三个人就这样遇上了，三个人顿时都呆住了。

徐步云飞快地从自行车上跳下，他看见陈江月正在拍打母亲的背部。陈江月站直身，看到徐步云在此出现吃了一惊。陈江月母亲停止了干呕，因为她看见了女儿异样的眼神，顺着这眼神又看见了徐步云，女儿有了恋人的猜测得到了证实。注意力一分散，干呕自然停止。

“去金华吗？……7点45分的那趟车还能赶得上。”徐步云很快镇定下来，从容大方地打招呼，同时把关切的目光投向陈母。

“唔，是的，去金华。这是我妈，没上车就头晕了。妈，这是……”陈江月本想介绍一下徐步云，但一时间又不知说什么好。

“晕车还是得吃晕车药，而且要坐在通风的座位上。”徐步云说。毕竟是汽车修配厂职工，在交通出行方面确实懂得多，陈江月悄悄地看了他一眼，眼里又多了一丝信任，可嘴上却不由嘟囔：“7点45分的那趟车，票已经没有了。”

“是吗？我想想。”他的手在脑袋上抓挠了几下，明显是在想办法，“有了，我马上去单位问一下。我们运输公司也有客车跑金华的，不知上午有没有客车可以搭。”他让母女俩在此稍等，自己则骑上自行车飞快地奔向运输公司。已经呕吐过的陈母舒服了不少，站着舒展四肢，觉得前往金华应该没问题。

不一会儿，远远的，母女俩看见徐步云骑着自行车飞奔而来，在她们面前跳下时脸上已有些汗珠。“有票了，马上可以走，我现在送你们上车。”他兴奋地说着，顺手帮母女俩提起随身拎包，领她们朝运输公司走去。

这般的热情，哪怕是还在犹豫、还在想着婉拒的人，都不忍拒绝。母女俩不由自主地跟他上了客车。

“我母亲起初还是想再观察、再考虑一下的。我是长女，对于我的婚姻大事，母亲必定很慎重。虽然是第一次见，也知道我还有另外的追求者，但领略到了他的热情，感受到他待我的真心，以及他质朴、可靠的个性，我可以看出母亲的态度出现了很大的变化，至少不反对我与他交往，甚至说这个人不错，这可是从来没有过的。母亲对他的认可，对我无疑是一种鼓励。”陈江月坦陈，由于母亲的支持，她也渐渐接受了他。

母女俩在金华逛了一圈，在商场买了点东西，下午两三点钟准备返回永康。那天下午，母女俩不曾料到的事情再次发生。

就在金华回永康的汽车停车点，母女俩竟然又遇见了他。这可是在金华呀！这又是怎么回事?

“当时就在金华的婺江边。那时金华火车站旁就是金华汽车站，火车站和汽车站都很大，但到永康的汽车上车点不在汽车站里，而是在江边马路上，那里有一个专门的停车点。我和母亲买好了东西，不敢跑得太远，主要在江边的马路上走。他估计我们就在这附近，就到停车点来等我们。他实在是太厉害了，地点、时间都判断得十分准确，在我们转悠到这里准备等车时，他就出现了。我真服了他。”陈江月回忆到此，不由得笑了起来。

三个人心照不宣地笑着，笑得开心。

为了掩饰害羞，徐步云故意说自己坐客车是为单位来买汽车配件的，刚刚已经买好了，正准备回永康。想到母女俩肯定还在金华，他就找来了。他的解释似乎也说得通，但在陈江月看来，他再怎么解释也难以掩饰真实的用意，不就是编个理由，专门跑来陪她们么？当她的眼光偷偷地与徐步云相碰，后者不由自主地羞涩一笑，不就是默认了嘛。

事后，陈江月的母亲对徐步云也有一句有意思的评价：这个人蛮踏实、蛮可靠，你看他看人的时候还会脸红。一个大男人，还这样羞涩，这样质朴，已经很难得了。

母亲的话自有道理，陈江月心领神会。

好了，既然来了金华，那就让他陪着在婺江边，在火车站附近的中山路、八一路以及古老的通济桥上再逛一通。陈江月越来越发现，他确实是个很细心、体贴、认真的人，对她和母亲的照顾十分细致，哪怕是过马路时有车辆经过，都会小心地护着她们。她也觉得，他不是铺张浪费、吹嘘摆阔的人，故意要炫耀什么。他的诚实、质朴、真挚，是她看中他的原因。

时间虽然不长，但三个人在金华玩得很愉快，很轻松。

约莫三四点钟的时候，母女俩觉得应该回去了，徐步云就又通过运输公司的同事，安排了返程的车辆。事实上，徐步云已经事先安排好了车辆。在还没有手机的年代，悄无声息地把事儿安排妥当，其实没那么简单的，但他做到了，而且还做得滴水不漏，这让陈江月觉得暖暖的。

“说真的，从那时起，在我的印象里，只要与他在一起，我就什么都不用管了，因为他把什么都安排好了，到现在也一样。他很能照顾人，凡事不会忘了别人。这是他最大的优点之一，也是我当初决定跟他过一辈子的主要原因。”陷入回忆的陈江月真挚地说。

一切都无须赘言，两人的关系由此就定下来了。从此，两个人的心灵不再孤单，情感有了依托，在事业上也有了并肩奋斗的战友。

3. 死里逃生的经历，让他更觉产品和服务的分量

当汽车修理业渐显颓势之时，他又涉足汽车运输业。在崎岖的山路上，他遭遇了一次终生难忘的历险，死里逃生的经历让他对产品质量、服务有了近乎苛刻的要求。

1990年，徐步云开始涉足汽车运输业，买了一辆二手车跑起了运输。

其时，双股金钗汽车修理厂已经开办了5年，但发展壮大并没有徐步云设想的那样快速。相反，由于品牌一手车的不断普及，车辆生产制造水平的提高，汽车修理行业反而愈见衰落，像徐步云这样的小型修理厂更加缺乏竞争力。一年一年下来，汽车修理厂的年收入、月收入并没有明显增加，这是徐步云当时最直接的感受。

他希望谋求新的经济效益增长点，稳妥有效地进行转型。其中最稳妥的无疑是干与自己的老本行有关的行业，那便是汽车运输了。“那个时候，个人买车搞运输还是不多的，要有必备的资金，需要驾驶和

修理技术，还要一定的胆魄。而那时的我觉得自己这几个条件都具备了，可以干。”徐步云说。

徐步云把这一想法告诉了陈江月，得到了支持。徐步云是个说干就干的人，他马上着手购车，寻找车辆。

两个人在经历了四五年的恋爱后，于1987年结婚，次年就有了大女儿徐璟珺。就在同一年，两个人又在距汽车站老码头不太远的西街（今永康市紫薇北路之东，永康中学和九华寺之西），造起了一幢三层楼的房子，手头上资金已捉襟见肘，迫切需要开拓新的赚钱路径。所有这些因素叠加起来，决定了他不能再等下去。

徐步云在丽水云和县供销社找到了一辆待转让的二手半挂车。徐步云揣着东拼西凑起来的几沓大钞动身出发。去的时候他乘坐的是客运班车，回来时准备自己开回来。

“记得那辆二手车的价格是两万八，在当年也是一笔巨款了，不过这个价格我还能接受。半挂车那时比较流行，适合搞运输，我也是满意的。上路时我的心情还不错，想着从事汽车运输之后打开一个新的局面，没有想到在路上竟然会遇到那样可怕的事情，差一点就丢了命。”即便已过去了30多年，徐步云回忆至此，依然心有余悸。

如今从永康到云和，已经有G25（长春—深圳）高速公路了，G330（合肥—温州）转G235（新沂—海丰）国道也挺方便的，但当年怎么样？一路的盘山公路，山高路绕，而且大多是狭窄的砂石路面，靠悬崖一边还没有什么防护设施。在这样的路上行车，若是对路况不太熟悉，简直是在冒险。可在交通和路况资讯极不发达的当年，有谁会向徐步云提供如此重要的信息？

在云和付了钱、提了车，办好了所有手续，简单察看车辆之后，时间已经很迟了。徐步云不愿再耽搁，决定次日一早就把车开回来。从永康到云和，客车要坐6个多小时，他不得不在云和住了一晚。开车回去，起码也得花这么多时间，徐步云不愿再磨蹭。

云和县城很小，几乎是只踩了一脚油门，县城就抛在了身后。

眼前便是没完没了的拐弯砂石盘山路。车辆压上去，沙石路就发出咔咔咔的声响，车身后面则扬起一团久久不散的尘土。汽车修理工出身的徐步云开起车来自然也得心应手。只是这盘山公路起起伏伏，一下子上坡、一下子下坡，让他不得不集中注意力，盯着前方，不敢有任何闪失。

半挂车继续朝前开，前方便是紧水滩水库了。紧水滩水库是浙南地区最大的水库之一，主体部分在云和县北部。那条通往丽水的盘山公路（即今G235国道）有相当长的一段距离是紧贴着水库的。也就是说，一边是山崖，一边是水库，这盘山公路如同一条细细的银线，悬挂在半山腰，顺山势而蜿蜒。

前方是一个上坡，又是一个下坡。徐步云踩着油门，把半挂车开到了坡顶，接着便是下坡，同时又是一个拐弯。当他紧握方向盘，小心地转过这个弯时，突然看到前方冲来一辆大客车，两车的位置已经十分接近！

徐步云的半挂车处于下坡状态，车速至少在50—60公里/小时。尽管是在靠山边的一侧，但若不能很好控制车辆，要么是与迎面开来的大客车相撞，要么就是直接撞在山崖，车毁人亡！

徐步云的心脏都提到了嗓子眼，本能让他用尽全力猛踩刹车。没想到的是，他虽把刹车踩到了底，竟丝毫没有反应，很可能是气压不足。这辆二手半挂车的刹车系统突然出了问题。

半挂车顺着下坡的势头，朝大客车冲去。徐步云已经打算好，在更接近大客车的时候，将自己的车子往山崖撞去，毕竟大客车是载客的，肯定有满满一车人。他已抓紧方向盘准备做这一个决然的动作。就在这一瞬间，那辆大客车紧贴着水库边停了下来，而他的半挂车则擦着它，嗖地开了过去。

崖边的大客车与徐步云的半挂车因为相擦而过，同时都抖了一抖。幸运的是，大客车还是稳住了，而半挂车虽然与山崖碰了一下，却只是“皮外小伤”，避免了车毁人亡。

半挂车擦着山崖停住，徐步云发现自己已被冷汗浸透。

这简直是死里逃生哇！

等那辆大客车开远了，过了好一阵子，徐步云才慢慢地从半挂车的车头上下来。这一回遭遇比在江西乐平的那一次惊险多了，要竭力平复，才能恢复正常。他打开随身的修车工具包，对车辆进行了仔细的检查，发现确实是刹车的气压问题。因刹车气泵里的气压不足，才会在紧急刹车时突然失压。当然，这一切的根本原因是车辆已经老旧。

徐步云对刹车系统进行了修理，以避免类似情况再次发生。

后来，这个后来指的是好几个月，甚至半年以后，在一个偶然的情况下，徐步云才得知这辆旧车曾经出过车祸，压死过好几个人，属于“凶车”，当时的转让方故意隐瞒了这些事实，生怕无人接手。“怪不得呢，我后来想，这辆半挂车只卖两万八，真还不算贵呢，以为是那供销社急于把车辆转让，所以在价格上优惠了，谁知……”如今一切都已时过境迁，徐步云谈起这段往事显得很轻松。

“我是唯物主义者，不信鬼神这一套。经过细致修理、精心维护，不少零部件也被换掉了，这车辆再也没有发生过任何事故。它是我购买的第一辆车，为我当年拓展运输业立下了不小的功劳。”徐步云回忆道。

在徐步云开办双股金钗汽车修理厂、开拓汽车运输业务的这几年里，类似的惊魂事件其实还有不少。比如那一年，有一辆卡车坏在前仓镇，必须拖回来修理。那条路也有上坡下坡，路况也不太好，出故障的是一辆解放牌空车。徐步云坐在故障车的驾驶室里，让另外的车辆拉着它，准备拖回修理厂。

“谁知这辆故障车，毛病还挺多，刹车系统也出了问题，只不过司机没有告诉我。结果，在上坡时，前面那辆车忽地停下来，我在后面那辆车上跟着踩刹车，竟然没有反应，原来是刹车系统坏了，差点直撞在前车上。好在我早有防备，发现刹车不灵后，猛打方向盘，让车辆右转，避免了两车相撞。”

不过，每次遇见这类故障，向来细心的他，对车辆运输的绝对安全便更是上了一次弦。在接下来所有与车辆打交道的过程中，他始终将车辆的检测、维修以及谨慎驾驶放在第一位。以后的日子里，如此可怕的事情再也没有发生过。

“这其实与我后来从事安全门制造业有着异曲同工之妙。都是必须把质量事故消灭在萌芽状态，不能让它出事。修汽车也好，搞运输也罢，与做安全门是不一样，毕竟是两个不同的业态嘛，但在对待产品质量上，提供完美服务上，两者其实还是相通的。”徐步云睿智的眼睛里闪烁着光亮，向笔者说明了心路历程。

徐步云、陈江月于1987年喜结连理，刚开始的几年还没有属于自己的房子。在徐家，虽然哥哥姐姐都已经结婚，且从家里搬了出去，但三间房里还住着徐步云的父母等家人，依然显得拥挤。三间房也已经旧了，作为新家庭的住处显然也不合适。刚结婚的那两年，两个人是住在陈江月父母家里的，陈家的房子要宽敞很多。

可这毕竟不是长远之计。并非住在一起不和谐，相反，从徐步云、陈江月恋爱到结婚，陈家父母对这个瘦削且强壮、朴实且勤恳的小伙子，印象越来越好，觉得眼下他虽然捣鼓自己的那家小微型汽车修理铺，整天疲于奔命，却认定他是一个有前途的人。“他与我们家的每一个人都很融洽，完全融入了我们这个大家庭，就是一家人。我父母甚至觉得家里本来就有两个儿子。”陈江月毫不夸张地说，那个时候，家里有什么事，父母都会找他商量，因为他是能拿主意的人。

但这样的情况不可能一直维持，终究还得有自己的房子。陈家的房子再大，但住在一起的人也多，空间也显得局促。陈江月回忆，当时，住在她父母家里的，除了父母、弟弟一家、妹妹一家，再加上自己一家，总共有十几口人，但厨房里的柴火灶只有一个。

在如此状况下，这居住空间就不得不拓展了。因此，当汽车修理厂的业务逐渐减少，汽车运输这一块业务趋于稳定之时，徐步云抽出了一定的精力，筹划为自己这个小家建房。

地皮是徐家的宅基地，就是在汽车站老码头附近，今紫薇北路与永康中学之间的西街上。这当然是理想的地方，距徐家和陈家都不是很远，可以相互照顾。距双股金钗汽车修理厂也很近，来去便捷。附近商业正在兴起，街区并不冷僻，配套设施也都在完善。这些因素综合考虑起来，徐步云、陈江月也觉得居住在此十分合适。

这块宅基地的面积只有65平方米，为了能有更大居住空间，徐步云决定建造一幢三层楼。建造这幢三层楼，基本上耗尽了徐步云这几年的积蓄。这几年他赚来的钱，很大一部分已用于双股金钗汽车修理厂的经营以及购车、养车所需，随着汽车修理业的式微，他的赚钱速度大不如前，积蓄已经不多。他是个苛求品质的人，这是他第一次建房，更是认真细致，所用建材堪称一流，对质量要求颇高，还采用了当年较为罕见的框架结构，这无疑都拉高了整幢楼房的造价。

建房这件事，在1988年这一年耗去了徐步云的不少精力，他披星

徐步云的第一幢自建住房

戴月地忙碌，但也乐在其中。大女儿徐璟珺的出生，虽使家中的负担重了些，但他的心里暖洋洋的，想着更加用心建房，更加努力赚钱，为家庭、为心爱的女儿创造更好的生活条件。造好房子和有了女儿这两件事，都在这一年里发生。“当时造房的不只我这一家，这一带成了永康人新的聚居区，好多人家都在建房。但我敢担保，我们家的这一幢，质量绝对是最好的！”

为了证明他的话，2022年4月的一天，徐步云专门带着笔者故地重游。进入紧依紫薇北路的西街，疫情的阴影虽未完全消退，但这里依旧热闹，甚至是比以前更热闹了，沿街两侧多为各式饮食店、小超市、小诊所等，徐步云建的那一幢踞于西街中段，如今正开设着一家小饭店。

尽管已过去了30多年，这幢楼房看上去依然牢固。由于地基坚实，房子结构牢固，新的主人后来又在楼顶上加了一层，变成了四层楼。看得出外墙、门窗等都还很结实，很新，若稍加修葺，可能还有人以为是新造的。在新主人的同意下，徐步云带着笔者参观了这幢楼一楼的房间以及建造细节，他如数家珍，告诉我那个房间为何如此安排，这扇窗为何这样设计。他还反复告诉我，造这幢楼时，连砖块都是他一担一担挑上去的。他的记忆力让我惊讶，更让我惊讶的是他对这幢房子的在乎，在乎它设计的独特，在乎它这30多年来的命运。

一句话，这幢他建造起来的楼房，在他心目中始终是杰作。1988年建造完成，次年初全家搬入居住，徐步云一家人开始过上稳定而温馨的生活。

在安顿好家人、涉足汽车运输业的同时，他深入观察社会经济发展形势，思考个人优势与事业发展的结合点，不停地寻求新的发展突破口。

“那时候主要在观察市场，研究哪一类产品有可能占有市场，同时也在判断形势，想要瞄准好了再出击。”徐步云告诉我，在1992年城中铸造厂正式开办之前，他的事业有过近一年的停顿期。但这个停顿期并不是说不再经营双股金钗汽车修理厂，在汽车运输业务逐渐减少的情况下，他什么事情都不再干了。这只是在加大马力之前的暂时休整，只是狂奔之前的能量积蓄。

“大鹏一日同风起，扶摇直上九万里。”步阳30年，1992年之前的一切，或许只能称为徐步云的发展前传。

第三章　Chapter 3

一次次艰难创业，一次次有益尝试

1. 扣准发展节点，城中铸造厂即为步阳之雏形

偶然的发现，郑重的选择，他咬牙卖了心爱的房子筹措资金，建起了城中铸造厂，最主要的产品是煤气灶炉头。他说，之所以下决心开创新事业，是因为受到了邓小平南方谈话的鼓舞，他相信自己这一回肯定能喝上企业发展的“头口水”。

1992年，永康市城中铸造厂成立，这家企业便是步阳集团的前身，步阳集团的发展史从1992年正式开始。

城中铸造厂的主要产品是炉头，这是一种用在煤气灶喷火口上的铸铁核心部件。炉头的作用是将燃料和空气引入炉头空腔充分混合，混合气体从分火器火孔喷出，同时被点火装置点燃形成火焰。燃料的燃烧、火焰的方向、形状以及废气的排出等都与炉头的构造有关。一句话，炉头质量的好坏，直接影响到一台煤气灶是否好用。

徐步云转行制造炉头，后又办起铸造厂，也是出于一种偶然。

曾在城中铸造厂担任厂长的施春火老人，在回忆起这段历史时，对笔者说了好几遍“记忆犹新”。

1990年，一直在社队企业工作的施春火，经一位朋友介绍，开始在一家铸造炉头的小厂工作，主要负责日常的经营管理。这家小厂位于永康下里乡（今永康市西溪镇下里村），离城里较远。当时的厂房还是租的，宿舍只有三间，管理人员和员工不得不挤住在一起。

其时，至少在永康乡下，煤气灶还是一个极新鲜的东西，用煤气灶做菜煮饭的人还很少，炉头成品也都是销往广东等地。可想而知，这家小厂的炉头产量并不大，质量一般，经济效益也并不理想。

“浇模铸铁的工艺流程全是人工的，如果没有熟练工，质量还没有优势的话，效益可想而知。从我进入那家企业后，印象中换了好几个老板，企业一直在勉强生存。”施春火回忆，介绍他来这里工作的朋友，承包了这家企业的铸造车间，也就是最重要的一个车间。要不是这位朋友盛情挽留，当初他说不定早早地离开了。

施春火在此工作不久后，原先的老板走了，把这家企业转让给了施春火朋友的哥哥，他便留了下来，继续负责日常经营管理。

“我这朋友的哥哥，名叫胡金双，曾在衢州的一所学校工作，炉头铸造的这一套工艺还是他琢磨出来的，是一位技术型的专家。在他的经营下，这家企业也兴旺了一段时间，可后来又因种种原因，经济效益下滑，好像有点支撑不下去了。这时，连我都想着索性离开算了，再找一家稳当点的企业继续工作。还真凑巧，永康城北铸造厂（群升集团前身）愿意接收我，同意我在这一年的7月去那里工作。我记得，那是1992年4月。”施春火回忆，快要离开这家炉头铸造厂的时候，他心里还是难免有些留恋的。

群升门业是永康较早从事防盗门、安全门生产的企业，当时它的主要产品是燃烧嘴，创办人和经营者是徐步升，徐步云的大哥。

当时能进入城北铸造厂工作，是一桩幸运的事，施春火自然喜不自胜。但就在这时，这家炉头铸造厂再次转让，这回的接手者是徐步云。他原本想离开，但见到徐步云时改变了想法。

“徐步云这个名字我早听说过，当时第一次见到，印象就特别好。他外表英俊，动作干练。虽然年纪不大，但一看就是个能干事情的人。把这家小厂盘下来之后，他与厂里的骨干谈话后得知我想离开这里，就百般挽留，说正是需要我这样的经营人才的时候。他的热情，他对事业的信心，给我留下了很深的印象。”施春火说，正是因为冥冥中觉得这位新老板能为这家炉头小厂带来生机，正是因为被对方的真诚和热情所打动，后来他主动选择留了下来。

原本擅长汽车修理的徐步云之所以投身炉头制造行业，并非不得已而为之。事实上，当时供他选择的产品和行业还是有不少的，当时永康的五金业飞速兴起，永康成了各类五金产品的制造中心，其产品之丰富，其市场之活跃令人咋舌。尽管时光已过去了30年，但当我们对其时的永康经济尤其是五金业的发展作一番追溯，仍可感知其活力。

1992年，永康市一半以上的乡镇企业完成了转制，有乡镇集体企业217家，总股本1.9亿元，新增股本0.43亿元。乡镇企业的机制转换，带来技术上水平、产品上档次、生产上规模的大好局面，产值在1000万元以上的企业增至53家。与此同时，规范化的股份制试点有序推进，浙江永活股份有限公司、四方集团股份有限公司、锻压机床厂以及供销、物资、石油等企业集团相继转制成立，“国有民营”“社有个营”等不同经营体制的企业不断出现，康迪小轿车、四方牌运输车、凯迪牌摩托车等一批“大五金”产品不断推出，满足市场需求。

从另一个数字也能看出当年永康经济发展之强劲。也是在这个时期，古丽、芝英、古山三镇相继提前1年多完成产值超10亿元目标。这三个镇的主要工业门类同样是五金。

至1992年，永康市利用黄土丘陵开发的工业小区已超百个，各工业小区内的企业近4000家。因为股份制企业、乡镇企业和个体经济的飞速发展，为强化管理，永康市又相继成立了钢制品协会、燃烧器协会、铸钢协会和乡镇企业家协会等，增强了企业群体的凝聚力、竞争力，强化了各企业的质量意识，有力推动了“小五金”向“大五金”转化的进程。

同是在1992年底，中国科技五金城落成，很快就成为中国最大的五金专业市场、国家经贸委重点联系批发市场。当时，在永康举办的中国国际五金展览会已在紧锣密鼓地筹办中，永康五金产品走向全国、走向国际的目标正一步步实现。

也就是在1992年10月，永康撤县设市，步入了城市发展新的阶段……

“1992年确实是社会经济发展的重要关节点，有很多利好因素。我当时明确感觉到自己的事业要迎来一个很大的转折点了。同时，给我触动特别大的，还有邓小平南方谈话。就在1992年，邓小平发表南方谈话。他说：‘要害是姓‘资’还是姓‘社’的问题。判断的标准，应该主要看是否有利于发展社会主义社会的生产力，是否有利于增强社会主义国家的综合国力，是否有利于提高人民的生活水平。’‘改革开放胆子要大一些’，‘看准了的，就大胆地试，大胆地闯’。‘对的就坚持，不对的赶快改，新问题出来抓紧解决’。‘抓住时机，发展自己，关键是发展经济。’‘要注意经济稳定、协调地发展，但稳定和协调也是相对的，不是绝对的。’‘发展才是硬道理。’这些讲话，听了真的让我很振奋，当时我就把它们工工整整地抄在笔记本上。直到现在，这些句子我还能背出来。”徐步云回忆，他原先或许还有一丝犹豫和迷惘，但深刻领会了邓小平南方谈话的内容后，心里顿时全明白了。

“当时我的直觉是，我们国家的改革开放要进一步加快了，企业的经营机制会更灵活，人民群众的生活水平和生活质量将大大提高，办企业的胆量可以再大一点了。好像给我打足了气，让我可以抛开太多的顾虑，发挥自己的优势，看准项目就干。”什么时候思想解放的脚步大一点，什么时候经济发展速度就会快一点，这句话本来是对宏观经济所言，但徐步云认为这对个人的事业发展来说同样是正确的。

综合考虑以上因素后，煤气灶炉头虽然不是“大五金”，是最典型的“小五金”，但确有其可取之处。

“它的技术含量相对较低，工艺上容易把握，何况这家厂已经有这方面的基础。企业投资较少，转型较为方便，原料、模具等也比较容易解决。更重要的是，销售的问题解决了，即把炉头产品大量地经销到广东，这条路完全走通了，这也使得城中铸造厂的业务量很快增加，效益也日益看涨。”施春火认为，在别人接连失败的领域闯出一条路子，这来源于徐步云对市场的准确判断、企业经营的科学合理。这方面，徐步云确实远高于他人。

人民群众的生活水平和生活质量大大提高了，煤气灶无疑会快速普及，对炉头的需求自然不用赘言。煤气灶和炉头作为产品并不新鲜，但对它的普及推广就在当下。企业发展经营中能否喝上“头口水”是很要紧的，徐步云认为，当时投身于炉头生产还是能喝上这“头口水”的！

买下这家炉头小厂进行彻底改造，从事标准化炉头铸造生产，是需要投资的。换句话说，这是需要一大笔钱的。此时的徐步云，3年多前刚刚建造了自家的楼房，积蓄几乎耗尽，加上大女儿出生不久，家里也需要一定的开支，他的手头上没有多少余钱。这一度让他极为苦恼。

“在这种情况下，他想着只能把家里值钱的东西变现，以解燃眉之急，但是家里什么东西最值钱呢？我没说，他也没说，但大家心里都清楚只有这幢只住了3年的三层楼房。”陈江月感叹。当徐步云意识到自己必须得把这幢房卖掉时，心里十分矛盾，甚至痛苦。

怎么会不痛苦呢？一家三口刚刚安顿下来，还没好好喘一口气呢，难道又得退回几年前的状态吗？陈江月记得，那一段时间，徐步云在这楼房里默默走动，从一楼走到三楼，又从三楼走到一楼，从这个房间走到另一个房间，来来回回，上上下下，还时常发出阵阵叹气。这可是他精心打造的一个家啊，连砖块都是他一担一担挑上去的。这里的一砖一瓦都凝聚着他的心血，寄托了他对安逸生活的向往。要他下这个决心，实在是太难了。

但是，如果要投资炉头厂，如果想要获得事业发展的新转机，如果想要拥有更加幸福的生活，就必须做出这一痛苦的选择。

被依依不舍纠缠了数日之后，徐步云和陈江月终于以7万元的价格，转让了这幢楼房。

“整理好东西，从这楼房里搬出来的时候，我实在忍不住流眼泪了。说真的，我与他一样喜欢这幢楼房，可以说是非常喜欢。从某种程度上说，这幢楼房也是我与他一起建造起来的，刚搬进去的时候怎么想得到只能在这里住上短短的3年？可我知道眼下他正准备做一件大事，我相信他能把这件事做好，所以也是咬着牙同意放弃这幢楼房。”陈江月回忆，当最终做出这一决定，动手搬离之时，她反而比徐步云更加平静。选择或许是痛苦的，但她坚信这一选择是正确的。

7万元，一家人拿出了全部家当，勇敢地投入了新的尝试之中。

步阳30年发展的第一幕，竟是如此决然和悲壮。

拿着这笔珍贵的资金，徐步云开始了开办城中铸造厂的一系列动作。他首先在永康城北的汤店工业区设法弄到了一块地皮，建造了新的厂房。这个地方离现今的步阳集团只隔了一条车辆川流不息的香樟西大道，即330国道。一条汤店路连接着这条国道与原永康火车站，交通便捷，地理位置优越，有利于企业发展。起初厂房十分简陋，在资金稍宽裕一些了才着手建新厂房。新建的厂房虽然不是太大，层高也不是太高，略显压抑，但足以容纳整个炉头小厂，还留出下一步发展的空间。为确保产品质量，他尽可能挤出资金，购置了全新的生产设备，淘汰了炉头小厂的老设备。

1992年8月，永康市城中铸造厂的大门建起来了，大门上方“城中铸造厂”5个大字十分醒目，老远就能看到。汤店工业区时期的城中铸造厂，在正式开工的第二年就进入了发展的全盛期。

厂里很快就集中了一批优秀的人才，包括制作模具、浇铸、产品检验销售等，也有了一些协作企业。陈江月的母亲应阿姨成了城中铸造厂的会计；陈江月的妹妹陈江波也成为城中铸造厂的一员，后来担任步阳集团的总会计师；陈江月的弟弟陈向阳，当时已顶了父亲在县邮电局的工作，因为炉头销售这一块特别要紧，便辞职下海，驻守在广东顺德，成为城中铸造厂驻广州办事处的负责人，全力推销炉头产品。广州办事处也是步阳集团历史上第一个办事处。开办汽车修理厂时的搭档、爱徒徐献勇也来了，后来跟着陈向阳在顺德搞销售。当然还有施春火，被徐步云任命为生产厂长，负责企业的日常经营管理。徐步云自己则担任董事长，企业法人代表。

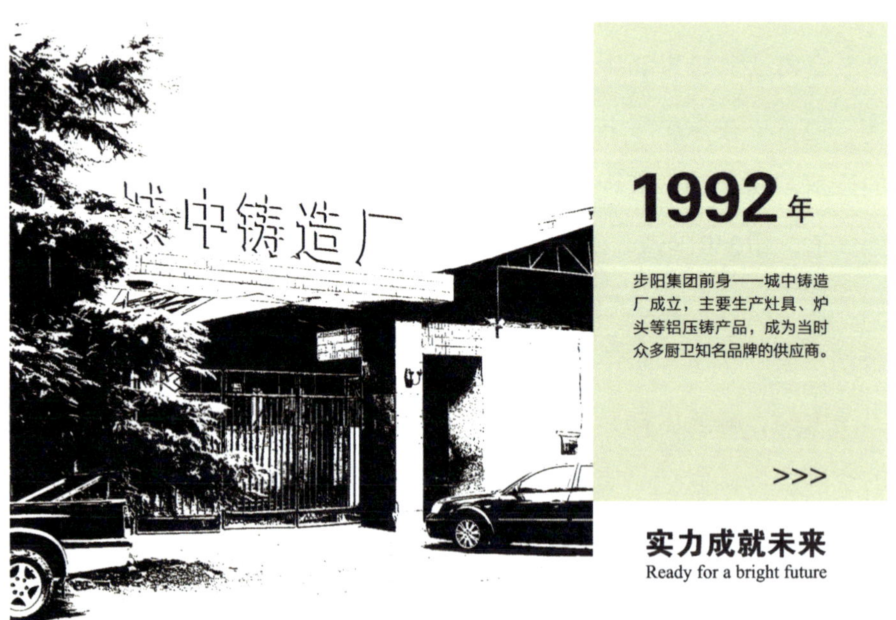

1992年，永康市城中铸造厂大门

“他看中的，就是我多年的管理经验。搬到汤店工业区之后，员工的数量增加了，日常管理也更规范了。在董事长忙于外面的各类事务时，企业内部的管理任务就落在了我头上。不过，新厂区刚刚启用，事务太多，他都来不及正式任命我，只是口头宣布由我担任厂长。”施春火说，那时候顾不了这些小节，先把手头上的事情干好才是第一位的。第二年，徐步云才专门弄了一张红纸，亲笔书写，任命施春火为厂长。

陈江波是陈江月的亲妹妹，1993年3月进入城中铸造厂。她本来可以去别的单位工作，但姐夫的企业亟须人才，进入自家人的企业也是永康人经商办企业的传统做法，她便二话没说成了这里的一员。

“反正我来到城中铸造厂后，印象中就是忙碌的景象。记得母亲、姐姐、我，不仅要做好自己手头的工作，还要为炉头师傅煮绿豆汤。绿豆汤是当夜宵的，那时候厂里的炉头生意特别好，开夜班是常有的事。”陈江波告诉笔者，城中铸造厂开办之初，尽管内部有岗位分工，但经常是分工不分家，有了事情大家一起做，徐步云本人也不例外。

炉头是由生铁浇铸的，且由手工完成，产量一旦大起来，免不了有瑕疵，会被退回来。修补这些有瑕疵的产品，也是大家的工作。“我们这些坐办公室的人，只要有时间，也会一起完成。我们在这些有小气泡的炉头上刷宜兴砂，刷银灰色的油漆，消除所有的瑕疵，连一个气泡都不放过，重新让它变得完美。那时，董事长特别忙，但仍会挤出时间，与我们一起刷宜兴砂、刷油漆。他那脚踏实地、勤恳细致、从不服输、平易近人的风格很能感染我们。”陈江波说，那几年，炉头生意特别好，企业发展也很迅速，但氛围很好，大家人心齐，干劲足。

2. 从1座浇铸炉到6座浇铸炉的创业传奇

凭着缜密的市场分析，采取出众的经营谋略，徐步云使这家原本濒临倒闭的炉头小厂咸鱼翻身，成为炉头生产的龙头企业。更重要的是，他攒足了经验，积累了资金，为接下来的企业转型创造了必要条件。

城中铸造厂的炉头生产，在几年时间里颇为红火。

20世纪90年代，广东佛山的顺德以及邻近的中山，是全国煤气灶（也称燃气灶）的制造中心，当时出名的就有万家乐、美的、格兰仕、华帝、樱雪、容声、付太、万喜等品牌。最鼎盛的时候，有近千家厂家。在燃气灶刚开始普及的时候，绝大多数产品就从这里发货。

燃气灶具生产厂家需要大量的配套炉头，因为一台燃气灶至少需要一只炉头，大多数家用燃气灶需要两只，商用的燃气灶则需要更多的炉头。当时顺德和中山两地的燃气灶具生产厂家每年究竟需要多少只配套炉头？这恐怕是一个天文数字。

既然有这么多燃气灶具企业都设在广东，集中在顺德和中山，为什么他们不顺便生产炉头这一配件，不在那里建立零部件配套企业?

“这就如同回答燃气灶具生产企业为什么集中在广东，小五金产品生产企业为什么集中在永康一样，其实是多种市场因素互相作用而形成的。顺德和中山等地靠近中国香港、澳门地区，当地人对燃气灶具并不陌生。当内地开始逐步普及推广燃气能源时，这些地区的工厂便模仿港澳地区的燃气灶具产品，很快投入生产。广东人的模仿能力是极强的。炉头的核心部件对质量要求高，生产成本相对也高，但利润不是太高，顺德、中山一带的燃气灶具企业便以订购的方式来解决配套炉头的需求。”徐步云回忆道。

“永康虽然距顺德、中山较远，却有着小五金生产的传统优势。这里有成熟的小五金生产运作机制，有能降低生产成本的生产工艺流程，有完备的产品设计、质量检验等技术，还有一流的浇铸工，能解决大批量生产所需的产品交货问题，并确保产品质量。这些优势不是短期就能具备的，永康数百年的小五金生产传统和文化积淀不可小觑。”徐步云说，当时他敢于接收那家濒临倒闭的炉头小厂，相信它能在自己的经营下发展壮大，正是基于这样的分析。

同样一只炉头，如果在广东浇铸，其成本是14元，到了永康人手里呢？报价7元，还有利润，质量亦有保证。在这样的情况下，顺德、中山的厂家舍近求远反而是最好的选择。

但炉头毕竟不是高精尖产品，技术、工艺也没什么秘密。所以，当得知顺德、中山有这方面的巨大需求时，全国各地一下子冒出来很多炉头生产厂家，尤其是在1992年以后。

燃气灶具的生产厂家，一般是不会主动寻找配件的，需要配件企业上门推销，即销售配件的主动权不在生产企业手里，而是在燃气灶具生产企业手中。“我们的产品销售十分重要，这就是谁扼住谁咽喉的问题。”徐步云强调，在这样的情况下，企业产品若想胜出，就只有依靠质量、价格和服务去与同行竞争了。由此可知驻守在广州的陈向阳、徐献勇等人承担的是多么重要的任务啊。

顺德当时还是一个县级市，地方不大，但交通不是太便捷，跑销售绝对是一件辛苦事。但陈向阳他们不怕艰苦，硬是从同行手里一点点把业务抢过来，在风霜雨雪中穿梭，起早贪黑地奔波，虽然有时免不了遭到冷遇，但都坚持下来了。

在徐献勇的印象中，在广州办事处工作的那几年，是他最辛苦的时候。为了推销炉头，作为办事处负责人的陈向阳采取了最原始的办法，即背着炉头产品一家一家推销。起初是走路，那就是一步一步走，有公交车就挤上去。后来有了摩托车，就开着摩托车到处跑，雨天脚上绑着塑料袋防雨水，晴天车头上挂着炉头样品，浑身汗水淋淋的。一年到头还没有休息日，只有在过年时才回永康的家里休息几天。

天天开着摩托车到处跑，除了疲劳，还有危险。广东那边的夏天很闷热，每到下午，常常会有一场突如其来的雷雨，让人防不胜防。有一次，陈向阳骑着摩托车在雨中疾行，突然一声雷响，他从摩托车上滚落，摔在路上。那一刻，陈向阳以为自己这一次要“交代”了，直到发现手上脚上火辣辣地疼，才知道自己还活着，一看身上满是一条条伤痕。

有关城中铸造厂广州办事处时期的万般辛苦、种种艰难，徐献勇真是三天三夜都说不完。

广州办事处的炉头销售情况，直接关系着城中铸造厂的生产数量。当年的资讯远没有如今这么发达，好多供销信息必须上门探询。稍有迟缓，某笔生意就有可能落在了别人的手里。这便是陈向阳他们不敢怠慢的一大原因。当时的通信也颇为落后，连“砖头机”“大哥大”都还没有在社会上出现，互联网更是没见影子，到电信营业所挂长途电话是最快的远距离通信方式。陈向阳他们需要耗费许多精力用于两地的联络。在瞬息万变的市场面前，为了争得先机、获得更多的订单，他们殚精竭虑，精神处于高度紧张的状态。令人钦佩的是，他们的销售业绩越做越好，城中铸造厂的炉头生产规模也因此一再扩大。

炉头的生产，在铸造厂是以“炉”为单位的。“炉”的多少，意味着炉头制造企业的规模大小。炉是指熔化生铁、浇铸炉头用的高温炉，内有底座、炉头模具、盖板和锁紧件等，底座两端设有豁口。通常情况下，一座翻铸箱内只嵌有一件模具，向一个浇铸模具（炉头模具）内浇铸铁水后，可形成一个炉头。当需要批量生产炉头时，炉头模具必须为多个，且多个炉头模具呈上下层叠形式布置。各件模具内均设有砂芯，上端设有浇铸入口、下端设有浇铸出口，相邻两个炉头模具的浇铸出口和浇铸入口相接。铁水浇铸完上层的炉头模具后，依次流到相邻下方的各个炉头模具内。去除砂芯后形成炉头半成品，在完成工件精车后得到成品。在这一过程中，浇铸工的技术十分重要，一旦手法不当，就有可能使多个炉头同时报废。铁水温度较高，持续的高温环境不利于浇铸工的身体健康。因此，逐个浇铸炉头是主要的制造方式。

“城中铸造厂刚办起来的时候，只有1座炉，浇铸工也不多。所有产品都从这座炉里生产出来。但过了几个月，也就是到了1992年底，增加了1座炉。到了第二年上半年，又增加了1座。这说明广州办事处那边接连不断地获得了新订单。”徐步云在回忆城中铸造厂日见兴旺的情景时，抑制不住内心的兴奋。

笔者来到位于汤店路的城中铸造厂原址，感受当年这里的生产气氛。这里目前是飞神车业有限公司的厂区之一。该公司最早由徐步云于1995年成立，属于步阳集团前身城中铸造厂麾下的企业，是当时他探索产业多元化的一个尝试。

2008年，飞神车业有限公司从步阳集团分离出来，单独成立，重新登记注册，法人代表为陈向阳，监事为陈江波。除了汤店路这一老厂区，主厂区设在香樟西大道，与步阳集团只隔了一条马路。如今的飞神车业有限公司是一家集研发、生产、销售为一体的大型综合性外向型企业，主营业务为非公路休闲车及零配件制造、非公路休闲车及零配件销售、助动自行车、代步车及零配件销售、电动自行车销售等。

据介绍，汤店路老厂区经过必要改造，厂房面积扩大，层高抬升，但城中铸造厂时期的整体格局没有改变。从香樟西大道进入汤店路的道路依然是旧貌，厂房的墙壁还是以前的，昔日的那两间办公室仍在。

“当时，只要从广州办事处传来新订单，增加浇铸炉数量，大家就很高兴，因为这意味着又战胜了竞争对手，又打了一个胜仗。董事长甚至还会连夜行动，购置和安排新的设备。这种时候的他，哪怕是极其疲劳，脸上还是充满笑容的。”施春火说，1993年之后，炉头生产销售竞争更趋白热化，取得订单的难度越来越大，但陈向阳他们的表现十分出色，订单数不降反升。

随着燃气灶具在功能、型号等方面的更新，炉头的规格、型号也必须迅速作出改变。在这方面，城中铸造厂的反应特别快，这主要得益于徐步云的经营谋略。新产品出来了，配套的新型炉头必须马上跟进。每当这时，陈向阳或徐献勇就会拎着一只新型炉头或者设计图纸，从广州马不停蹄地回永康，厂里的技术人员立即翻铸新型炉头，拿出样品。陈向阳他们又拿着样品飞回广州。这一过程至少需要两天两夜，基本没法休息，直到样品被燃气灶具生产厂家认可进入批量生产流程，才能喘一口气。

“按照董事长的要求，一点也不能耽搁，工作的节奏快得令人眩目。”徐献勇感慨道，广东那边的办事效率很高，同行竞争激烈，我们接到研发生产新型炉头的任务是绝对不会有丝毫耽搁的。“不过，那时尽管累，工作压力也大，但心情还是舒畅的。看着企业逐步壮大，经济效益越来越明显，干劲也越来越足啊。”

从1座浇铸炉扩大到2座，又扩大到3座、4座，最终扩大到6座。汤店山工业区的厂房里排列起6座浇铸炉，热气腾腾的阵势也够壮观的。这6座浇铸炉日夜开工，每天都有新的一摞摞成品，员工们也实行两班制，高高兴兴地拿加班工资。企业的生产场地很快不够用了，便又与周边的村民商量，租下一块新的地皮……如此兴旺的场面让徐步云踌躇满志。炉头的生意这么好，企业的发展这么快，这远远超出了他的预想。

笔者在城中铸造厂原厂区来回走动，细致察看，竭力还原当年的情景。第一座浇铸炉出现在厂房的正中央，周围堆放着生铁原料和排列整齐、准备装箱的成品，众人都围着这座炉子忙碌。接着又有一座新的浇铸炉，出现在第一座的旁边，厂房里显得更加热闹，阵阵热气弥漫在车间里。没多久，第三座、第四座浇铸炉出现了，原本放置在旁的原料和成品，不得不移至厂房靠墙一侧。4座浇铸炉整齐排列在厂房正中，员工们有条不紊地工作着，人数虽有增加，却无混乱无序之感。不时响起的原料搬运声、开炉声、成品与成品相互碰撞声，都为这里的热闹添上了几分生动。而当第五座、第六座浇铸炉出现时，整座厂房的大部分空间都已被浇铸炉占据，整齐置放，宛如莲花的花瓣，独具神韵。原本靠墙壁摆放的原料和成品放不下了，被移入原料仓库，偌大的厂房里弥漫的热气不绝，金属碰撞声不绝，成品从厂房里源源不绝地运出来……

“我们很佩服他，不是因为他现在是大老板了，就不讲原则地吹捧。你想，在炉头小厂时期我就工作了好几年，后来又换了几任老板，生意一直不温不火，企业半死不活。没想到在他手里，工厂一下子就兴旺起来，生意好得出乎意料。这实在是太神奇了！”从炉头小厂嬗变为蒸蒸日上的城中铸造厂，其间的巨大变化，亲历者施春火最有发言权，“可以说，他经商办企业的能力，也在这一时期体现了出来。”

施春火告诉笔者，他曾经分析归纳过城中铸造厂时期徐步云成功的秘诀，其中一条是市场分析能力强，还有一条则是不怕吃苦受累。

“那时的他30岁不到，浑身充满激情，似乎有用不完的力气。不夸张地说，他的吃苦耐劳精神，在我见过的所有企业家中是比较突出的。他从早到晚都泡在厂里，吃在这里，住在这里。在很多人的印象中，他好像从来没有睡过觉，因为随时可以在厂里见到他。每当生产环节、管理环节出现问题，他都会第一时间出现。当时每次开炉，他都在旁边仔细看着，就连深更半夜也一样。当冷却后的炉头从炉里拿出来，他的双眼放着光，那样子，好像是一位父亲打量刚出生的孩子。”施春火认为，徐步云不怕吃苦受累，源于他对炉头生产的极度用心，也源于他对事业的执着。

他还舍得投入。他在更新设备、扩大生产规模、追求产品质量、聘用优秀员工等方面舍得花钱，从而很快在生产规模上就超越了同行。

“当时光是在永康，生产炉头的企业就有很多家，但后来没有一家在规模、质量、产品研发等方面能与城中铸造厂相匹敌的。能够做到这一点，显然与他不断加大投资力度有关。”施春火回忆，当时也有人对徐步云不惜代价的做法有疑问，生怕投资会收不回来，可事实证明这些担心是多余的。城中铸造厂的资金链、经济效益一直没有问题。“凭着薄利多销，城中铸造厂始终没有贷款，反而积累了可观的资金。这说明了什么？说明投入与产出十分合理。”

6年后，炉头生产业务宣告终结，6座浇铸炉也完成了历史使命，然而厂房还在，各类设备还在，优秀的员工还在，为接下来的企业转型创造了必要条件。这是城中铸造厂时期留下来的一笔资产，殊为宝贵。

徐步云有着出众的经营谋略。他是一位有着丰富经营实践的人，此前已经办过汽车修理厂，搞过汽车运输。10岁刚出头，他已在家门口摆起了简易茶水摊。他没有研读过高深的经营谋略著述，也没有太深入地研究企业经营的奥秘，他的很多谋略都是在实践中自然而然获得的。实践出真知。施春火说，徐步云的很多决策和策略来源于实践，在实践中得以证明，非常有效，非常实用。

永康人的思想观念比较开放，发轫于南宋时期、以陈亮为代表的“永康学派”主张义利双行，有“功到成处，便是有德；事到济处，便是有理”“开物成务”等论述，强调道存在于实事实物之中，反对空谈，主张实务实利。这一思想至今仍影响着永康人的做事方式。

“比如，他从起初挨家挨户推销炉头，到后来与顺德、中山的燃气灶具生产企业结成牢固的协作关系，掌握了产品销售的主动权。他抓住了炉头生产的几个关键点。在企业经营方面，他同样是一个很有魄力的人，城中铸造厂就是他成功经营的一个范例。”

3. 在不断探索中做出历史性的决策

一件件合格的精密仪器从厂区源源不断地运出，对于企业经营者来说是巨大的慰藉。挫折，尝试；寻求，突破。目标总在日渐接近。任何一个重大的决策都是在不断探索、反复衡量中做出的。

1994年下半年，镜王光学仪器有限公司成立，成为徐步云麾下的另一家公司，主要产品为各类望远镜。

先是从城中铸造厂的厂房中匀出一部分作为镜王光学仪器的生产车间。其后，又在永康老火车站南侧的西山头工业区取得了土地使用权，建造了厂房（今兴达一路20号），后来又在今步阳集团总部地块建起了新厂房。在一段时间内，徐步云希望在望远镜生产方面有所建树，使其成为产业发展版图中的重要一块。

王成江是在1995年初加盟徐步云麾下企业的，之前的他在多个企业里工作过，后来自己办起了一家衡器厂，生产各类衡器产品，效益比较稳定。所以，当徐步云和陈江月夫妻俩亲自上门，来到位于西城街道富大坑村的王家邀请他加盟时，难免有些犹豫。

“两人十分诚恳，不仅如实说明了邀请我加盟的理由，看中我的哪些专长，也说了当时炉头生产的状况，以及即将铺开的望远镜生产。说实话，我当时很清楚，如果加盟到他们那里，我自己的衡器厂肯定是顾不上了，可我又实在被他们的诚恳打动，况且我又是陈江月的姑父。有着这层亲戚关系，我便下了决心，担任了经营厂长。”王成江说，之前他听说了不少徐步云创业的事情，知道这个年轻人是能人。他自己也是热心于事业的人，投身城中铸造厂和镜王光学仪器，也是合适的。

王成江来到城中铸造厂的时候，炉头生产还没有完全结束。炉头

1997年

成立上海步阳防撬门有限公司，专业设计、制造各类钢质门，正式创建“步阳”品牌。短时间内形成各种系列近百种的产品生产线，适应各地建筑风格的步阳产品在市场内一炮走红。

>>>

实力成就未来

Ready for a bright future

步阳产品生产线

的材料已从原先的生铁改为黄铜，质量已明显提高。徐步云还筹划着做铜火盖，但因为广州那边燃气灶具的生产已不再像前几年那样火热，且炉头等配件的供应问题已基本由当地解决，城中铸造厂炉头生产的火热景象已大不如前。

“从根本上说，炉头生产的历史使命已经完成，企业处于亟须转型的节点。究竟转向哪里？怎样才能把自身的优势发挥到最佳？这是当时摆在董事长面前最迫切的问题。”王成江认为，企业转型向来是个难题，要求企业家每次转型都能做到100%正确，这无疑是苛求。

企业转型，特别是产品的选择，由于受到各类因素的影响，并不是一件简单的事。事后诸葛亮是容易做的，但世界上还不存在任何一次决策都无可指责的企业家。

说起选择望远镜作为企业主打产品之一的原因，徐步云记得十分清楚：“望远镜这一块业务，当时主要由陈向阳负责，那时他的主要精力已从广州转移回了永康。他的一位亲戚在嘉兴一家企业参与望远镜生产，还是技术专家。在一个偶然的情况下，他说起生产望远镜的可能性，认为投资望远镜生产是值得的。陈向阳把这个信息告诉了我。经过几次研究、商量，最后由我拍板上这个项目。”

定下了这个项目后，在陈向阳等企业骨干的协助下，徐步云很快完成了生产的筹备工作，包括办理好相应的生产许可文书。

“主要还是炉头生产的量在减少，利润在下降，企业迫切需要转型。怎么转？我收集了不少信息，想过很多产品，却一直没有找到合适的。20世纪90年代，永康的五金业已十分成熟，各类大小五金产品生产企业占据了各自的市场，要想跻身其中是很困难的。之所以选择望远镜，也有另辟蹊径的意思。望远镜不是五金产品，当时整个永康也没有一家企业生产这个的，技术上我有优势，经过几年炉头生产也有一定资金积累。我想，走一走全新的路子，说不定是一次有益的尝试。若问我选择望远镜的原因是什么，我想主要的就是这些。”徐步云说。

睿智的徐步云不可能盲目出兵，打一场无准备之仗。深思熟虑已是他的习惯。然而，市场总是那么神秘叵测，它不会轻易地把真实面目透露给你。筹备了几个月后，镜王光学仪器就具备了生产望远镜的能力。徐步云拿出了一笔较大的资金，用于购置各类生产设备，包括那些专用设备以及必要的生产原材料。不用多说，望远镜的生产设备要比炉头的生产设备昂贵多了。

必要的生产投入是无法避免的，再大的投资也得咬牙投下。

“望远镜是精密设备，在各道生产工序中最关键的是磨镜片。要把每一张凹凸镜片磨得光滑、精准，几度就是几度，这不仅需要技术，也需要耐心。磨镜片既要借助机器，也得靠手工来完成。在永康是很难找到熟练的磨镜工的，浙江这方面的人才哪里最多？应该是台州杜桥，那里是省内最大的眼镜制造基地。制造眼镜与制造望远镜，凹凸镜的原理是一样的。怎么办？我们当时四处高薪挖掘这方面的技术人才。”徐步云回忆，当时他们从福建、江苏和湖州聘请技术专家，还从台州杜桥聘了磨镜师傅，从生产第一架望远镜开始，就把产品质量放在第一位。

是啊，对每只炉头的质量都如此在乎，更何况望远镜了。与其他产品不一样，望远镜镜片只要出现一点瑕疵，那这架望远镜就废了。

这边望远镜已在出货了，另一边炉头生产还没有彻底终结。这是1995年以后企业的生产状况，这种状况一直持续到1997年。

望远镜生产出现危机，其实当年便初露端倪。

出现危机的第一个原因，是没有自己的品牌。

其时，镜王光学仪器的望远镜虽采用了国内军工企业的若干技术，产品的质量也是过硬的，但产品本身依然是苏联时期军用望远镜的仿制品。当年苏联的军用望远镜有很多种类，其中不乏高倍、超高倍的，而镜王光学仪器生产的却是倍数偏低、使用简单、精确度要求不怎么高的低端产品，或者说已经把军用品做成旅游品了。

20世纪90年代起，随着苏联解体，中俄边境游渐趋红火，全国各地特别是南方的游客涌入黑龙江，来到与俄罗斯隔江相望的几座城市，举着望远镜眺望对岸的异国风情。这也成为了边境游的一个保留节目。有的游客还会参加跨江一日游活动，拿着望远镜到对岸的俄罗斯城市，再眺望更远的地方。购买一副望远镜，几乎成了这些游客的标配。在哈尔滨等城市，也能买到这类军用望远镜。事实上，这些望远镜都是国内企业的仿制品。

像这样的仿制品是不可能拥有品牌的，望远镜上的品牌标识，显然也是模仿的。后来，徐步云曾经尝试推出自己的望远镜品牌，打造一个能叫得响的国产望远镜品牌。当时的他就有了强烈的品牌意识，却因望远镜生产已是强弩之末，哪怕在品牌打造上投下再多的资金，做再多努力，都已经没了必要。

出现危机的第二个因素，是销售方式以及价格不合适。

由于没有品牌，属于仿制品，要进入正规的销售渠道便有些难。“基本上生产出成品后就直接运到哈尔滨了，由当地的中间商包购包销，送往边境地区的各个旅游点进入小贩手中。这样的销售方法，虽然在操作上似乎更简单了，以出厂价一次性售出，还减少了若干经销成本，然而因镜王光学仪器只能以低价售出，以数量取胜，它的最终定价权竟然落在了小贩手里。

与所有旅游商品一样，望远镜一般是在景区、旅游点的售货摊上出售，通过小贩销售给游客。小贩在兜售时，可以喊300元一架，也可以喊280元一架，几经讨价还价，最终以200元、180元甚至更低的价格卖给游客。能卖出多少钱，完全是由小贩的销售能力来决定的。小贩虽然辛苦，却是其中最赚钱的。中间商为了攫取更多的利润，经常想方设法压低生产商的出厂价，加了价之后又以较低的价格倾销给小贩，也是以数量取胜。如此一来，生产商生产得越多，利润并不能明显增加，肥的是中间商和小贩，这也就使得镜王光学仪器的望远镜生产难以为继。

“刚开始的时候，可能还有点利润，越到后来，利润变得越来越少，后来还出现了亏损。由于设备都已备齐，一下子停产又有点可惜，我们还断断续续地生产了一些。到了1997年，我们才忍痛下马了望远镜生产项目。”徐步云回忆，下马这一项目当然是为了止损，不能让窟窿越来越大，但心里免不了五味杂陈。

5年的努力，最后的结果是亏损好几百万元，这是徐步云经商办企业以来最大的一次挫折。不过，让徐步云感到欣慰的是，自己生产的望远镜于1994年在日本广岛举办的第12届亚运会上，成为专供观众使用的比赛观看用品，大大地出了一回风头。尽管这一次利润是有限的，但能进入亚运会专用品这一领域，证明了镜王光学仪器生产的望远镜产品在质量上是过硬的，并得到了国内外用户的肯定。

就这样到了1997年。炉头生产已告终止，望远镜生产也落下了帷幕。徐步云迫切希望企业实现新的转型。

“其实，在炉头和望远镜这两个产品的生产在慢慢萎缩的时候，我已在寻找和谋划新的产品了。望远镜这个项目虽然失败了，也亏了钱，毕竟还能承受，我还有一定的资金实力，还有一大批亲朋好友愿意继续帮我。当时的永康也好，整个浙江也好，做金融的已经多起来了，有人也确实赚了钱，有人也想拉我入伙，可我始终觉得自己并不适合从事这类靠投机才能成功的项目。我觉得自己最适合的还是实打实地做产品，从事制造业。”

毋庸置疑，徐步云对自己的认识是客观的。

其实，就在这段时期，徐步云已在考虑涉足防盗门行业了。当时每户人家的入户门还不叫安全门，主要目的是防小偷，所以叫防盗门。人民群众的生活水平在不断提高，原先的那种简易木门已跟不上需求，防盗门即是在这样的背景下推出的。在国内，防盗门生产最早应该出现在20世纪90年代初，最有代表性的企业之一，是位于辽宁营口的盼盼安居门业有限公司。他们于1992年成功研发了中国第一樘真正意义上的防盗门，产品一时行销全国，那句“盼盼到家，安居乐业”的广告语也一度尽人皆知。

与盼盼防盗门同时期的，还有重庆的美心防盗门和哈尔滨的飞云防盗门。他们生产各类木门、防火门等，防盗门也是他们的主要产品。他们的产品已分别占据了当地的市场，并逐步向全国覆盖。

永康市场上出现这类防盗门是在1996年前后。从北方和重庆等地运过来的防盗门，被永康这边的经销商摆在了肉摊出售。肉摊人流量相对较大，关注的人多。能买得起肉的人，手里也有钱。“当时社会治安不是太好，小偷多，而造新房的人家有不少，大家又不想要木门，所以防盗门销量还不错。”徐步云回忆，先富起来的人在建造新房时，如果再装上一樘钢板制造的防盗门，看上去十分时髦。这也在一定程度上促进了销售。

“记得当时这些北方和重庆的防盗门，每樘价格在2000元以上，有的要两千五六百元，甚至3000元。这样的销售价格，对于有生产实力的厂家来说，肯定很有吸引力。”徐步云说。

永康一地在制造业上最拿得出手的，不正是五金业？以金属板材为主要原材料的防盗门制造，完全适合在永康发展。于是，从1995年开始，从做金属栅栏门起步，永康也有企业开始尝试防盗门的生产，主要有车库门、伸缩通闸门、非标门等。最早的防盗门品牌叫“棒棒”，是芝英镇的一家企业制造的，这种防盗门既可以防盗，还具有装饰作用。至1997年，永康防盗门产业已经有些兴旺，不断推出拥有自有品牌的防盗门，以防盗门生产为主业的企业也逐渐增多。敏锐的徐步云极其关注这一动向，他思考着、合计着，寻找最佳突破口。

一个产业的潜力在哪里？毫无疑问是在用户身上。一个拥有或者将拥有众多用户的业态，是有生命力的，是可以投身其中的。在那段时间，徐步云一边在为炉头和望远镜生产做收尾工作，一边对防盗门产业进行评估，了解其优点和弱点，判断其未来的发展方向。

“我认准了一点，那就是防盗门是千家万户要用到的，任何一个家庭、老百姓都会用到。你想，一户人家怎么可能没有总门（大门），一扇总门怎么能不考虑牢固度、耐用性？这个产品的市场有多大？全国、全球对于防盗门的需求，是天文数字般庞大，我想一想就热血沸腾。”吸取了当年投产望远镜的经验，这回的徐步云没有掉以轻心。

徐步云已经盘算好，投入防盗门研发生产的资金，在1000万元左右。这1000万元资金从哪里来？完全是徐步云自筹的，没有一分钱的银行贷款。从1992年到1997年，城中铸造厂和镜王光学仪器尽管没能达到徐步云的创业预想，没能一直持续下去，但企业总体上还是赢利的，积累了一定的资金，有了继续创业的本钱。像铜铸炉头的研发，这种就算是亏损了，也只有几万元的损失，对整个企业的影响还是小的。

“从1996年到1997年，我的企业在永康已经有了知名度，每年上缴税收就达到20万元以上，进入了永康的百强。几年后，步阳集团与陈向阳的飞神集团合在一起，税收上缴总额达到了永康全市第一。从税收上缴金额可以看出，城中铸造厂和镜王光学仪器的资金积累还是极其可观的。”徐步云不无自豪地说，“正是因为手上有一定的资金，我才对寻找新的生产项目、对企业尽快转产如此迫切。”这个分析显然是客观的。

商业巨子李嘉诚有言，抓住时机首先要掌握准确的资讯，而能否掌握时机看你能否在适当的时候发力，走在竞争对手之前。时机背后最重要的因素，是知己知彼。最新信息已经掌握，机不可失，主意已定，接下来就是发力了。

第四章　Chapter 4

找准时代发展契机，大胆进军安全门业

1. 无惧艰难，向阳而生

上海步阳防撬门有限公司在上海注册成立，“步阳”这个响亮的品牌名得以确立。生产项目的筹备工作紧锣密鼓地推进，各种要素逐步完备，其中更充足的是他的从容、果敢、睿智和信心。一场有准备之仗即将打响。

在徐步云忙着筹划防盗门生产，准备让企业转产之时，有一个插曲也值得一说。

就在1997这一年，徐步云的新住宅建成了，是与两个哥哥一起建成的。新房位置极佳，就在现华联商厦后边，百分百黄金地段。尽管每家底层只有两间，但因层高有9层，居住面积是完全够了。这幢楼房的落成，彻底解决了徐步云一家当时的住房困难，也弥补了几年前那幢小楼转让给他人的遗憾。那么，新的楼房既然面积大，地段又这么好，能不能做点别的什么?

“刚好一天我与他一起在金华市区著名的步行街，即西市街上的五福园饭店吃了一顿饭。他一边吃一边感慨地说，开一家这样的饭店倒是挺好，顾客都要付完钱才能吃，没有应收款，没有人欠账，这一点倒真是不错。看他十分羡慕的样子，我就说在新房里也可以开一家，反正我也从印刷厂出来了，无非是房子本来想出租的，现在就不租了嘛。他听了，没有反对。”陈江月回忆起了一则旧事。

陈江月说干就干，马上着手筹备，新房也装修成饭店的模样，还定下了1997年8月8日这一开业时间。谁知一切都安排妥当，徐步云却急急找到正在饭店筹备现场忙碌的陈江月，要她把一切都停下来。

“停下来，这怎么可能啊？加盟费已经交了，员工招了70个，正在进行培训，店面装修都是按照加盟店要求进行的，就只差开业了，何况这开饭店的头还是你起的，怎么能说停就停？”陈江月呆住了。这几个月她为了饭店的顺利开办耗尽心力，连装修工平时烧饭用的煤饼炉都是她买来再搬上去的，招聘服务员的横幅也是她亲自挂上，其间的辛劳自不待言。难道就凭一句话，一切都白费？

然而徐步云坚持让陈江月放弃经营加盟饭店，他喜欢夫妻两人干同一件事情，说这样才能干得更好。尤其是那些特别重大的事务，夫妻俩不能分心，不要你做你的，我做我的。

两个人之间出现了前所未有的僵持。

后来双方当然各退一步，达成了默契，不再僵持。饭店照旧经营，主要由陈江月负责，徐步云还参加了开业仪式。但陈江月的主要精力必须逐步转移，主要帮助徐步云办企业。在企业面临转产的关键时刻，徐步云太需要陈江月的帮衬和支持了，毕竟企业的日常管理有相当一部分需要陈江月分担。夫妻俩干同一件事情的做法，是不能改变的。

直到几天后，陈江月才知道徐步云那天要她把加盟饭店的事情统统停下来，是因为他做出了那个极其重要的决定：转产防盗门，把防盗门做成企业的主业。

这一历史性的决策，决定了日后的发展轨迹，全球安全门产量第一的步阳集团由此跨出了实质性的第一步。

“五福园加盟饭店办了10来年，直到后来因城市建设和管理所需，那个地段不适合开饭店了，才告终止。在开饭店的前前后后，我和他都遵守着相互的承诺，我的主要精力还是放在了防盗门这一块。但有一点不能忽略，在筹办和开饭店的过程中，我还发现并培养了不少人才，包括管理人才和技术人才，有的甚至还成为出色的职业经理人，

徐步云巡查车间现场

他们后来都到了步阳大家庭之中，成为推动步阳发展的骨干。”陈江月说，这些人有的至今还在步阳工作，成了步阳一线员工中的“元老级”人物。

这其实又是后话了。

城中铸造厂确定要转产防盗门之时，永康步云防盗门有限公司先于1997年挂牌，存续时间不足半年。这一年下半年，上海步阳防撬门有限公司成立，“步阳”成了正式定名。不过，徐步云把防盗门生产企业的注册地放在了上海，这一做法是有原因的。

其实主要是为了体现产品质量的可靠性。25年前的永康，五金产品生产还存在良莠不齐的状况，用户对永康五金产品的认可度还有待进一步提高。徐步云在确定企业名称时，特意以“上海”这一地名为前缀，就是为了让大上海为他的产品“背书”，是一种营销的需要。毕竟当时的人们对上海制造还有着崇拜。把防盗门写成“防撬门”，一是沿用了上海人的叫法，二是强调了步阳产品的个性，旨在给人留下更深刻的印象。

当然，由于生产厂区一直设在永康，1999年，徐步云又在永康进行了企业登记注册，企业名称改为“浙江步阳门业有限公司”。

值得一提的是，在上海工商部门登记企业名称、申领营业执照时，出现了一个小小的插曲。原来申报的企业名还是沿用了在永康开办时用过的“步云”两字。徐步云的名字本来就有诗意，有气魄，当时却被告知已有企业注册，不得重名。后来知道原来是位于宁波奉化的步云男装，他们生产的西裤还颇有知名度。防撬门与西裤是完全不同的两种商品，“步云”两字能否各自使用，两不相碍？回答说不行，那只得重取一个。

“步云”不能用，徐步云抬头，向天空望去，看见了一轮灿烂的太阳。“步云”不行，“步阳”可以吗？太阳比天上的云更为高远，又在永恒地熠熠闪亮，显然更具气度了。无惧艰难，向阳而生，这本来就是家族品格。我们的队伍向太阳，我们的企业同样在奔向灿烂辉煌的未来。如是，这两个字更合适。完成，通过了。

不过，在企业正式转产防盗门之前，还有不少准备工作需要完成。每一个筹备环节，徐步云都做得十分细致。

“1998年初，董事长先组织了一次市场考察，主要是为了了解防盗门的销路。第一站去的是温州和丽水，董事长、周群健（陈江月的妹夫）和我三个人去的。当时还没有步阳的防盗门成品，我们带去的只是精美的广告画册，上面印着准备生产的各种型号的防盗门。”王成江回忆道，那次考察还有一个目的，就是寻找以后的代理经销商。因为注册地在上海，在上海设立办事处是毫无疑问的，但光有上海一地显然是不够的。在全国各地设立办事处、确定代理经销商，是徐步云向来主张的产品营销方式，他当时亦在考虑之中。

没想到这次考察，效果出奇的好。凡是到过的地方，大家都很热情，都愿意购买和代理销售防盗门。粗粗统计了一下，光是他们考察过的地方，这防盗门的销量就很可观。

“人们的生活水平确实提高了，造起了漂漂亮亮的新房子。如果这些新房子的大门仍然用传统的木门，真的是太不协调了。当时尽管已经有‘盼盼’，有‘美心’，有‘棒棒’了，但产量仍然不够，型号还显单一，优质的高档防盗门还很少，还不能满足市场所需。一句话，步阳还有很大的施展空间。”王成江说，这一次考察，让徐步云更加坚定了尽快生产防盗门的决心。

炉头和望远镜不再生产了，但机器设备等还在。防盗门生产要求有较大的场地，徐步云就把这一项目的生产地点设在新辟的西城街道岭张村厂区，即现在步阳集团总部所在地。起初只有两间较小的独立厂房，原址在今步阳集团办公大楼后面，后来，岭张村的生产基地不断扩大。

如今步阳集团内部会所的那幢3层楼房，原本是准备作为望远镜项目的磨镜车间的，所以层高比较低，还隔成了一间间，适合安装磨镜用的恒温设备。防盗门项目上马后，这里也很快成为一个生产车间，并做了必要的改造。

早期步阳镜王光学磨镜车间厂房

“刚开始生产防盗门的时候，厂房都来不及建造，只能东搭一点、西搭一点。造房子的速度比较慢，那就搭棚，就是用彩钢瓦搭建的那种大棚。往往是一边搭一边生产，刚搭好就马上投入使用，这样资金也可以节省一点。这一方面说明我们因陋就简，抢时间上项目，另一方面也说明这个项目从一开始，业务量就比较大，生产任务比较重，我们不可能按部就班地用老方法做事。”陈江月说，这样扩大防盗门生产厂区面积的做法一直延续了很多年，直到现在，岭张村生产基地的不少厂房依然是用彩钢瓦搭建的，只不过采用了更为耐用的。

岭张村生产基地的扩大至今已进行了十几次，从南往北一点一点拓展。笔者看过一张生产基地俯瞰图，但见一大片蓝色彩钢瓦的厂房沿着岭张村东缘往北伸展，已接近永康城区新建的九州路，向东则与紫薇北路紧贴。这片厂区或许已是永康城里企业所属面积最大的生产区域了，这还不包括设于永康科技园内的步阳科技园。“防盗门生产包括选材、压花、剪板、冲孔、折弯、电焊、预处理、胶合、喷塑、转印罩光、装配，以及仓储、运输等多个环节，需要较大的场地。市里、街道和村里都十分支持我们扩大生产，协助依法依规办理工业用地相关手续。”徐步云说，步阳生产基地的拓展、规模的扩大，直接改变了岭张这一小小村庄的面貌。如今，岭张村大多数居民从事的工作、获得的经济收益，均与步阳有关。不少居民成了步阳的员工，还有一部分居民成了步阳员工的房东。村庄与步阳在各个方面已融为一体。

防盗门项目投产之初，步阳的主要技术力量也是从永康当地找的，陆陆续续到位。在这方面，作为“五金之都”的永康确实有着很大的人才优势，各方面的人才都可以找到。

“永康拖拉机厂，就是后来的四方集团，当时有不少退休的工程师也被我聘来了。他们的技术能力很强。那时电脑和网络还没有普及，图纸都是靠手工画的。现在把那时他们画的图纸翻出来，你会觉得比用电脑画的还要工整、细致。他们为步阳的发展，尤其在最初的几年，立下了汗马功劳。”徐步云说，寻求和培养优秀人才是步阳的传统，在防盗门筹备生产时期和发展时期体现得尤为突出。如今步阳的不少骨干，就是在1998年至2002年间加盟步阳的。

生产炉头、望远镜与生产防盗门，在技术上是完全不同的，但还是有相当一批老员工留了下来，通过一定的培训和适应，陆续充实到防盗门生产一线。笔者了解到，当年在第一座浇铸炉上负责浇铸炉头的师傅及其妻子还在步阳工作，只不过已不在生产一线，而是从事步

徐步升与徐步云兄弟俩双双当选永康市人大代表

阳产品的销售。

徐步云的大哥徐步升，早年创办城北铸造厂，主要生产燃烧嘴。燃烧嘴是工业燃料炉上使用的一种燃烧装置。城北铸造厂生产的燃烧嘴产品还创下了多年位居铸造燃烧嘴行业全国第一的佳绩。就在徐步云涉足防盗门生产前的半年，群升门业有限公司在城北铸造厂的基础上成立，开始生产防盗门等产品。正值市场上对防盗门需求量迅速增大之际，加上群升防盗门质量不错，即被广大用户所接受，经济效益较好。在徐步云筹备防盗门生产之时，群升门业在永康已颇具知名度，产品正逐步覆盖到更广的区域。

徐步升一向热心帮助弟弟发展产业，共同致富。当年徐步云开办城中铸造厂生产燃气灶炉头时，徐步升就给予了各方面的帮助。但在徐步云试图进入防盗门生产领域之初，他有过不同的想法，希望小弟能在望远镜等项目上进一步发展。兄弟俩的主打产品应该体现出差异化，不能大家都做防盗门。

哥哥的意见他认真考虑了，有那么一段时间，徐步云显得心事重重，内心十分纠结。他是一个习惯深思熟虑的人，善于通盘考虑事情的利弊得失。他认为自己投身于防盗门生产，竞争对手不是哥哥，不是永康的其他同行，而是防盗门业那些已经超出自己很远的同行。这在当时确实有点难，但他认定凭着企业的设计和生产能力，凭这几年积攒的经营经验，凭自己的信心、智慧和永不满足的激情，凭自己麾下优秀的员工，能把防盗门生产、销售和经营做得很出色，直至实现超越同行的目标。他的眼光放得很远。在从事防盗门生产这件事情上，不谋求一时一役的胜利，而谋求最终的、持续的、久远的成功。

眼光一旦放远，事情便能看得一清二楚。

“为了避嫌，也为了体现自主性，所有参与试制第一樘步阳防盗门的技术人员，都不是从群升等同行企业中挖来的，我们也不从外面买别的企业的防盗门仿制，一切都靠自己。记得董事长还说过，在销售方面，我们也要另辟蹊径，别的企业的销售区域不去抢占，也不从别的企业挖销售人才。他固执地认为，以这样的姿态参与竞争更显风度，更有利于自身发展。”王成江说，起初他觉得徐步云可能有赌气、冲动的情绪，但事实很快证明他非但做到了，而且坚持了下来。

“董事长的重大决策既已定下，就不再改变；不再改变，那便是要立即行动。我看得出，那段时间的他心里肯定很着急，但表面上，他一直不动声色，总是一副从容微笑的表情。他不会因为事务太多、事

2002年，步阳集团升级成为全国性无区域限制集团

情麻烦而乱了阵脚。其实，1998年的他还是个年轻人，但他胸有成竹，指挥若定，已经具备了大将风度。”施春火毫不掩饰对徐步云的赞许。大家都知道防盗门生产与修理汽车、浇铸炉头、制造望远镜等不可同日而语，投资大、规模大、困难多，但产出的效益也将远大于徐步云以往涉足的业态。“我们都已经有了强烈的预感，这一回，董事长会成功的，而且是很大的成功。我们都觉得各个要素都齐全了，他没有理由不成功。”

“左牵黄，右擎苍，锦帽貂裘，千骑卷平冈。”“会挽雕弓如满月，西北望，射天狼。”踌躇满志的徐步云，有待于持节云中，青云独步；步月登云，高步云衢。个性内向的他不愿意过于张扬，更不愿意夸下海口，以此夺人眼球。他期冀在悄无声息、不声张的状态下，在他人不经意间冲上巅峰，夺下山头。这才是他的风格，也是他追求的效果。

2. 第一樘步阳门，“闭门造车”只是为了拼实力

自己动手调试设备，做模具，试着冲门板、折弯，试着做门框，就连防盗门表面的喷塑也是尝试着做，最终却达到了“只准成功，不能失败”的要求。第一樘步阳门试制成功了，步阳人的创新创业实力也得到充分展现。

宣告第一樘防盗门诞生的过程显得有些艰难。

樘，量词。一副门扇、一副窗框，辅以配件装配成一个整体，称一樘门。“樘”已变成一个专有量词，一般用在计算防盗门（安全门）等的数量上。走进步阳集团，与步阳人在一起，你会不时与这个原本生僻的量词打交道。他们亦不断强化一个概念：防盗门（安全门）不是一扇扇的，而是一个严丝合缝的、一个完整的系统。

定下了转产防盗门之后，却在试制第一樘防盗门时，遇到了一系列技术难题，出现了失败。防盗门这种产品，哪怕是依样画葫芦，因为从来没有做过，也会遇到很多技术难题。

徐步云挑选了两名技术人员，再加上从镜王光学仪器调来的王成江，主攻防盗门的生产策划和试制。时间是在1998年4月。当时从上海等地买来折弯机等一批设备，为了节约，其中有些还是旧设备。板材等原材料是从永康直接采购的，配件一时无法齐备，徐步云要求王成江在10天之内买齐。王成江联系了别的企业的采购员，打听配件的购买线索，很快从江苏、广东等地购齐。

“试制第一樘防盗门的时候，真有点闭门造车的感觉。因为参与试制的没有一个是熟练的技术人员，大家都是第一次。我们自己动手调试设备，做模具，试着冲门板、折弯，试着做门框，连防盗门表面的喷塑也是尝试着做，让厂里的喷塑工手把手地教我们，再一点一点看效果。”王成江说，当时徐步云给试制人员提的要求是“只准成功，不能失败”。

然而，第一次、第二次试制都失败了，两个月过去了，还是没有试制出一樘合格的防盗门，徐步云心里十分着急。

“其实我的专长是销售，不是搞生产。但既然任务已经压在我身上，我也只能想方设法完成。那天晚上，急着试制的时候，我们整天在厂里，已经顾不上白天黑夜了，董事长又找了我，要我跟着他到试制防盗门的装配车间里走一圈。走了一圈后他问我，你看了有什么感觉啊？这里的管理太乱了，东一堆西一堆，堆满了东西，能用来试制防盗门的地方这么小，试制人员在里面动都不能动，配件拿起来这么不方便，连想要配齐一个门都配不齐。再这样的话，说不定再过半个月都做不出一樘门来。”在王成江印象中，当时的徐步云紧锁双眉，满脸的焦虑，说：“明天起你去担任装配车间主任，限10天时间，给我装出4樘门来。我们不能再等了。”

之所以对试制防盗门如此急切，是因为徐步云知道自己已没了退路，只能尽快地往前赶。当时，炉头和望远镜生产已终止，企业迫切需要转产，迫切需要获得一个可靠的、效益好的、潜力巨大的新项目。转产防盗门已成定局，必须尽快进入量产状态。

“他心里很清楚，哪怕再低调，消息还是会很快走漏出去的。生产设备已陆续到位，员工也已在招聘，这些都需要成本。但一次次的试制一直无果，再耐心的人也免不了急躁。他想尽快证明自己的企业也能生产防盗门，他要在永康防盗门产业界迅速占下自己的位置，可他的企业连生产能力都没有，这传出去岂不是笑话？所以他只能让我们加紧试制，尽快出结果。”王成江看得出徐步云背后的急切，于是更加全身心地投入到防盗门试制工作之中。

其时，负责防盗门生产的厂长已经到任了，即施春火，他也全力以赴投身其中。

接下来的第一个试制日，从一大早开始一直装配到晚上8点钟，不断地尝试再尝试，依然发现门与框之间无法合榫，要么缝隙很大，要么门的下部刮擦，开启不灵活，锁也锁不紧。经反复观察、琢磨，王成江发现了问题，那就是门板与门框之间的配合尺寸有问题。门板和门框虽然都是在精确测量、计算后分别制作的，但在安装时，各个零部件之间不能精准开合，这便是防盗门一直没能装配成功的最大原因。

“这个问题是怎么产生的？还是因为太机械死板地处理问题，导致配合尺寸出错。”王成江说，当时在试制防盗门时，存在不够规范的情况，甚至连图纸都没有，采料时是按照尺寸来裁切的，但裁切时又不能做到尺寸完全准确，门板和门框都差了那么一点点，无法配合。另外，即使有图纸，但图纸上写着门板和门框的允许误差值是正负1毫米，但在实际裁切时如果真的按照这个尺寸去做，门板和门框各自误差1毫米，多了或者少了，那这个误差就是2毫米了。有2毫米的误差，这个门怎么还能做到精准开合？

另外，哪怕门板和门框的裁切精度非常高，若没有考虑门框的变形问题，同样是无法合榫，做到精准开合的。任何一个门框，不论是硬木的、金属的，成框之后还是会或多或少出现变形，细微的变形就会导致防盗门不能正常开合。

“所以，在防盗门生产过程中，必须做到一定程度的灵活、变通，使之符合实际。比如工程师为了采料方便，在裁切门板时，倒头与正头的尺寸是一样的，两者可以通用。从理论上说这可能没错，装配的时候就不行了，因为他没有考虑门框的实际尺寸和微小变形等因素，没有考虑与其他配件相合榫的问题。精度高的产品一旦有一点点不准，就会失之毫厘，谬之千里，再怎么想合榫都不可能。”徐步云听了王成江的分析后，认为他已经找到了问题的症结，随即提出理论必须结合实践，不能生搬硬套地定尺寸、求精度，同时还得讲求灵活、变通、精巧、实效。

按照这一思路，很多技术问题得到解决。原本容易出现偏差的锁具安装变得精准而顺利多了，因为所有锁具的定位，已一律以正头为标准。只要正头尺寸无误，锁具等零部件安装时，在尺寸上都向正头靠，就不会再有对不上的问题。门板与门框之间不能精准开合的难题迎刃而解，由此搬掉了试制之路上的一块大石头。

第一批10樘防盗门虽然全都报废了，但第二批50樘防盗门全成功了，步阳人的创新创业实力得到充分展现。

徐步云欣喜不已，当即要求装配车间每天必须生产50樘。后来又提出，一个月内必须每天生产200樘防盗门，越多越好。“他认为试制已经成功了，必须进入量产阶段。但一下子要生产这么多，还是很有压力的。要知道当时从事防盗门装配的也就只有二三十名员工。我们只有采用轮班制，加班加点地干，才能勉强完成他下达的任务要求。”王成江说。

不过，当时哪怕已经购置了最新的制造设备，不少工艺还是要由人工完成的。“那时的防盗门中间还有一扇小小的观察窗，可以让门里面的人看清外面的人是谁。这个观察窗必须由人工裁切出来。门板做好后，也没有压机把它压平，而是用沉重的水泥板压的，这也得用人工。效率肯定不如现在，但大家做得很细致，工艺质量是绝对保证的。”施春火感叹，当时的很多工艺真还是自己琢磨出来的。徐步云的脑子转得快，对钣金等五金技术又十分熟稔，很多制造工艺上的小麻烦就是他想出点子化解的。

看着一樘樘防盗门源源不断地装配完成，徐步云的脸上露出了满意的微笑。就像先前开办汽车修理厂那样，他以厂为家。尤其是在员工们加班加点，忙于装配防盗门时，他也一样坚守在厂里。只要员工们不下班，他是不会走的。

“步阳”品牌防盗门产品，一经在市场上推出，即受到广大用户的欢迎。无论步阳拿出多少产品，马上就被经销商和普通用户抢购得无影无踪。

起初的销售地，除了永康本地，就是温州、丽水、上海等地，采取的是直销方式。外省，尤其是东北地区还没能打进去，当时那里的地方保护主义比较严重。徐步云不着急，他相信最终会用产品去占领各个市场。在推广步阳防盗门的第一步，徐步云的策略是稳扎稳打。

“像‘步阳步阳，越做越强’这样的口号有好多，就是在1998年喊出来的，朗朗上口，让人一下子就记住了。”施春火说。

在产品推向市场的同时，步阳防盗门的产品研制开发仍然没有停止。

“试制成功之后，在接下来近一年的时间里，步阳防盗门的产量是每天200樘左右。第一批上市的产品，在式样上还是传统的、单一的，缺乏变化。比如门框都是表面压平的宽边，但不久后看到盼盼防盗门门框上有压型的花边，成了一个花边门框，我们也赶紧增加了一道工序，把花边压上去，使防盗门更美观。这一工艺如今仍在采用。”王成江告诉笔者，步阳防盗门的门框尺寸也做了些调整，更符合流行趋势，更显大气，也更结实。

“董事长做事十分细致。在防盗门产量稳步提升，款式也开始丰富后，提出了节约生产成本的要求。当时我们购买来的钢板都是1米到1.25米宽的，切割成门板时，经常出现浪费。他发现了这一现象，便要求我们实行技术革新，在考虑外观漂亮、功能完备的同时避免材料浪费。我们结合款式变化、功能多样等要求，在门板的下料、门框的宽度等方面大做文章，能利用的都利用起来，门框的料宽不超过25厘米，边角料都尽量做成小件，努力把材料损耗降到最低。现在想来，董事长在生产防盗门的初期，思路就已经清晰，提出的要求非常及时。在成本控制方面，步阳还是做得很出色的。”王成江说，那个时候防盗门还没有工艺标准，大家都在摸索着做，但徐步云在实践中已经有意识地尝试着对门框、门扇（门板）的厚度、坚固度，以及锁具中的锁芯、锁舌等进行标准化规定，这为日后参与相关行业国家标准的制订打下了基础。

2007年，步阳集团作为永康防盗门主要生产企业之一，与另外两家防盗门生产企业一起，成为防盗门国家标准起草单位，为永康防盗门业争得了行业话语权。2009年，步阳集团再次代表永康防盗门行业参与起草了木质门国家标准，并有多位企业技术人员获得《木质门和钢质门环境标准产品技术要求（HJ549—2009）》标准起草人员证书。

2009年6月，环境保护部在永康步阳集团召开了国家环境标志，钢木质门标准启动会，步阳集团与国内另外7家企业一起，成为全国首批环境标志使用企业。

2014年，步阳集团参与起草由商务部组织的《装饰装修材料售后服务管理规范》和《建材及装饰材料安全使用技术导则》这两份行业标准的制定。至此，加上之前参与的防盗安全门、钢门窗、木质门、车库门等国家和国际标准修订，步阳集团共参与了6项国家行业标准修订，成为行业内参编标准最多的企业。这也印证了步阳集团在安全门行业的权威性。这与步阳最初花大力气，致力于门业研发是分不开的。

从1999年起，王成江被徐步云任命为厂长，主抓生产。这一年，也是步阳门业扩大产量、扩大知名度、提升企业效益的一年。徐步云的经营也越发得心应手。之后的几年中，步阳以市场为导向，在短时间内拥有了能制造多系列、上百种产品的生产线，产品逐步在市场上走红。

“关键的一点，是他始终不满足现有的业绩，总觉得接下来可以干得更好。这个月可以每天生产200樘，那么下个月为什么不能做300樘，再下个月为什么不能做400樘？他要把生产潜能全部挖掘出来，再去寻找新的潜力。生产上是这样，管理上同样是这样。比如抓质量，总觉得还有再提高的空间，让我们一起想办法。他始终怀有一股向上的精神，而且相当强烈，这就是我在那个时期对他最深的印象。”说到这里，比徐步云年长10岁的王成江，脸上难掩钦佩的表情，“你想，与这样的人一起共事，做他的下属，谁还敢松懈？说真的，当时的我就有一种预感，有他这股冲劲，步阳真的能冲到行业前列。”

2002年，步阳集团成立，徐步云任董事长，陈江月任副董事长。企业名称前既没有冠以“浙江”，也没有“中国”，但它的世界性、开放性是不言而喻的。

这一年，步阳集团的主打产品已完全成型，企业发展不断提速。与此同时，在产品更新上，步阳集团也拥有了紧跟市场需求、甚至引导市场需求的实力。步阳集团进入了稳定而持续的发展壮大期。

3. “用步阳，我放心”，最暖心的广告词不期而遇

步阳不惜重金，成为永康第一家把产品广告打入央视的安全门企业。“用步阳，我放心！”广告词响彻全国，步阳由此一跃成为全国性品牌，步阳的“放心文化”也自此开始形成。

笔者曾经问徐步云一个问题：在经营步阳的30年中，你觉得最大的难点是什么？这么多年来，你的工作重心又是什么？

徐步云毫不犹豫地回答：销售。

销售是什么？它是服务于客户的一种活动。这无疑是各个行业所有企业家最关心的事，因为它是产品最终变现的唯一途径。然而，在笔者看来，徐步云所说的销售，并不仅仅是指让产品变成企业收入的手段和方式，而是指与这一手段和方式相关联的系统。向客户提供优质产品，向社会提供服务，这是销售；定位目标客户，确立市场战略，提振企业活力，这是销售；获得品牌效应，树立企业正面形象，

扩大产品影响力同样也是销售。

“不能只为卖产品，不能只为经济效益，要把步阳打造成具有永恒活力的百年企业，就必须抓住销售这一龙头，围绕这一中心，做深做透各个环节的每篇文章，满足客户，引领市场，体现企业的担当精神，强化社会责任感。真正做到了这一切，才可以说是完成了销售。这样的销售才有经济价值，才有社会意义。”徐步云说，从涉足商海开始，从步阳诞生那一刻起，他就如此理解“销售”两字，他就把销售放在了工作首位。

全面深刻准确理解销售，始终视销售为龙头，正是步阳成功的一大秘诀。步阳在涉足防盗门生产之时，在国内甚至在永康都已经有了多家同类型企业，它们中有的已上规模，有的拥有了较高的知名度，有的已把产品覆盖到其他区域，说步阳是个后来者并不为过。因此，从步阳生产出第一樘防盗门起，它就有了诸多对手，这些对手已把步阳重重包围。

“步阳是从生产炉头、望远镜转产过来的，从某种程度上说，与这些竞争对手相比，我还是一个门外汉。当时面临的一个最迫切问题，是企业定位、奋斗目标。究竟是从众多防盗门生产企业中分得一杯羹，还是努力与它们平起平坐，或者超越它们？目标定位决定了我今后将以怎样的决心和毅力去经营步阳，决定了我将付出多大的代价来做这件事。”徐步云说。他很快厘清了思路，因为经营企业不进则退，假若把目标定得很低，只是“求个温饱”，或者不愿也不敢争上游，那么你很可能就会被无情的市场、无情的对手吃掉，甚至连骨头都不剩下。

万通地产董事长冯仑曾经说：“在江湖，杀人是正常的，不杀人反而成了异类，就像一头狼，不会吃肉，一个劲地吃草是很危险的——做吃人的狼不做吃草的羊。”这段话说得有些“杀气腾腾”，但商海毕竟不是疗养院，软弱保守、得过且过确实会变成对手的刀俎之物，知足常乐是做不到的。商海毫无疑问是一个“弱肉强食，适者生存”的地方，与对手竞争，在该出手时就要精准打击，绝对不能心慈手软，否则就是葬送了自己。

这个坚决的、精准的打击，这个“杀气腾腾”的竞争，就是要紧紧抓住销售这一龙头，所有工作都围绕这一中心，绝对不能有一点淡漠、半丝松懈。

“从生产防盗门的第一天起，步阳就开始构建自己的终端销售网络，把营销渠道牢牢地掌握在自己手里。只有解决了这一产品的出口，抓住了关键，其他所有环节都围绕这一重点转，我们的思路就很清晰，不会打乱仗。”徐步云认为，后起者确有不利的一面，但也有有利的一面。不但可以避免先行者已经犯过的毛病，还能有效借鉴他们的方法，从而占据一个较高的发展起点。步阳销售渠道的构建就能做到这一点。

徐步云把步阳这一后起者可利用的优势，概括为容易理解的“天时”“地利”“人和”。

所谓“天时”，即当时改革开放的大好形势，经济体制改革逐步深入，民营经济正在加快发展壮大。国有企业在全国经济格局中的占比不断下降，如曾经“一统天下”的各级供销社已基本退出市场，这为步阳集团构建营销网络留出了很大的空间。

而在20世纪90年代末，国家进行了住房制度改革，商品房的概念日益深入人心，商品房建设市场正逐步打开，包括防盗门在内的各类建筑配套设施的需求量出现猛增。

所谓“地利”“人和”，指的是在永康发展防盗门产业的种种优势，包括别的地方不具有的产业优势和人才优势。“永康学派”创始人陈亮等倡导“义利双行”“义利统一”，强调大智大勇、才德双行者方能“大有为”。这样务实、崇义重利的思想精髓，依然渗透在这片土地上的企业家血液之中。

在永康，及至20世纪90年代，“五金之都”已经名实相副，形成了以五金机械产业为主导的区域特色经济，衡器，锉刀、剪刀，刨刀、菜刀，电动工具，有色金属冶炼，滑板车，防盗门，保温杯等传统和新兴产业遍及全市，涵盖了金属冶炼与压延、不锈钢制品、普通机械、专用设备、交通运输设备、电子器材、仪器仪表等7个行业，门类齐全，比徐步云浇铸炉头时期，更加系统、全面、发达。

“在永康，需要什么配件，一个电话马上就能送到。需要什么人才，一份招聘启事就能引来一群。这里有完善的产业配套体系，企业上下游之间有着紧密、灵活的合作。凡是遇上什么难题，同行会在最短的时间里伸出手来，帮你解决。”徐步云说，涉足防盗门生产以来，步阳寻求和接纳了大量的技术人才、管理人才，也获得了大量的营销人才，他们大多被充实到步阳集团庞大的营销网络之中。

步阳集团最终确立的营销网络，把国企的制度管理与民企的灵活充分结合在了一起，即实行以销售办事处制为主要模式的销售渠道模式。由集团总部派驻人员到各省市，成立销售分公司式的销售办事处，由办事处在辖区内精挑经销商，并就近管理。集团下指标给办事处，办事处考核经销商，层层责任分明。这一营销网络和管理模式一直延续到现在，成为步阳集团“以销售为中心”经营方式的具体体现。

这一管理和营销模式，不乏创新，富有智慧，又避免了弊端。“有些企业实行的是总代理制，但代理商为生产企业打理销售，只是为了赚取佣金，产品并不属于他，由此会缺少市场竞争的原动力。生产商也难以控制、管理代理商，代理商往往照顾人情关系，“有关系”就能拿到货，“没关系”就拿不到货，零售价格十分混乱。同时，由于代理公司利润过于丰厚，企业自身成本难以降低，从长远来看，还将对企业品牌造成很大伤害。徐步云认为，以销售为中心的经营方式，决定

徐步云带队检查车间安全

了企业必须把管理和营销牢牢掌握在自己手里，发挥直营优势，这既能保护企业利益，更是保护广大用户的利益。

如今，除了永康本部，包括较早设立的广州办事处、上海办事处，步阳已先后在全国设立了26个销售办事处，营销范围涵盖了全国各省、自治区、市。“26个办事处都需要素质高、能力强，富有社会责任感的管理人员，这些人组成了步阳集团的一支中坚力量。让我高兴的是，基本上都是由永康本地人组成的办事处承担这一任务，他们为步阳集团产品走进千家用户、走进全国各地众多重大建设项目，立下了汗马功劳。”徐步云由衷地说。

徐步云的欣喜是有理由的。数据显示，经过多年建设，步阳集团已经构建起了遍布全国的密集销售网络，包括26个办事处、5000多个经销点、3000多家专卖店。每天还有3000多辆流动车辆奔波在城市街巷、社区乡村。据步阳集团销售部副总经理刘斌义介绍，眼下，几乎每个县级行政区，都有步阳集团的经销商。在不少地区，销售网点已经覆盖到乡镇一级。

步阳集团的销售渠道，除了上述销售办事处制，还在永康总部周边区域实行的直销模式。即在步阳产品售后服务能力所及的销售半径内，采取直销模式。这一方式省去了经销商这一环节，使渠道扁平化，从而大大降低了销售成本。

据刘斌义介绍，步阳集团的直销区域主要以永康总部为中心，半径约为500公里，包括江西、福建、浙江、苏南等地区。这一带交通运输方便，距离生产基地较近，售后服务也十分便捷，其物流成本远低于增加经销商所带来的成本。“当然，我们采取的任何一种销售模式，其目的就是为了给用户带去完美的产品体验，让利于用户。”刘斌义说。

产品营销是讲求方法的，一句朗朗上口、内涵丰富的产品广告词，对于产品营销的作用绝不可小觑。一则好的广告，能引起消费者的兴趣，激起消费者的购买欲望，促成消费者的购买行动。徐步云深谙其中奥秘。

“用步阳，我放心！”这就是一句极其成功的广告语，它通俗易懂、简洁明快，富有节奏感，又不乏善意、温馨，与安全门这一产品的性质、用途十分合辙。这句广告词把“步阳”与“放心”作并置处理，强调了步阳产品的坚固、可靠、安全，能植入消费者的内心，让人难忘，并产生购买和使用愿望。而这一切，都浓缩在6个字、2个标点符号之中。

“在这句广告词中，最关键的两个字是‘放心’。作为一家企业，步阳必须把每件产品做好，销售出去，获得经济效益，从而扩大企业再生产。销售是我们所有工作的重心。但同时，企业一切行为的最终目的是什么，或者说，拿什么来衡量我们的工作做得怎么样？我觉得，唯有‘放心’两字。做企业与做人异曲同工。一个人要让别人放心，首先要让人看起来放心，做事还要让人放心，自身也要身心健康，让所有人放心。”徐步云认为，做一家“放心”企业，生产“放心”产品，树立“放心品牌”，让全体用户、全社会放心地使用步阳的产品，这才是他以及全体步阳人工作的最终目标。

如此一说，便彻底明白“用步阳，我放心！”这句广告词最本质的含义了。

完美的广告词出自深思熟虑，但得到它的那一瞬往往是不经意的，完全是一次不期而遇。

时间到了1999年，步阳的安全门生产已经十分稳定，月产量以万樘为单位计算，但徐步云感觉各个环节还有不少提升和发展的潜能，其中当然包括销售。要战胜越来越强劲的对手，要从诸多安全门生产企业中脱颖而出，打造品牌、塑造形象迫在眉睫。徐步云已不能再等。

当年，互联网才出现不久，手机也只是一个通话工具，常用的宣传媒介仍以传统的报纸杂志、广播电视为主，其中电视作为强势媒体，图像与文字并茂，易于传播，在社会上影响最大，受到更多的关注。

1999年冬天的一个下午，徐步云接待了一位同行。确切地说，对方是步阳的经销商，当时正因销量猛增需扩大代理规模。徐步云诚恳地请他说一说销售秘诀。这位经销商说："这还不是大家都知道了有个步阳安全门嘛。在我们那儿，步阳这一品牌早已家喻户晓，经过我们的努力，到处都能看到步阳的广告。现在若想买门，大家第一个念头都会不由自主地买步阳门。您说，这销量能不大么?"

经销商的这番话，让徐步云颇为震动。是的，产品必须深入人心，品牌必须要有强大的影响力。眼下，企业要发展，产品要走向全国，首先不能藏着掖着，一定要走品牌策略。那干脆就把广告做到全国去！干脆，在中国最大的央媒上打广告！

主意已定，徐步云兴奋难耐。他在家里无目的地走，从这个房间跑到那个房间，嘴里还不停地念叨着什么。陈江月发现他的言行有点怪怪的，与往常的从容镇定颇为不同，便问他究竟遇到了什么，脑子里在想些什么。徐步云说：“我准备去央视做广告了，广告要投到央视去!”

陈江月这才明白。原来是要把步阳的广告打到央视去，这可是大手笔，她也同意!

从第二天起，徐步云就开始让人联系央视投放广告事宜，一问央视广告代理商，报价很是吓人。广告代理商说，在央视主要频道投放持续半年的10秒广告，费用是300万元。

300万元在当时是什么概念?差不多可以买30套房，可以支付300名员工一年的工资！面对如此高的报价，徐步云一时间有些不知道该怎么办。创业至今也快20年了，这可是他最大的一次单笔投入，还不是建房、买设备。广告效果不可能以量化指标来衡量，假如效果不好，300万元就打水漂了。

“这还是在1999年底，做安全门的时间不长，企业的底子还不够厚实，这300万元对我来说确实是一笔巨资。”事情过去20多年，回忆在央视做广告这事的前前后后，徐步云依然百感交集，“当时有人建议我，如果资金不够充裕，索性明年再投。也有人认为，舍不得孩子套不住狼，不争先行动就会被别人抢先，经商做生意不抓住时机，等于丢了白花花的银子。永康有那么多安全门生产企业，那么多品牌，还没有一家企业、一个品牌在央视打广告呢……可以说，那两个晚上我都没有睡好，放弃和投钱这两种选择在脑子里拼命打架。”

徐步云最终还是选择了投钱。“必须投！只有走品牌之路，只有让产品真正做到家喻户晓，步阳才能在市场中脱颖而出！”他下定了决心，决定筹集资金，尽快让步阳的产品在央视上露面。

在央视上花巨资投放广告，还要有一句响亮的广告词，这又让徐步云犯了难。要在极短的时间里确定广告语，既符合传播所需，又要做到过耳难忘，这绝对是有难度的。

“关键时刻，在语言的锤炼和把握上，还是女性厉害！看我皱着眉头苦苦思索，怎么也想不出一句让人满意的广告语的时候，江月过来了，笑着对我说：怎么，还没想出来吗？我可是有了。我赶紧请她说。她脱口一句：‘用步阳，我放心！’怎么样？”徐步云将这一细节记得十分清楚，“我一听，仔细琢磨了一下，哎，真的不错，把我想表达的都说出来了，把安全门和步阳产品的特色都点到了，更重要的是通俗易懂、朗朗上口，能让人一下子记住。就是它了！”

徐步云与浙江师范大学实习生亲切交流

没想到，这一大难题是陈江月“轻而易举”解决的，徐步云不得不竖起了大拇指。

与央视代理商接洽上了，广告词的难题解决了，接下来便是广告制作，包括表现形式、动画制作、台词拟写、配乐等，这些大多是由央视完成的。一切都很顺利。进入21世纪后的第一个春天，全长10秒的步阳产品广告即在央视一套、三套等各个频道正式推出，顿时，全国各地的城市乡村、大街小巷响起了：“用步阳，我放心！”这一广告语。

这则广告，在表现手法上也颇为独到。它从妇孺皆知的三国故事中撷取了一段诸葛亮智守城门的故事加以艺术改编，并以三维动画的形式呈现，极其生动，富有创意。曹操率领的魏国军队已兵临城下，并动用抛石机、巨木猛攻城门，手下的兵士也急着向坐在城楼里的诸葛亮报告，可诸葛亮微笑抚琴、从容不迫。果然，无论魏国军队如何猛打猛攻，蜀国城门始终固若金汤、纹丝不动，曹操不由得绝望大喊：“想不到孔明，还有这一招！”那扇城门完全是步阳安全门的造型。接着，广告语和“中国·步阳集团”两行大字分别旋转而出，播音员诵读的广告语恰到好处地响起。

这则广告的主题，就是“用很小的力量挡住了千军万马”，而步阳产品就能做到这一点。步阳也由此成为永康众多安全门企业中，把产品广告打入央视的第一家。这则广告是集体智慧的结晶。主要策划者当然是徐步云，广告语的作者是陈江月，广告制作是央视广告部，而那个极富创意的三国故事，则出自步阳集团市场部全体人员的头脑风暴。如今，距这则广告推出已过去了22个年头，但其广告效应至今仍在，它的作用是巨大的，长久的。

“‘用步阳，我放心！’一下子成为当年最火的广告语之一。这则广告刚推出的时候，我到全国各地参加各类活动，一说起步阳安全门，无人不晓，都说对那个诸葛亮守城门的广告印象特别深。他们还说，别的安全门的广告语背不出来，那句‘用步阳，我放心！’连3岁孩子都能倒背如流。我去外省，无论是导游，还是宾馆服务员，说起步阳，也都能讲出诸葛亮守城门的故事。这个巨大的社会影响，大大超出了我的预料。而它所产生的巨大经济效益，肯定无从计算。”徐步云说，同样超出他预料的，是这则广告的传播效应竟能持续这么久，直到如今依然起着巨大作用。

“用步阳，我放心！”就这样，徐步云这个充满魄力的决定，有效推动了步阳安全门产品走向全国，走向更广阔的领域。步阳由此一跃成为全国性品牌，具备了与传统门业龙头企业分庭抗礼的资本。

此后，随着各种宣传手段和营销措施的持续跟进，步阳的“放心文化”取得家喻户晓的效果。数据显示，2001年，步阳在品牌形象塑造推广上的投入达到了1000万元，此后逐年增加。如今，步阳品牌已覆盖包括央视、地方卫视、各级纸媒、地区路面、高铁车体等关注度极高的区域，每年投入达到了2000多万元。而在广州亚运会等重要体育赛事现场，步阳投下的广告宣传费用更是极高，迄今为止，累计营销广告投入已超8亿元。

第五章 Chapter 5

拓展业态，形成稳健协调的发展格局

1. 关乎房屋品质的事，一丝一毫都不能马虎

步阳置业只赢不败的根本原因是什么？那就是紧扣用户需求开发楼盘，从设计和建设，乃至小区环境打造，都站在用户的角度求品质，围绕用户的需求做文章。“责任心”这三个字，在徐步云涉足房地产业的全过程中，始终摆在重要位置。

从2004年起，徐步云涉足房地产业。

涉足房地产业的原因有很多，根据徐步云的介绍，大致有以下三条：一是从21世纪初，国家在全国范围内实行了住房分配制度改革，房地产业迅速发展，成为黄金产业。发展房地产业当时是国家经济发展的方针政策。二是安全门制造业与房地产业是上下游关联业态，两者关系非常密切。步阳的工程门产品就是为包括住宅建设工程在内的各类建设工程提供的。随着房地产业的发展，步阳与多家房地产商的合作更加紧密，后者无意中也带着步阳进入房地产业。三是从1998年

到2004年，经过持续6年的高速发展，步阳集团的实力大大增强，积累了两三亿元的资金，需要有一个合适的投资出口。同时，银行也愿意为信誉一向优良的步阳集团提供更多的贷款。也就是说，若要涉足房地产业，至少在资金运作上，步阳有着优于其他企业的条件。

徐步云不是一个冒进的人，多年来的从商经验和冷静缜密的思维方式，决定了他的头脑不会发热，理智始终在决策时起着关键作用。

“并不是把所有的积余资金都投进去，毕竟集团对房地产业的定位，从一开始就确定了它不是主业，对集团发展只能是一个有益的补充；对这一块的资金定位，是量入为出，哪怕向银行贷款，也必须在可控的范围内。步阳产品必须精益求精，房产项目也一样，从起初就明确了开发定位，那就是步阳开发的楼盘，无论是住宅用房还是商业用房，都必须是精品。”徐步云告诉笔者，除了这三个定位，此后在步阳房产的具体经营中还始终坚持不搞倾销，不急卖急售，更不搞虚头巴脑的所谓促销活动，而是根据用户和市场需求稳步销售。

众所周知，跨入21世纪之初，中国房地产业最热的地区主要是在海南、北方的鄂尔多斯等地。其时，海南的房产比较热，似乎只要有钱投入房地产市场，只要能拿到土地开发权，就不愁卖不掉，不愁赚不到钱。那已不是为了解决居住和使用的房地产开发了，完全是一种“炒”。但步阳从未往那种市场热的地方投钱，而是选择了长三角、东北等具有刚性需求的地方，实实在在地开发，认认真真地建房。

步阳置业于2004年成立，开发的第一个楼盘是永康市区的金水湾小区，接着是江西赣州，辽宁沈阳，浙江金华、东阳、衢州、江山，上海嘉定……永康本地是徐步云一再投资的重点区域，这也是希望为提升永康人居环境出力，为永康的城市更新添彩。

“其实，对我个人来说，涉足房地产业还有一个目的，那就是通过实际运作，知道这房地产究竟是怎么做的。每一个环节做下来，包括怎样看地、怎样做评估、怎样进行招投标，以及怎样做建筑设计，土建过程是怎么样的，从哪几个方面控制成本，等等。经历了一遍后，我获得了很多知识，也从中得到了不少启发。无论是做安全门，还是做房地产，总有相通之处。”徐步云微笑着告诉笔者，经营方法上的互鉴，是他从事房地产业的另一收获。现在，有不少房地产业的经营方法被他运用到了安全门生产等领域之中。

稳扎稳打，决不盲从，有多少胃口做多少饭菜，把优质的房产提供给社会。徐步云就这样坚守着，哪怕遇到巨大的利益诱惑也不会被

金水湾命名揭牌仪式

冲昏头脑。当年红极一时的房地产商有多少已经“灰飞烟灭”，有些项目烂尾到现在都无人问津，始终拥有理智和智慧的房地产企业还在，步阳置业还在，依然在稳稳当当地发展着。

徐步云及其麾下的步阳置业，其只赢不败的根本原因是什么？一句话，就是紧扣用户需求开发楼盘，从设计和建设，乃至小区环境打造，都站在用户的角度求品质，围绕用户的需求做文章。“责任心”这三个字，在他从事房地产业的过程中，始终摆在重要位置。

徐步云曾经多次说过：“住宅不是一般的商品，它是真正的耐用品，用户买下它之后，可能要住很长一段时间，几十年乃至一生，不仅要考虑它的质量，还要考虑美观和舒适程度。要本着高度的责任心，去实施房地产开发的每一个环节，绝对不能麻痹大意。用户买你的房，就是对你的信任，要对得起用户给的这份信任。”

他是这样说的，更是这样做的。可以说，原本就以劳心、细致、认真出了名的他，在对待房地产开发项目时，更是表现得淋漓尽致。有人说，与从事安全门生产销售一样，涉足房地产业的徐步云，心里始终怀有完美主义。他不允许从手里出去的产品，有明显的、可以避免的瑕疵，否则心里就会淤积起难以化解的遗憾。

“在我印象里，步阳置业最早开发的几个楼盘，每平方米售价在4000元上下，那已经是2005年之后了。在永康，这个售价绝对不算高。之后的几个楼盘涨了一些，与原材料涨价不无关系。他说过，房地产这一块，微赚不亏就可以了，也说明他从来没有想从这里大赚一笔的念头，心里想的还是先把房子造好。相反，好多明显会增加成本的做法，为了确保房产品质，他却会毫不犹豫地做。”参与步阳置业资金使用全程监督管理的步阳集团审计部经理程慧英对此感受颇深。

步阳紫荆花园的打造，就是其中一例。它位于步阳集团总部东侧，330国道也就是香樟西大道北侧。这个地块已属永康市区北端，当时周围是一片低缓的丘陵，上面有零星的农田。路边那段围墙里是一家种子公司，里面有些零散低矮的厂房。刚刚拿到这块地的时候，除了330国道，另外的主干道也还在设计图纸里。这不是一块特别被看好的地块。所以，当步阳置业决定开发时，有人提议建成一个成本相对低的中偏低端住宅小区，反正这个地块也卖不了高价。

然而徐步云不是这么看的，他认为，为什么不能让一个高端的楼盘带动这片区域，改变这里的城市面貌、环境品质呢？

徐步云要求在该楼盘出入交通的设计中，一定要做成人车分流，这一设计理念在2005年前后无疑是超前的。当时个人车辆的拥有率还没有现在这么高，但老百姓已经有了购车的欲望和热情，徐步云敏锐地发现了这一点，并引入自己平时的考察所得，确定了这一设计。同时，他在小区内种植了大量树木，不少树种还颇为名贵。如今走进小区，会给人一种琼林玉树、绿草如茵的震撼，整个小区的档次一下子上去了。当然，在该楼盘的户型设计、建筑外观等方面，也采用了当时较为先进、时尚的元素。

紫荆花园落成开盘后，不少人慕名前来，啧啧称赞，这些人大都为永康本地居民，对楼盘的品质还是挺在意的，但他们看了后，不说百分之百，至少有百分之九十的人是动了心了。有的人放弃了原本购买别的楼盘的打算，转而在此买房；有的人则全款购了房，生怕看中的房子被买走，这也说明了该楼盘的火爆。

紫荆花园的成功开发，实现了徐步云当初提出来的让一个高端楼盘带动这片区域、改变城市面貌和环境品质的目标。由于有了这一品质楼盘，道路拓宽，楼厦增多，绿化面积增加，各类配套设施得以完善，更重要的是改变了这一地块原先的工业区、城郊接合部、城市末端等性质，完全与城市融合。

徐步云曾经说过，打造一个好楼盘并不容易，就像是孩子，是要精心养大的。像对待自己的孩子那样开发房地产，要精心呵护、关怀备至，我们还用得着怀疑它的质量吗?

金水湾小区是步阳置业开发的第一个楼盘，位于永康市区的南溪江畔。在开发该楼盘的一期项目时，正流行飘窗设计。一般的飘窗呈矩形或梯形，从室内向室外凸起。飘窗的三面都装有玻璃，窗台高度比一般的窗户要低。这样的设计既有利于拥有大面积的玻璃采光，又能保留宽敞的窗台，使室内空间在视觉上得以延伸。当然还有重要的一条，那就是飘窗设计增加了房子的使用面积，却不计入建筑面积，这对当时的住户来说是个极大的诱惑。

徐步云在前往施工现场考察正在建造的房子时，发现该楼盘在建造时没有按照图纸上的飘窗进行设计，仍然按照传统窗户式样在施工。他当即询问是怎么回事。

原来设计单位按照徐步云先前提出的建议在图纸上采用了飘窗设计，但施工单位一时还没跟上这一设计变更，以为还是老式样，结果就弄错了。弄清了事情的来龙去脉，一向温和的徐步云斩钉截铁地下令重做!

当时有人提出，17层的房子已经建到了第6层，一旦重做，无论是步阳置业还是施工单位都会有很大的损失，楼盘开盘时间也要推迟，何况也不可能从买房者那里额外收钱，这损失可是大了去了。而且，飘窗这种设计刚开始流行，很多居民都不知道，有的人可能也无所谓。更重要的一条是，最初的楼盘广告上也没有提到有飘窗，就不要推倒重来了吧。

但徐步云主意已定，这飘窗非做不可，花多大的代价都要做！

见董事长如此坚决，最后当然只能按他的方法办。结果，建设成本增加了，开盘时间推迟了，资金周转肯定也受到了影响，但每套房都有了飘窗。

有人对徐步云的做法颇为不解，在房产销售形势这么好的情况下，何必多花银子，多花精力，多此一举呢？徐步云却宽厚地笑着说，多花了一笔钱，但能带给用户一个全新的户型，能给用户一个更好的体验，这个钱当然花得值。

如今的金水湾小区已是永康城里的高档住宅区之一，二期开发也早已完成，它的安静幽雅、高品质一直被当地人认可。从某种程度上说，金水湾一期、二期住宅，已成为永康城里中高端住宅的典范之作。

除了对房地产质量的苛求，徐步云在每个楼盘开发前，还会综合考虑这个地方的生态、人文环境，考虑新建楼盘与当地传统建筑风格是否协调，与当地的风俗民情是否相融相谐。

在房地产业，有的房产商为了省设计费，也为了尽快开工建设，设计出一种户型，就不断复制。一个时期内开发的楼盘都是一个模样。徐步云反对这样的做法。他认为，住宅和商业用房是特殊商品，其功能不仅是简单的遮风挡雨，还有人文和艺术功能，以满足用户各个方面的居住和使用需求。以机械的方式去复制设计和建造，是对人类居住环境和生活的粗鄙对待，不但会大大降低住房的居住价值和人文价值，也使人们的生活陷入单调、死板、生硬之中。

步阳集团销售部副总经理刘斌义跟着徐步云，曾参与多个开发地块的前期考察。说起徐步云的谨慎周到，就有一大堆实例可以提供。在他的记忆中，金水湾虽是步阳置业开发的第一个楼盘，但第一块拿到的开发用地是在江西赣州。

“那时我还是他的专职司机，董事长刚开始进入房地产业。印象中，那时的他不停地寻找适合开发的土地，每块土地都会去看好多次。按我们的想法，只要符合土地开发的条件，只要有钱赚，这样的土地就可以拿了，毕竟那时房地产市场热得很，绝对亏不了。但董事长不是这样想的，他说只有能达到双赢、甚至多赢的地块，才是值得投资开发的，不能一味地只考虑赚钱。”刘斌义说，董事长这一理念一直保持到现在。

选择在江西赣州开发房地产项目，有着徐步云别样的考虑。赣州是全国著名的革命老区，经济发展相对滞后。在赣州投资，从房地产赢利的角度来分析显然不是最佳，毕竟不是什么房地产投资热点城市，但从拉动当地GDP、促进当地人口就业方面，这无疑是有益的。徐步云向来敬仰革命先烈，感怀于革命老区当年为中国革命所作出的巨大奉献，愿意为振兴革命老区的经济发展，提升革命老区的城市建设水平献出自己的一分力量。他认为这样的投资是有意义的。

“那时他几乎每个月都要去一趟赣州，最后看中了位于赣州市中心的50亩开发地块，但他没有急着开发，而是继续深入考察这一地块周边的人文环境，听取当地老百姓对住房的需求，毕竟赣州居民与永康居民在住房需求上不可能是一致的。董事长觉得，只有把这一地块的情况全部弄清楚了，才能进入规划设计，再进入施工。赣州是他相对陌生的地方，开发之前的准备工作必须做足。”在刘斌义的记忆里，徐步云当时到了赣州，白天在跑东跑西奔波，晚上还在讨论开发方案，晚上11点钟睡觉是常事。

这一地块后来建成了步阳金钻广场，位于赣州市章贡区八一四大道与文明大道交叉口，既有住宅，又有商业用房，造型美观大方，功能齐全，质量优良，落成后即成为赣州市的地标性建筑。考虑到赣州居民的消费能力，楼盘推出后，它的售价并不高，但徐步云觉得很满意，因为这一项目达到了他的要求。

不仅是赣州的这一项目，几乎拍板所有步阳置业的房地产开发项目之前，徐步云都要经过慎之又慎的考察和分析。他认为每个楼盘除了规模、功能等的定位，还必须有文化、环境等的定位，尤其不能漏下人文历史、民俗风情这一内涵。有很多次，他来到拟开发地块的所在城市会忽然间玩消失，众人一时间不知道他去了哪里。其实，他很可能已来到这座城市的老街上，寻访当地著名的古建筑，看当地的文娱表演，吃当地的特色食品；很可能正拿着他的那只数码相机，拍下这座城市有特色的道路、河流、公园、楼厦等，有时还乐而忘返。回来后，他会把这些讲给团队成员们听，让他们看他拍的照片。他认为，这些很可能成为楼盘设计时的重要参考。

“建房造楼，称得上是百年大计，必须尽可能做得细致些。前期工作做得哪怕复杂、烦琐些，大家的工作量增加一些，但如果能对提高房屋的品质起到作用，那还是蛮值得的。”他经常对身边从事房地产开发的员工这样说。

2. 要把每个楼盘都打造成精品

房地产业提供的是非常特殊的产品，具有高质耐久、保值增值以及往往是居民的最大资产等特点，这也决定了它应尽量接近完美。实现适销对路，提升用户居住品质，是徐步云从事房地产业的稳健策略之一。

从涉足房地产业之初，即确定了它不是主业，只是集团发展的一个有益补充，步阳集团也不是专业房地产企业。不求量，只求质，步阳开发的楼盘，无论是商业住宅还是普通住宅，都必须是精品。徐步云始终踩着不变的节奏，在房地产这一领域精耕细作。18年坚持下来，他稳健从容的步伐没有改变，积少成多，打造的优质房地产产品也已不少。

我们成不了太阳，也成不了月亮，那还是做一颗星星吧，但必须做一颗明亮的星星，发出温暖而永恒的光芒。这段颇显诗意的话语，正是徐步云从事房地产业的座右铭。

徐步云从来没有赌一把的心理，没有激进、冒险的做法，也没有超越能力去运作房地产开发业务，所以步阳置业没有在房地产业大热之际，得到快速扩张，获得特别大的赢利。有人替他惋惜，说如果当时他的胆子再大一点，在房地产业这一块加大投资，甚至让房地产成为主业，说不定就成了房地产业的大佬，当时的他各方面太有优势了。听到这样的说法，他总是微微一笑，不予反驳。确实没必要反驳，因为他本来就意不在此，本来就认定现在的结果是最好的结果。

房地产业是高投资产业，进入这一行，目的就是想以高投资获得高收益。资金运作是其中最重要的环节，搞房产也就变成了搞投资，其巨大的风险也正在于此。对此，徐步云始终抱有充分的理性，绝不会跟风而动。

“他曾经说过自己的感受，说在投资房地产业时，自有资金有1个亿（元），再去贷1个亿（元），这是合理的，是在可控的范围内。但如果自有资金只有1个亿（元），却要通过银行贷款等方式带动10个亿（元）、100个亿（元），那是很冒险、很危险、很可怕的事，企业有可能因此而垮掉。他说这个的意思是，他是不会这样去做的。”程慧英告诉笔者。

徐步云涉足房地产业，始终以制造业为根基，安全门生产始终是他的主业，哪怕房地产业的回报再丰厚，这一原则也不会改变。步阳集团在流动资金的分配使用上，房地产业与安全门业的比例，如今仍控制在4：6。也就是说，安全门生产的流动资金投入依然占大头。对于以高投入为特征的房地产业，仅从流动资金的使用比例来看，步阳无疑是有节制的、主次分明的、科学合理的。

的确，房地产业一旦出现问题，那可是大事情，不单会影响企业的正常经营，还会影响企业员工，甚至影响社会稳定。多年来经商办企业的经验，让徐步云清醒地认识到在房地产开发上“责任心”这三个字既指要为用户提供优质房地产产品，同样也应当承担不可推卸的社会责任。

“董事长认为，当企业发展到一定程度的时候，作为一名有责任心的企业经营者，就应该自觉明白，他所做的一切决策，不仅与他自身利益相关，而且与企业员工、与社会有关。一家企业因为盲目投资、盲目扩张爆雷了，倒闭了，首先受到伤害的还是这家企业的员工。没了工作，没了工资收入，没了维持日常生活最基本的条件，那他该怎么办？他的家人该如何生活？之所以那么慎之又慎，竭力避免企业陷入不必要的困境，坚守稳健发展的路子，其根本目的就在这里。”程慧英对徐步云的这一经营原则极为认可。

正是因为始终保有责任心，步阳置业成立18年来，开发的楼盘没有一个是烂尾的。每次开发，从策划、招投标，到上建、交房，直到后期的物业管理，都能做到圆满交房、顺利入住。刘斌义告诉笔者，迄今为止，在步阳置业开发的楼盘中，没有出现一起因质量、价格和管理问题导致用户向有关部门反映的情况，相反，步阳置业的用户因高度认可自己购入的房产产品，会主动向亲朋好友推荐。像这样的实例，比比皆是。

“知足不贪，安贫乐道，力行趣善，不失其常，举动适时，自得其所者，所适皆安，可以长久。”这是古人对名利追逐、心态调适、人格完善等命题的见解之一，倡导不贪名利，不违背做人的准则，努力追求人格的完善，言行举止均适守时宜。这是古人对理想人生的追求，对今人也不无启迪。徐步云在从事房地产业的全过程中，怀有清静淡泊的心境，这反而让他打造出了众多优质楼盘，产品被无数用户追捧，而他本人也从中获得了真正的成功。

不逾矩，走正路，按规矩办事，这是徐步云经常提醒步阳置业营运者的话。当然，他自己也做到了。

在房地产开发过程中，需要办理多种手续，拿批文、盖章、申请许可……这些都是具体运作时的必要环节，尤其是在房地产业刚刚起步，国家相关行政许可事项尚未下放和简化之时。常常是为了盖一个章，就要耗去经办人员很多精力。有时哪怕跑得脚底板朝天，这章还没有盖成。若是所在城市另有这样那样的规定，那么这手续的办理更是难上加难。

对此，徐步云的方法是，一方面向有关部门阐明申办事项的真实情况，详述手续及时办理对项目实施的重要性、迫切性，尽力获得有关部门的支持；另一方面严格按照规矩办事，不投机取巧，不走歪门邪道。徐步云说，政策仍在执行，总有它的合理性。

上海嘉定的房地产开发项目，楼盘名称为“御江金都”，位于嘉定区护城河横沥河畔，属于城内黄金地块，环境非常不错，开发后对嘉定区的旧城改造也会起到较好作用。但在开工建设之前，一系列复杂的手续把经办人弄得晕头转向，后来还卡了壳，极有可能影响原本的推进计划。

怎么办？无奈之下，有人向徐步云反映了此事，认为不能再耽搁，否则会造成一定的损失，希望请董事长亲自出面，与相关部门领导协调，寻求尽快解决的办法。徐步云曾与该领导有过工作交集，由他出面，手续应该会办得更快一些。

然而徐步云拒绝了这一做法。他认为，企业做好自己的事情就可以了，手续办得慢，要求补材料，并不意味着故意卡我们，还没有到寻求上级领导关注、帮助协调的时候。每个岗位都有自己的职责，我们要求领导来解决项目进展上的问题，这已是他职责外的事情了。即便要请相关领导关注和支持，也得通过正常渠道反映，否则，对别的房地产企业不公平。

徐步云这番话一出，在场者无不震撼。他们再一次真切地感受到董事长的为人为商之道。

在说完他的办事原则之后，徐步云就这一项目进展缓慢的原因及解决办法召集步阳置业上海公司和相关部门人员商讨，要求各个部门协调，围绕限高、环保、申报规范等问题，拿出一个企业与政府相关部门都能接受的解决方案，再去与有关部门协商、磨合，直至解决。自己的事情必须自己来扛。

徐步云认为，这样按规定办事，企业增加的人力和财力成本，还是合算的。他并不否认公关的合理性和必要性，但所有公关都必须在符合法律法规、政策乃至公序良俗的前提下进行。

“其实，这还是一个眼光能不能放长远的问题。为了眼前利益，不惜破坏规则，哪怕短期内获得较大的收益，但从长远来看，还是亏了。一个不断破坏规则的企业，不可能成为一个长久的、有生命力的企业，短期的成功不代表能长期赢利。中国的企业必须在符合国情、符合发展规律的前提下经营，这方面必须有个准确的认识。”

徐步云此言并非自我标榜，笔者在采写本书时，包括步阳集团管理层在内的不少知情者说，无论是从事安全门和轮毂生产，还是涉足房地产业，步阳集团在发展过程中，确实得到了政府部门以及诸多领导的关怀和扶持，有关部门还曾多次解决了遇到的燃眉之急，但这些关怀和扶持都是依照政策给予的，是出于对一家优秀民营企业的爱护。步阳集团在经营过程中从未有过权钱交易。厘清政商关系，合法合规经营企业，是徐步云始终坚守的一大底线。

正是因为步阳置业投资房地产业的资金大多是自有资金，较少银行贷款，利息压力较小，安全门生产的稳步增加使整个集团的资金周转始终保持良性循环，无须匆忙收回房地产业的投资。因此，步阳置业的房地产产品从不急售，价格也向来稳定，从不抬价吸金，这也从另一方面维护了用户的利益。

“自己的女儿不愁嫁。”徐步云有时会这样说。意思是说自己的女儿肯定是最好的，所以不急着把她推出去，无须标高价来寻求买主。这句话表达出来的，是他对步阳房地产产品的一种自信。

辽宁沈阳是步阳置业在东北地区投资最多的城市，在沈北新区就有江南壹号、江南甲第等项目，仅江南甲第现在就已经做到了7期，总建筑面积达80万平方米，其中包括商铺综合体等商业用房6万平方米。附近有辽宁大学蒲河校区、沈阳航空航天大学、沈阳师范大学、沈阳工程学院等多所大学，人气渐旺。但考虑到沈阳的消费能力和消费习惯，住宅的售价相对较低，销售形势较好，商铺销售相对滞缓，步阳置业便成立物业公司，自主经营，以保证资产的保值增值。这样一来，不单完善了这一楼盘的配套，还使步阳置业扩大了业务项目。当然，这些商铺也无须急售了。

不捂盘，不任意抬价，始终确保房价的平稳，这是徐步云和步阳置业的一贯做法。在由步阳置业开发的沈阳其他楼盘，同样遵循了这一做法。位于北塔街道的中国大酒店项目，住宅这一块已经顺利售完，只剩下20万平方米的一幢商用大厦，但并没有急着抛售，而是采取招商等方式，吸引商家在此设立配套性服务设施，以方便居民的生活。位于上海嘉定的御江金都，住宅早已销售一空，只剩下一幢写字楼，如今正由步阳置业精细打造，自持管理。徐步云认为，大型的住宅项目必须配有相应的商业服务设施，才能使这片住宅区真正“热”起来。所以，步阳置业在推出住宅的同时会推出商业用房，商业用房若销售慢、招商若不理想，就由步阳自己来做配套。

2022年7月4日，位于衢州江山的“步阳·玫瑰园”隆重开盘。这是一个高品质楼盘，主要产品为102套面积在185 297平方米之间的联排别墅，6层电梯洋房，每套均拥有大面积露台和院落。开盘当天，推出了“以套房的价格买别墅”营销活动，联排别墅每套折后总价568万元起销售，前来购买者甚众，首开2小时即销售了3.6亿元。这一销售佳绩，既是因为产品符合用户所需，也符合了住房改善型用户的消费水平。

在步阳，因为房地产业始终未能成为主业，新楼盘也不会一窝蜂地上马。往往是一个或几个楼盘开盘了，另几个楼盘才跟着开工，总数保持在一定数量。楼盘不多，且做精品，努力实现适销对路，提升用户居住品质，这也是徐步云从事房地产业的稳健策略之一。

每当一个楼盘落成，或基本销售结束，徐步云总会与步阳置业的经营团队一起复盘，总结和讨论该楼盘在设计、建造、销售等方面有哪些经验和不足之处，不足之处是怎样产生的，原因在哪里，接下来该怎么改。这样的复盘始终围绕楼盘品质、用户反映、管理和经营中存在的不足等问题。每次楼盘开发，都能积累经验，都是一次进步，今后的运作也就会越来越成熟。

“一樘安全门的质量出了问题，那只是这一樘安全门的问题，但一套住房造得不理想，这问题就大了，问题就不只是一套房的问题了。虽然房地产与安全门是两个上下游关联业态，但还是不同的，造房子更需要强烈的责任心。”徐步云极其诚恳地说，“房地产是高投资产

步阳凤凰城开盘

业，但从根本上说，它是最不能以营利为目的的业态，因为提供的是非常特殊的产品。这个产品的高质耐久性、保值增值性等，以及往往是居民的最大资产等特点，决定了它应当是个完美或者接近完美的产品。房地产商不可能不赢利，毕竟这是一项产业，但若以营利为目的，忽略了用户对房屋的期望和要求，这是不应该的，也不利于房地产业的健康发展。”

责任就是对自己做的事情有一种爱。低调的徐步云其实很少谈及自己涉足房地产业的初衷，被追问得多了，只说是步阳积累了一些资金，需要投资；只说是被上下游产业带动，愿意在此尝试；同时也想“知道这房地产究竟是怎么做的”。这些显然都是些谦逊之词。徐步云是个怀有梦想的企业家，心里怀有很多美好的愿望，希望能通过自己的努力化梦为实，打造舒适、美观、耐用的房屋，“大庇天下寒士俱欢颜”就是他的愿望之一。当然这里说的“寒士”并非穷困潦倒的人，而是无数需要获得更好住房的人，是希望拥有高品质“美宅”的众多住房改善型用户。

“想想我小时候，家里那么多人挤在三间小屋里，连转个身都很困难，就觉得眼下确实应该为大家建造舒适美观的好房。”这句朴实的话语，已经道清了徐步云认认真真对待每个楼盘、每套房子的原因。

3. 一个出口创汇项目的前前后后

每年上缴3000万元以上的税收，外销和创汇连年上升，仅此两点，就让徐步云无法轻易割舍轮毂产业。赚钱并不是企业的唯一目的。无数光彩炫目的时尚轮毂在眼前滚动，组成一幅具有强烈时代感的奇妙图景。

现在要说一说浙江步阳汽轮有限公司了。

什么是汽轮？首先说明的是，这里所称的汽轮，不是指用于发电的旋转式蒸汽动力装置，也不是指用蒸汽机作为动力的小轮船，指的是汽车上的轮毂，即在汽车轮胎内廓支撑轮胎的圆桶形的、中心装在轴上的金属部件，又称轮圈、钢圈、轱辘、胎铃。说句通俗话，就是汽车轮子上最重要最耀眼的那一圈。

作为五金之城和门业之都，汽车摩托车配件在永康也是极其发达的。在20世纪末，有人就说永康要制造汽车，那实在是太简单了，已有的汽摩配件生产企业只要拿出他们的产品，装配一下就是一辆汽车，说不定还是一辆高端汽车。

这不是戏说，而是事实。2003年在永康成立的众泰汽车股份有限公司，就是在如此完整的汽摩配件产业链背景下成立的。这是一家以汽车整车及汽车关键零部件为核心业务的民营企业，旗下拥有“众泰”“江南”“君马”三大自主品牌，在浙江、湖南、湖北、山东、重庆等地布局了整车生产基地，同时也在研发制造新能源汽车。这也从一个侧面说明永康汽摩生产的能力和水平。

数据表明，至2010年，永康已有多家企业具备汽车整车生产能力。全市生产汽车及相关零部件的规模企业达177家，总产值超过百亿元。在全市1万多家五金制造企业中，相当一部分与汽车及相关零部件产业有很强的关联度，比如尤奈特、博宇、泰隆等一大批汽车关键零部件制造企业，其制造技术成熟，并拥有自主知识产权。还有多家企业与国内10多家著名整车公司如东风、江淮、奇瑞、北汽福田等达成了配套合作。

当然还不能忘记的是创建于1961年的永康拖拉机厂（现已组建为浙江四方集团公司），当年可是全国最早生产及出口手扶拖拉机和单缸柴油机的专业厂家，还是世界上重要的手扶拖拉机出口生产基地。大型国有企业在一地产业引领上所起的巨大作用实在不能低估。

说了这么多有关永康汽摩配件业的发展概况，也是为了说明步阳的轮毂生产之所以能持续17个年头且越做越强、越做越好的一大原因，同样是与永康这块五金制造业的热土分不开，与永康的工业产业结构分不开。尽管从严格意义上说，轮毂并不是汽摩配件中最关键的零部件，只是一种让人眼前一亮的重要配件。

有专家认为，永康的产业创新可以用两个词来概括：整合和集成。永康的五金产业，从整体而言并没有较高的科技水平。无论是保温杯、安全门，还是滑板车，即便采用先进的制造工艺，其科技含量仍不突出，拥有的是那种敬业专注、精雕细琢的工匠精神。然而，当这种原本零碎分散的优势，围绕某个产业发展时，在上下游相关产业中，整个产业集群产生的整合效应却是不可低估的。它会以一种奇妙的方式融合在一起，呈现出有机生长的产业融合发展格局。

不能否认，步阳集团的三大产业——安全门、高品质房产以及汽车轮毂，其中有着榫接对卯般的精妙关系。

2005年初，也是因一个偶然的机会，徐步云开始关注到轮毂生

浙江步阳汽轮车间

轮毂涂装生产线

产，投资这一领域的愿望变得强烈。

“说起来也有好几个原因，一是那时安全门效益比较好，房地产业这一块的开头也不错，手里还有些资金，觉得步阳集团可以再进行一次产业拓展。把所有鸡蛋都放在同一只篮子里，这是危险的。但我对房地产这块一直是有节制的，希望再尝试另一个领域。二是为国家增加税收，让手上的钱生钱，这方面已不用多说。三是永康这个地方，能工巧匠太多了，当时我聚集了原先在永康拖拉机厂工作的不少技术人才，他们都是五金制造业的好手，向我提过做汽摩配件相关产业的建议，我刚好也觉得新的产业拓展应该回到五金制造上来。四是当时有一个直接的契机，那次从厦门来了好几位从事轮毂设计生产的技术员，给我讲解这一产业的现状和前景，说这个产品技术含量高，主要做出口，能做大，还表示愿意帮我拓展这个产业。轮毂换装在中国台湾地区和韩国、日本、欧美等比较流行，靠近台湾的厦门，这方面的信息比较及时。”这几个主要因素加在一起，再加上徐步云也进行了一些初步调研，觉得可以一试。

事实上，除了上述这些，还有一个不可忽略的原因，那就是永康的汽摩配件产品种类繁多，做安全气囊、减震器、保险杠等的企业不少，但也有若干相对薄弱的产品。徐步云决计投资轮毂，也有与永康同行拉开产品距离、实现差异化生产的意图。徐步云十分关注市场，凭着对市场和销售的高度敏感，来决定企业的产业布局。

2005年4月，浙江奥威汽车零部件公司成立，于当年底正式开业。这便是步阳汽轮有限公司的前身。公司成立后，他把厂址设在今步阳集团总部的对面，即今飞神车业总部所在地，厂房也随之动工建造。

与此同时，徐步云参加了在美国、法国、德国、日本、阿联酋以及国内的汽车零部件及相关展会，尽快熟悉轮毂这一产品，同时了解市场，并专门从步阳集团派出技术和管理骨干，如应真、余一兵、应永晖、姚伟等，充实轮毂研发生产第一线，筹办公司开业前的一应事务。

中国大陆有车一族在使用汽车时，不会特意给新车换轮毂，使用过程中若轮毂未损坏，也不会刻意换。不同的是，欧美、日韩和中国台湾地区的不少爱车族对汽车改装特别感兴趣，买来新车后，经常会自己动手，对汽车进行改装，在使用过程中也会进行多次改装，以体现车主的个性化。轮毂改装是其中最常见、最基础的形式之一。

“轮毂改装并不是非法改装，非法改装会破坏汽车的性能，导致行车安全事故，而轮毂改装主要是改变外观，并不改变车辆的性能，只是一种‘酷’‘炫’，一种时尚。”步阳汽轮有限公司的最新轮毂产品展厅内，上千个各式各样、锃亮耀眼的轮毂会让人倏然定住，一时间不知该把眼睛往哪里放。步阳汽轮总经理应永晖介绍：“国外有三大汽车改装展，即德国埃森、日本东京和美国SEMA改装展，集中展示世界上最时尚的改装汽车，也会展出无数精美的轮毂。目前，步阳的产品也出现在这些世界级展会上，呈现中国在轮毂创新产品的成果。”

经过17年的发展，目前步阳汽轮有限公司已成为一家集自主研发、设计、自制模具、自主生产、销售一条龙的铝合金汽车轮毂专业制造商，拥有固定资产12亿元，占地面积6.5万平方米，员工600余人。拥有先进的铸造生产设备低压铸机10多台、重力铸造机30台，进口加工自动线20余条，物流自动输送线10余条，已形成年产260万只轮毂的产能。公司严格按照ISO/TS16949：2009标准执行，产品强度检测设备取得了日本VIA实验室认证，以及德国TUV、美国SFI产品认证。目前，步阳汽轮年产量始终保持在全国前20位，年产值在5亿元以上，80%以上的产品为外销，外销至美国、日本、意大利、加拿大等10多个国家和地区。2021年销售轮毂115万只，出口创汇4450.79万美元，成为步阳集团和永康市出口创汇的一张“金名片”。在纳税方面，步阳汽轮每年的纳税额都在3000万元以上，2021年达到了3105万元。

在由聚优榜主办的2022年度汽车轮毂行业十大品牌评选活动中，步阳汽轮有限公司以企业信誉好、品牌美誉度高、产品质量优等特点，成功入围十大品牌之一，位列第九。

轮毂生产为什么能坚持17年？这一话题值得探究。尽管眼下每年5亿元的产值、4.3亿元的销售额也不算小了，但在整个集团中，体量并不算大。2021年，步阳集团三大产业的总销售额约50亿元。步阳轮毂属于代加工，至今还没有自己的品牌。而在利润方面，轮毂这一块在整个步阳集团中，可以说“基本不赚钱”。如果把这些资金、这些精力投到另外的产业上，收益或许会高很多，那步阳和徐步云为什么一直没有放弃？

“两大因素让我坚持做下去：一是上缴税收，每年3000多万元纳税额，已经不是一个小数目了；二是出口创汇，步阳轮毂就是为了出口创汇而做的，如今在出口外销方面，它的业绩远超安全门。这两点，让我无法轻易割舍这一产业。”徐步云强调，当企业发展到一定程度时，就不应该将最终目的设置为赚钱。很多生产项目的存续乃至再投资，有着比赚钱更重要的目的。

正是因为有步阳轮毂，这一以亿元为单位的生产项目，年产值和销售额都在持续上升，出口创汇这一块始终稳定，步阳生产的轮毂产品获得国外消费者和同行的赞誉，每年上缴国家的税收也是一个不小的数字，这些前面都已说过；正是因为有步阳轮毂，步阳集团的产业布局更加合理，永康的汽摩配件产业链更加完整；也正是有了步阳轮毂，600多名员工获得了稳定的就业岗位，每人每月能拿到8000元以上的薪酬（含五险一金），一批优秀的技术工人有了用武之地；轮毂大多销往发达国家，随着消费者与生产者信息进一步互通，适销对路的轮毂产品还促进了升级换代……

徐步云说，如果再深挖下去，坚持做轮毂的理由还可以找出一大堆，每个理由都与赚钱无关，但任何一条，都能让他把轮毂项目继续下去，做好做精做大。

笔者在步阳汽轮参观，了解轮毂生产的全过程。原本是一块块粗糙的铝锭，最终被加工成精美的轮毂，其间的奥妙让人好奇。事实上，当详细了解了轮毂生产的全过程，才会知悉每只轮毂生产的不易，才会明白轮毂精致的原因。

先要把一块块优质铝锭彻底熔化，成为水一样柔软的东西。铝？家里的锅、锅铲也是铝制品，做成轮毂，它的刚度强度硬度够吗？制造轮毂的铝是一种合金，铝材料经过配比，含铜、铁、锡、硅、镁等，抗得住巨大的冲撞，同时又符合制动平衡、弯曲等方面的要求。

将液态铝合金浇入模具，进入铸造环节。这一环节十分关键，一是轮毂里绝对不能有气孔、不能变形，二是必须符合当下审美。在铸造车间，笔者看见沿墙放置着无数模具，各式各样应有尽有，轮毂设计十分个性化，每只都不一样。品种、型号极其丰富也是轮毂生产的一个特点，同时生产不同品种、型号是很正常的事。时尚审美的瞬息万变让你无法预测用户的需求，也就是说，这些曾经用过的模具很难再用上，只能作为样式保存。

打开冷却后的模具，一件轮毂毛坯出现在眼前，接下来的一个环节就是热处理了。毛坯被置入热处理炉中，经过加热、保温和冷却等，刚度、强度、硬度等大大增强。

接下来一步便是打磨，即对轮毂表面进行反复打磨、抛光，让它变得像镜面那样光洁。这是一个极其重要的环节，能使刚从模具里拿出来时黯淡的轮毂毛坯件脱胎换骨，变成完全不同的美轮美奂的产品。

再接下来一步便是机加工，根据轮胎尺寸进行加工，为之后的轮胎安装做准备。

至此，还有一个不可或缺，也是爱车族最关注的环节，即在轮毂表面进行涂装。轮毂涂装完全是跟着时尚走的，如同汽车每年一小改，三年一大改，轮毂的涂装变得更快，这段时间流行黑的，没多久又流行蓝的了，之后又变成灰的。不仅是颜色，还有轮毂上的花纹、图案也绝对不能落后，这就得与订货方随时保持联系，设计、生产要同步，始终保持新款，出口也要讲求节奏。有时只是慢了一拍，这市场就已经变了，就会很被动。当然，涂装还是很讲究质量和效果的，工艺也得跟上用户所需。步阳汽轮在2021年与台商合作，投资2000多万元，上了一条涂装线，用以提升涂装质量。

如前所言，轮毂的销售主要面向海外，徐步云采取了一种分散化的销售策略。“海外的市场我们很难控制和把握，每个地区的盘子不能做得太大，要有一定的渠道布局，采取安全、稳健的策略更为恰当。我们的策略是不让一个国家或地区的市场占到总销售额的10%以上。”徐步云告诉笔者，这一策略在于避免因单一地区或国家占比过大所带来的经营风险，包括人民币汇率浮动的风险、轮毂原材料铝价波动的风险、地区政治局势动荡带来的风险等许多不可控因素。

当然，分散风险并不意味着可以放弃每个市场。2008年8月，欧盟对中国的轮毂发起反倾销调查。受金融危机的影响，欧美地区购买力下降，步阳出口欧美地区的铝合金轮毂从上年产量的30%降到了15%左右。即便如此，步阳还是聘请了上海律师应诉。“参与应诉还有赢的机会，不应诉的话只能退出这个市场。”徐步云说。

徐步云认为，欧盟的反倾销调查从反面印证了步阳海外销售策略的正确性。“如果我们在欧盟的销量占总出口的比例过大，一旦欧盟反倾销调查结果成立，那对步阳轮毂出口的影响将是致命的。”

“虽说轮毂生产这一块在步阳集团产业格局中并不大，但董事长倾注的心血却不少。可以说从步阳生产轮毂以来，这么多年，技改一直没有停止过，这当然也与生产要求的不断提高有关。轮毂生产是高能耗、高污染，董事长亲力亲为，在节能降耗、绿色生产这方面抓得很紧，不惜血本投资技改。我们已经从原先烧煤改为使用天然气，解决了铝材在熔解时的污染问题。低压机、保温炉等设备，原先用电量非常大，现在也采用天然气提供动能。”应永晖说这方面的实例委实

汽轮展厅

太多。

"说真的，董事长对轮毂如此投入，我觉得还有他的一份情怀在里面。他是汽车修理工出身，对汽车有着剪不断的感情。另外，他身上还有着要做就必须做得最好的激情。轮毂是不好做的，这几年我们也遇到了不少困难，比如铝材料涨价、外汇价格变动等。铝材料涨价了，但订单的价格没法改，想要利润就更难了，但董事长对轮毂产业的信心始终没有改变，不仅不会放弃这个项目，接下来还会有几个大动作，让步阳的轮毂生产更上一层楼！"

应永晖所说的几个大动作，笔者了解到，一是采取品牌战略，即逐渐改变代加工的状况，着手打造自己的轮毂品牌。这也是步阳轮毂走向品牌化、国际化的重要一步。显然，这是需要勇气的，也需要相当巨大的投资和较长时间的努力。既然已准备跨出这一步，相信徐步云定会步步为营，像打造步阳门业品牌那样获得成功。

二是争取让步阳轮毂以蓝筹股形式在香港上市，其准备工作已在紧锣密鼓地进行中。步阳轮毂上市的目的也是为了融资，扩大外贸，提升国际影响力。国内从事轮毂生产的企业中，已经上市的只有5家，步阳轮毂极可能成为行业内第六家上市公司；永康的上市企业迄今也只有5家，步阳也将成为永康的第六家上市公司。

围绕轮毂生产，徐步云的重要动作自然还不止这两个。实现大数据智能化生产、管理创新、开拓国际市场、扩大全球布局……都是他深入思考、稳步推进的发展课题。无数闪闪发亮、光彩炫目的时尚轮毂在我们眼前滚动，徐步云身形矫健，与轮毂赛跑，他是那位毋庸置疑的赢者。

第六章 Chapter 6

在步阳，没有一个优秀人才会被埋没

1. 遇见知人善任的董事长，此生有幸

知人善任，发挥其优势，这是徐步云的用人之道。徐步云的目光总是那么敏锐，善于发现人的潜能。他深知让各路人才“入股”，就意味着企业获得了发展的动能。

朱宁说自己在步阳集团工作了15年，因为在这里遇见了一位知人善任的董事长。

1981年出生的朱宁现任步阳集团副总经理兼总经理办公室主任。在集团副总这个岗位上，他已经工作了5年；总经理办公室主任这一职位，他已干了10年。在永康众多安全门生产企业中，以他这样的年龄就在管理层工作了这么多年的，显然凤毛麟角。

不过，在步阳集团，像朱宁这样连续工作了15年的实在太多了。采访中有多人告诉笔者，在步阳管理层和骨干员工中，在公司干了20年、25年甚至更久的，比比皆是。有的在步阳集团的前身创办之前，就已跟着董事长了。在永康这座“五金之都”，跳槽的机会多，绝大多

数步阳人却从未考虑过要离开这里。步阳集团员工队伍之“超级稳定”，在同类企业中是少有的。

朱宁没有具体解释步阳员工队伍稳定的原因。在步阳集团参观、采访，与徐步云近距离接触，与步阳管理层和骨干交谈，与各办事处主任和经销商交流，笔者领教到了步阳的不凡。良好的工作环境、积极向上的事业氛围、满意的薪酬、大家庭般的温暖、激情燃烧的企业文化……这些吸引人之处已不言而喻，而不能忽略的，是徐步云身上的魅力，他的理想情怀，他的敢于担当，他的吃苦耐劳，他的善良淳朴，他的热情真挚，他的平易近人，他的勤俭节约，每一条都不是生硬的吹捧，都有着生动的表达，每个步阳员工都能真切感受并为之感动，足以改变和消除离开步阳的念头。

对于朱宁来说，徐步云最吸引他的，就是知人善任。大学毕业后的最初几年，朱宁曾经自己创业，主要从事木门生产，在生产、销售等领域积累了若干经验。2007年初秋，他在报纸上看到步阳招聘销售员的消息，便来面试，面试他的是当时步阳销售部的经理李月萍。面试结束后，朱宁刚走出大门，就接到了李月萍的电话，要他多留一会儿，带他去见一个人。

“那时的我虽然早已听说过徐步云这个名字，但没有见过他。走进他办公室后，他也没有介绍自己，我以为他只是比李月萍职位更高的人。后来才知道，他的办公室正在装修，怪不得那间临时办公室那么简陋。他直接问我对步阳的印象如何，在这个行业里步阳应该怎么发展。说实话，我对他本人不熟悉，对步阳倒是挺了解，毕竟步阳当时已是永康门业的龙头企业，我也从事过木门生产，对这一行业也有着自己的理解。”朱宁回忆。

其时，朱宁对步阳安全门研发和生产的两项改进措施十分欣赏。一是安全门门锁的改进，即把传统的后背式门锁改成插入式门锁，这在当时的安全门生产领域几乎是革命性的；二是转印技术的应用，以前安全门的门板是单色的，没有纹理，步阳采用转印技术后，门板都变成了木纹的，符合中国人审美习惯，具有开创意义，为随后安全门销售爆发式增长起到了很大作用。

“除了说到这两项改进措施的意义，我还说了自己对步阳的最大印象，那就是它是一家有担当的大型企业。可以说，步阳在安全门升级换代的每一个关键节点都没有缺席，包括从最早的防盗门到精品门，再到工程门、装甲门，以及后来的高端产品研发，包括智能门锁的开发和应用等，都是行业领先的。而说到今后的发展，我认为还得在保持业界领先地位方面做好文章。”朱宁发现，在他回答的时候，对方一直盯着自己。

事实上，此时的徐步云正在当面考察朱宁。显然，徐步云对朱宁的分析和发展设想是满意的，对朱宁的行业素质和管理潜力是认可的。

直到时任步阳集团副总经理、室内门事业部经理张照增进来，向徐步云汇报工作，朱宁才知道与自己谈了那么久的正是徐步云。他真的是一个极其低调且平易近人的董事长。

徐步云带着欣赏的口吻，向张照增介绍了朱宁，并询问朱宁是愿意干销售，还是干生产管理。这分明已是录用的意思。张照增在旁提议，他那里正好缺人，徐步云当即决定由张照增带着朱宁参与室内门事业部的管理工作。当天下午，朱宁就正式在步阳上班了。

徐步云识人知人的能力果然不凡。朱宁入职步阳后，在室内门生产部工作了一个星期，即被调到室内门质检部担任部长，进入了管理层。半年后，即2008年初，又升为室内门厂厂长，负责生产。又过了一年左右，张照增因故离职。经张照增推荐，朱宁接替了他，出任室内门事业部经理。不用说，如此迅速的升职速度，在步阳集团乃至永康安全门业界也是前所未有的。这既说明朱宁出色的工作业绩，更说明了徐步云确能大胆用人。

2009年，步阳集团上海销售办事处经过招投标，获得了恒大集团装甲门的订单。由于恒大集团的需求量比较大，日供应量要求达到400樘，这对步阳原有的装甲门生产能力造成了较大压力。

“董事长问我这样的单子该不该接，我从步阳集团利益的角度考虑，认为这样的单子比较难得，高端门的生产符合发展趋势，若是能通过这一次考验，那对步阳的发展壮大来说是大好事，主张接单。”朱宁告诉笔者，当时整个永康的安全门生产企业中，生产能力达到日供400樘装甲门的，一家都没有。徐步云这么问他其实是有原因的。

单子下达到生产车间后，无论是室内门事业部，还是钢质门事业部，大家都忙得不可开交。由于生产任务重，还有一些人员变动等原因，装甲门生产并不顺畅，各岗位之间也出现了一些矛盾。针对这一情况，2010年中，徐步云索性把两个事业部并到一起，实行生产、销售等同一套人马，以便提高生产效率。

“出现这一情况是我没有预料到的。当年的我年少气盛，做事也莽撞了些。当原先的两个部门并到一起时，我主动向董事长提出，如果我的存在不利于两支队伍的管理，我可以选择离职。”朱宁接着就开始了休整。

没想到的是，朱宁在家刚休整了一个星期，徐步云就打来了电话。他没有对此前的事情作评论，只说现在有一个新的岗位能发挥我的能力，不知我愿不愿意赴任。“他说得很真诚，态度很宽容。我知道他打这个电话是经过深思熟悉的。他向我传递了一条重要信息，那就是不论我之前做得怎样，他依然肯定我的工作能力，他依旧要用我。说真的，接到这个电话我非常感动，当即表示愿意接受董事长的工作安排。”

几天后，朱宁来到了上海嘉定，担任步阳置业上海公司综合办主任。上海公司的总经理是盛海，他刚完成了赣州的房地产项目来到嘉定。嘉定这个楼盘的总投资达10.9亿元，是当时徐步云的一个大手笔。让朱宁担纲重要角色，全程参与这个项目，徐步云是投下了极大的信任。

朱宁全身心地投入了房地产这个全新的领域。要知道从一块地开始，到可以打桩施工，其间需要办理的各类手续多如牛毛。与协作单位的协调、与当地有关部门的协调、与相关利益方的协调，都能让人脱一层皮。“在嘉定的一年半时间里，我经历了很多难以想象的考验，像啃骨头那样一点一点解决难题，所有的问题后来都解决了。正是因为经受了这样的锻炼，我的能力大大提高，连脾气都改了很多，变得耐心，变得成熟，变得更加自信。”朱宁说，那段时间虽然压力很大，却知道这是徐步云在给他压担子，这些压力于他的成长十分必要。

一年半之后，即2012年春节，朱宁回到永康向徐步云述职，并准备不久后再回上海嘉定，但徐步云说，你在嘉定的工作可以告一段落了，接下来你回总部担任总经办副主任。

对朱宁来说，总经办的工作又是一个全新的挑战，但经历过锻炼的他已不怵，因为如今的他擅长处理各种麻烦的事务性工作。他在总经办副主任这一职位上干了1年，各项工作干得极其出色。

“过完2013年春节，董事长带我去了山东和河南，一是考察合适的房地产开发项目，看有没有投资开发的可能性，二是在考察建造生产基地的地方。按着董事长的规划，步阳将在全国布局4个生产基地加1个总部。4个生产基地除了永康的总部基地和步阳科技园，还准备在东部和中西部地区各建1个，以控制物流、人力成本，加快步阳产品的流

在第19届步阳文化节上宣誓

转。”朱宁说，这是他与徐步云近距离接触时间最长的一次。他仍记得一路上徐步云凡事总是先问他的观感和建议，鼓励他大胆地谈，哪怕说错了也没关系。

后来，步阳集团在山东临沂建立了生产基地，建成后正常运转，效益颇好。从山东回来不久后，朱宁又去了四川，参与四川生产基地的选点工作。

完成山东和四川两个生产基地的选点工作后，朱宁的职务又有了新的变动，他接替前任担任了总经办主任。在这个岗位上锻炼了4年后，2017年，他被提拔为步阳集团副总经理。

“可以说，从我成为步阳人的第一天起，董事长就一直在考察我、锻炼我，发现我的优点，同时不断地让我弥补缺点，提升能力水平。这里面的很多故事一时说不完。董事长是个极其难得的优秀企业家，于我感受最深的，是他的知人善任。”朱宁动情地说，“这份知遇之恩，我只有以更出色的工作来报答。”

把人才放在合适的岗位上，给他压担子，使他更快地成长，这是徐步云培养人的方式。他深知，在企业的发展中，拥有一支具有优秀管理能力的团队是企业的财富，是保证企业进步和发展的基石，也是身为管理者最重要的职责之一。

“试玉要烧三日满，辨材须待七年期。”这是中国传统的识人用人观，徐步云自然也知悉。他拥有一双敏锐的眼睛，在企业经营过程中随时发掘、发现人才，把他们揽入怀中，发挥其专长，使之成为骨干。

蒲万毅，四川人，军人出身，现任步阳集团董事长助理，被很多同事亲切地称呼为“蒲”。在日常工作中，他是与徐步云接触最多、最近的人之一。每一位来到步阳集团工作的人才，背后都有生动的故事，听来令人难忘，蒲万毅也不例外。只是他的故事更富戏剧性。

蒲万毅1968年出生，家族里有不少成员是军人，从小就养成一切行动听指挥，办事干练、不怕吃苦的秉性。17周岁入伍，先在北京服役，后来又到沈阳从事部队后勤管理工作。1998年，他担任了军区后勤助理员，成为副团职干部。

“应该是在1999年前后，我在沈阳从事后勤管理工作。当时沈阳市中心有一座仓库，面积很大，基本闲置，正想逐步出租给地方。在步阳集团目前的26个销售办事处中，东北办事处的设立还是比较早的，当时已在开展营销活动。”蒲万毅清晰地记得，其时，因安全门产品存储的需要，步阳东北办事处主任主动与他联系，他便把这座仓库隔出了500平方米，租给了对方。

在当时的租赁关系中，蒲万毅还是甲方代表。

“当时东北的经济比较活跃，我接触过的国内国外大公司有200多家，包括国内的海尔、科龙、美的等大企业也租用了我们的仓库。步阳那时起步还不久，东三省加内蒙古自治区，年销售量只有2000多樘门。但我对步阳这个企业很好奇，他们居然敢打到东北来。当时营口有盼盼防盗门，沈阳有塔山防盗门，长春还有铸成防盗门，还没有什么知名度的步阳，竟然在沈阳设立办事处，这就引起了我的关注。”蒲万毅说，在他当时的观念中，东北是全国防盗门生产的一大中心，一家南方的没有任何知名度的企业敢在沈阳开办事处、租仓库，它的优势究竟在哪里？

蒲万毅很快就在步阳东北销售办事处看到了一本企业宣传册，上面标记的企业名称是“上海步阳防撬门有限公司”。打开后，首先看到的是徐步云个人照片，衣着得体，英俊潇洒，十分大气。企业的标识给人印象很深，就是“步阳”两字环绕着一条长城。画册上的产品介绍也特别详细，让人过目不忘。“你想当时只有海尔、美的这样的大公司才会去印这样考究的企业宣传册，可步阳也这样做了，说明这家企业具有强烈的品牌意识。”

从这时起，蒲万毅与步阳的交往就多了起来。

步阳东北销售办事处渐渐在沈阳扎下根来。第一年租了500平方米，第三年再要800平方米，第四年又要了1000平方米，光从仓库面积看即可知步阳的发展速度。“第一年东三省加内蒙古的步阳产品销售

步阳商学院营销队伍建设

量只有2000多樘，第二年就达到了5000樘，又过了一年，竟达到了2万樘。从2万樘到5万樘，仅用了3年时间，从5万樘到10万樘也只花了两年时间，这个增长速度比东北那些安全门生产企业快得不知道哪里去了！步阳的销量为什么会增长得这么快？有人说，这与中国房地产业的开放程度和快速发展程度分不开，可我觉得，除了顺应形势，在与同行的竞争中步阳不断胜出，关键是靠品牌，靠营销机制，靠产品质量和企业良好的经营机制。”

蒲万毅至今还对与徐步云、陈江月两位董事长的第一次见面记忆犹新。那是在2003年中秋节，中国人对这一传统节日都十分看重，全家团圆是这一节日的最大主题，可两位董事长却带着步阳销售部经理李月萍专程到了沈阳。此行的重要安排之一是察看一块待开发的住宅用地。其时，徐步云已逐步把步阳的部分资金投入到房地产业中。

徐步云与蒲万毅第一次见面，两人便有惺惺相惜之感。蒲万毅善于调动多方力量的能干、灵活、娴熟让徐步云十分欣赏。非凡的协调能力既是后天锤炼的结果，也是一种天赋。蒲万毅丰富的工作经历也让徐步云眼前一亮。在企业谋求加速发展的当口，让这样的人才入局，显然是迫切的。当然，蒲万毅也掩不住对徐步云的钦佩：“其实，那时董事长只有40来岁，比我大了5岁，已经是名副其实的大老板了。”

“步阳自从涉足安全门生产以来，在短短的几年时间里，迅速发展成为一家航母式大型企业，房地产业是步阳继安全门之后，又一次新拓展的领域。2006年10月，我陪着两位董事长去看了城北新区的那块地，当时那个地方离繁华市区还是有点距离的，可以说是连出租车都打不到的地方。但董事长察看了周边的实况，了解了沈阳今后发展的趋势，认定了这块地的开发价值，便拍板买了下来。”蒲万毅感叹，拍板是什么概念啊，那可是十几亿元的投资啊，需要细心的观察、缜密的思考、准确的判断。

事实很快就证明，与识才的本领相同，徐步云在商业投资方面的眼光同样毒辣。那块土地很快“热”了起来。由于地块附近新建了沈阳大学城，好几所大学搬迁到了那里，人气很快旺了起来。步阳置业在这一地块上投资的、融商业和住宅于一体的“江南甲第”房地产项目（含两个60万平方米大盘）成为沈阳销售最好的楼盘，房产和地产迅速增值，投下去的大笔资金也开始稳定收回。

蒲万毅在军队从事后勤管理多年，对商品经济、市场营销、企业管理自然有着成熟而理性的认知，他十分钦佩徐步云对市场判断的高度敏锐性。徐步云貌似云淡风轻的话语，其背后充满了深谋远虑。他可以看到别人看不到的东西，尤其能窥见事物的本来面目和未来走向。这一独特的本领，被蒲万毅用四个字形象地概括：无中生有。

“按理说，我也是见过许许多多企业家的人了，但自从那回在沈阳第一次见面起，董事长给我留下的印象就特别深刻，我认定董事长是一位有强烈事业心、有思想、有梦想、有情怀、有抱负的企业家。他说经营步阳集团，就是培养一批人才，培育一个市场，铸就一个品牌。这句话让我很震撼。他不是一个以追求利润最大化为唯一动力的企业家，而是一个能真正称得上‘家’的企业家。我是一个相信自己直觉的人。直觉告诉我，跟着这样的企业家做事，才有奔头。”

就这样，在徐步云的盛邀下，蒲万毅于2004年脱下军装退役，别的什么都不考虑，放弃了从警、从政，甚至担任领导干部等极好机会，投身步阳，进入了步阳集团的管理层。他还把家安在了永康，全家都成了步阳人。

2. 给人才施展才华的用武之地

徐步云认为，把优秀人才留住，除了舍得下本钱，信任他，鼓励他，更重要的是要把他放在生产管理一线，把真才实学使出来，经受住严峻考验。

现任步阳集团智慧门业研究院院长的胡金奎，当年来应聘时，是步阳集团第一位硕士研究生。从2005年7月入职，迄今已有17个年头。作为一名非永康籍的高学历人士，这么多年来始终安心地在步阳工作，其原因也值得探究。

胡金奎是在上海徐汇区体育场举办的一场人才招聘会上，发现步阳这家企业的。这样的人才招聘会经常在周末或节假日举办，只不过这一场，来招聘的企业和求职的毕业生都很多。“我记得很清楚，那天是2005年7月29日，我跟着在上海工作的大学同学去招聘会碰碰运气。我是在陕西咸阳的西北农林科技大学读的本科和硕士，在上海有不少同学，他们都希望我来上海工作。”胡金奎说，当时的他已在广东东莞工作，到上海是想谋得新职业。

然而阴差阳错间，他却在一家与上海相距400公里，位于浙江永康的步阳招聘展位前停下脚步。

胡金奎对步阳感兴趣，是因为当时步阳在生产安全门的同时，正筹备成立一家名叫“勤日”的中韩合资汽车零配件企业，这次招聘的部分员工将赴韩国培训。他觉得，能组织员工赴韩国培训，说明了这家公司具有发展前景；若能出国培训，那自己的专业层次也就不一样了，这个机会很难得。

“当时在招聘展台的，一位是现任步阳集团行政副总经理程明松，另一位是陈江月副董事长。她看了我的个人简历，发现我的本科专业是机械设计，与车辆及汽车零部件有关，研究生阶段学的是室内设计，这又与安全门外观设计等相关，就热情邀请我来步阳工作。她看上去很年轻，为人又很随和、低调，开始我还以为她只是程副总的下属，或是公司人力资源部的工作人员。我担心跑到永康面试却一无所获，浪费时间，便反复问她，用不用我，你做得了主吗？她很明确地告诉我，步阳需要你这样的人才，这个我能做主。只要你有真才实学，步阳肯定不会亏待你。”胡金奎说，看到她能这样表态，才知道她原来是老板娘。

陈江月给了胡金奎步阳集团的地址，真诚地期待他尽早去永康，胡金奎一时有些举棋不定。后来他在网上搜索步阳的企业信息，除了了解到步阳确是一家颇有实力的民营企业，还惊讶地发现这家民营企业竟然每年都搞“步阳文化节”，这让他产生了莫大的好奇。

“网上对步阳文化节介绍得十分详细，包括文化节的规模、内容、特色，介绍了历次文化节的主要演出节目以及有多少人参加，等等。我认定这家企业不单纯追求经济效益，还极其注重人的精神世界，重视员工的全面发展，这样的民营企业在国内是罕见的。”胡金奎认定，一家拥有文化底蕴、注重精神内涵的民营企业，哪怕是去感受一下，也是值得的。

拎着一只简易的箱子，胡金奎来到了永康步阳总部。那是2005年的夏天，步阳集团总部各方面的条件还不是很好，厂房很小，员工不多，办公楼只有简陋的两层，整个总部也只有靠现在香樟西大道的这一部分，外观完全没法与现在比，当时也没有给管理层和企业骨干专门提供宿舍。

然而，步阳对人才的尊重和重视很快就体现出来了。胡金奎记

步阳研发团队专注于产品研发

得，当时步阳专门为自己安排了宾馆，还专门派司机送他过去。不久后，公司又专门为他安排了带洗手间的单间宿舍。他知道，当时在步阳总部，这样带卫生间的房间仅五六间，原本都是给高管和专家住的，竟然直接给了他长住的待遇，这让他十分感动。

不过，直到充分感受到徐步云求贤若渴的真诚态度，这才让还在犹豫要不要留下来的胡金奎下了加盟步阳的最后决心。

“董事长与我谈话，这是录用之前最后一个流程。董事长的和蔼可亲就不用说了，他先让我说对企业发展和产品研发的见解。我说产品研发创新必须要让市场认可，性价比高的产品才有市场竞争力。有些产品纯粹是为了做宣传，华而不实，这样的产品不能做。董事长对我的这一观点十分认同，他也认为研发创新的产品一定是消费者能接受的，能实现销售的，否则就没有意义。他一直看着我，还不停地点头。末了，他让我填一张表，主要填写对职位的理解和要求，对工资收入的要求等。职位方面我就填了工程技术人员，工资我也没有提特别高的要求，我选择留下来，主要是董事长身上的那股锐气、那份诚恳吸引了我。他绝对不是一个随处都可以找到的老板，他的魄力、智慧和人品，决定了他可以带领企业走得很远。”胡金奎说，从这天起他就在步阳安下心来，主动开始适应工作。

与韩国方面的洽谈卡了壳，主要原因是对方提出的条件太苛刻，其中一条竟然是韩国员工的薪酬要大大高于中国员工。徐步云决定中止这次商业洽谈，取消合作项目。当时胡金奎在步阳集团外贸部已工作了3个月，连赴韩护照都办好了。

合作项目取消了，但胡金奎已不想离开步阳，步阳方面当然也不希望他离开。

“当时离年底只剩3个月，本来也可以干到过年就走人，但我已舍不得离开这里，因为在这3个月里，我渐渐熟悉了步阳，感觉到自己哪怕不从事汽车零配件这一块，做安全门、汽车轮毂，也能发挥自己的特长。当然这种舍不得，更大的因素来自董事长和步阳对人才的尊重，对知识的尊重。”

当时，胡金奎在上海的同学也不时关心他，希望他去上海工作，但他没有回应。他留在步阳的念头已经占了上风。

“我虽然不是把金钱看得很重的人，但从薪酬中还是能看出公司对自己的肯定、尊重。我在步阳拿到的第一笔月薪，比在这里干了很多年的同事还要高，这让我很触动。到了年底，本以为像我这样才干了5个多月的，可能只会象征性地发一点点年终奖，谁知道，我又拿到了一个大红包！说真的，那一刻我真有点懵了。董事长和步阳对我这样尊重，这样期待，我一定要留下来，做出一番业绩……”胡金奎说得很动情。

步阳对人才的重视是实实在在的，这份重视不仅来自徐步云、陈江月等企业高管，也不仅体现在薪酬等方面，最关键的是整个公司上上下下对人才的关心和爱护，给予人才在个性成长、事业发展上的激励和促进。

胡金奎初来步阳的半年就这样过去了，这一年的春节，他回老家过了年，过年后马上回到了步阳。“我们老家有一个风俗，叫初七不出门，初八才可以。我干脆提前一天，初六就回。”胡金奎也以自己的行动，表达了对步阳的高度认可。

此后，为了让他多些锻炼机会，徐步云特意把胡金奎安排到生产车间、销售部门工作。他的工作实绩很快体现出来。后来，他主要从事安全门产品研发。2020年底，步阳集团成立智慧门业研究院，主要进行金属制品研发，技术服务、转让和推广，工程技术研究和试验发展，机械设备和新材料技术研发，物联网技术研发，模具制造和销售，资源再生利用和新兴能源技术研发等。胡金奎在产品研发领域大显身手，如今的他已是研究院院长。

发现人才，留住人才，让人才在生产管理一线经受考验，激发他们的潜能，使之成为成熟的生产者和管理者，步阳科技园事业部经理王克金的成长经历即为其中的典型。

王克金1980年出生，安徽阜阳人。他曾在淮北煤炭师范学院就读，学习电子类专业，后因家庭经济比较困难，没能读完大学。因为有个亲戚当时在永康打工，向他说起这里的种种好处，辍学后的王克金便到了永康，经招聘进入步阳，第一个职位是在车间当质检员，从事外协检验（外来公司的产品进入本公司所需的检验流程）和本公司的产品质检。

入职时王克金还是步阳集团4000多名一线员工中极其普通的一员。然而，第一年还是普通质检员的他，第二年就担任了车间工段长，第三年升任车间主管，负责总部生产二区的工作，接着又负责生产三区的工作。在三区和四区两个生产区域合并后，他又同时负责这两个区域。到了2012年初，又负责生产五区。由于生产二区管理上的需要，他又把生产二区管了起来。由此，他成为总部四个生产车间

（区域）的负责人。对于一名当时才30岁出头的年轻人，就让他负责这么大区域的生产管理任务，这是有多大的信赖！

更大的任务是在2015年11月交给他的。随着位于永康五金科技园内的步阳科技园正式运行，当需要进一步理顺步阳科技园的日常管理时，王克金被任命为步阳科技园事业部经理，全面负责步阳科技园的日常管理工作。

王克金能如此迅速地进入管理层，直至独当一面，成为步阳集团四个生产基地之一的步阳科技园管理者，是因为徐步云等公司领导慢慢地发现了他的才能，他的吃苦耐劳、善于沟通、顾全大局、稳重守正等优点逐渐显露出来，良好的专业素养也让他连连得分。

“刚入职步阳的时候，我被安排在生产二区当质检员。当时负责质检这一块的集团副总经理程明松，对业务十分精通，容易看出问题，也能看出员工的工作效率和工作能力。可以说，是程副总首先发现我在工作上的一些优点，知道我读过大学，对我也格外关心。他认可我的能力，鼓励我把工作做好。”王克金说，不怕吃苦是自小就形成的秉性，他从不推诿任何一项工作。

当时徐步云的岳母应阿姨还负责公司的供应采购，王克金因从事外协检验，与应阿姨的接触也比较多。他十分配合应阿姨的工作，应阿姨也很欣赏这名肯干活的小伙子。“应阿姨很关照我的。当时用手机的人还不多，她甚至还把一只用过的手机借给我用。”王克金回忆，当时程副总和应阿姨都向董事长提起过他，说他工作比较积极努力，各个方面的表现都很好。

王克金来到步阳工作的第二年，鉴于他出色的工作表现和一定的能力，时任步阳集团分管生产的副总经理王成江，把他从质检员岗位调到了生产一区的胶合工段，担任工段长。“当时胶合工段的管理有些乱，王副总希望我去理顺一下，让胶合工段的管理正常化、有序化。”王克金去了。通过一周左右的努力，推行制度化，解决了不少难题，胶合工段的管理得到了极大改善。

“那天晚上，已经10点多了，我还在工段上忙。胶合工段采用两班制，管理人员只有我一个，员工在生产过程中遇到了什么困难，或者工艺上有不清楚的，遇上设备问题或者产品质量问题，都会找我。我总是随叫随到，不论白班晚班，都会出现在工段上。那晚我刚在工段上处理完事情，遇到了正在巡查车间的董事长。董事长看到我后便微笑着走了过来，我知道当时已有很多公司领导向他说起过我的表现了。”王克金记得，徐步云先问了他有关工段上的情况，又询问了生产一区和二区的情况。

“董事长听完，就直截了当地问我，更大的担子你敢不敢挑？我回答说，事在人为，我愿意尝试。就这样，在董事长安排下，我从工段长被提拔为车间主任。这是我来到步阳的第三年。”

一个车间有三四百号员工呢，车间又分各个工段，工段下面又有班组，各个岗位按照流水作业的方式精心布置，因产品规格、工艺经常会有变化，各种各样的情况随时都会发生，人际方面的协调也有压力，整个车间管理起来并不容易。当时王克金才25周岁，可以说还是个毛头小伙子，他能把握好这一切吗？

“关键还是两条：一是信任，相信他能处理好日常的管理工作，能协调好多方关系，能激发出员工的积极性，把权力放给他；二是锻炼，既然是锻炼，那就要在生产和管理一线经受实际的考验，鼓励他把事办成，同时也要允许他犯错误，特别是因日常工作产生的，不是原则性的，能纠正的错误。”徐步云认为，压担子就是最好的锻炼方法，能经受得住，就说明他又长了一分本领。

迎着压力去工作，有难题设法解决，绝不轻易上交问题。王克金深谙其理，虽然自身各方面素质较好，但如果没有徐步云慧眼识才，很可能连发挥自己的才能、在实践中锤炼自己的机会都没有。“我对自己的要求是，凡事必须干好，不能干坏；凡事必须干得更好，不能得过且过。”

2015年11月，王克金到步阳科技园任职后，牢记徐步云交办的任务，协调处理好科技园生产基地存在的难题。“上任后，通过一段时间的深入了解，我首先理出来哪些问题是迫切需要解决的。比如说装甲门车间，为什么不能正常交货？主要是生产周期过长。通过对生产流程进行梳理，进行必要的流程简化，半个月后，生产基本正常。在处理过程中，我觉得除了规章制度等硬性规定，还得改变工作方式，强化柔性管理，与各个岗位的员工谈心，听取他们的意见建议，也解决他们遇到的工作上、生活上的问题。”

“强化柔性管理是一方面，同时还得找出生产瓶颈，进行破解。比如木门这一块，在油漆工序上，员工的操作难度较大，导致生产效能低下，返修率高。通过反复分析研究，我们提出了通过设备换人的改进方法。在董事长的支持下，投资3000万元购置机器，无论是上底漆还是面漆，以及打磨，都由机器来操作，质量就提高了。这样一来，我们的产能从每天300樘增加到了600樘。虽然投资比较大，但因减少了员工，提高了产能，降低了返修率，还是挺合算的。”王克金说，通过缩短生产流程，减少搬运，员工的劳动强度明显下降。这一做法，也推广到了装甲门等工段。

在创新管理方面，王克金在员工中发出“每天进步一点”的倡议，取得了极好的效果。这个口号提的要求也十分简单，那就是每位员工都可以在工艺改进、流程改善、质量提升、成本降低、节能降耗等各方面，提出合理化建议，哪怕是一个极微小的细节都可以提，为企业节能降耗提供思路。意见建议得到采纳后，还有可能在每月一次的表彰会上得到奖励。

“比如一个水龙头，本来每天要用20吨水才能保证下一流程的正常运行，但如果更换了这个水龙头，或者改变了工艺，15吨水就足够了，节约下了5吨水，就是‘每天进步一点’的具体实例。又比如玻璃

在步阳年终总结大会上颁奖

胶，小瓶的是280毫升，每瓶价格12元，而大瓶的有800毫升，价格也是12元。为什么大瓶的会这么便宜？因为它是简装的，没用罐子，只用塑料袋装，但小瓶大瓶的玻璃胶，其质量和性能是一样的。有员工建议一律使用大瓶装的，以有效降低成本，这也是‘每天进步一点’的实例。”王克金说，只要能提升企业效益的建议和做法，就可以看成一种进步。若各个环节、各个岗位都节约一点点，累计起来，对生产基地和公司来说，就不是“一点点”这样的小事了。

王克金告诉笔者，徐步云十分支持“每天进步一点”的倡议活动，认为绝对不能因为企业发展壮大了，这方面的管理就可以松劲。他对王克金大力倡导这一活动很赞赏。“董事长说过，哪怕是节约一把扫帚，一旦推行节约，长久下来也是一笔不小的数目。你想，整个公司需要多少扫帚，每天又在消耗多少扫帚啊。很多时候我们没有算细账，其实涓涓细流终能汇成江河，这个量是很大的！”王克金已经完全领悟徐步云的意思。

王克金带头参与到了“每天进步一点”的倡议活动之中，并发动科技园事业部的每位管理人员，每周必须提出一份降低成本的合理化建议。他告诉笔者，自己最近提了两条合理化建议：一是尽量减少边角料；二是在不影响品质的前提下，下档包在里面的那一块门槛材料可以减半。“边角料只能当成废料卖，这太可惜了！”王克金说，眼下节能降耗已成为步阳集团一大工作主题，必须通过降低成本，实现产品价格微调，从而争取更大的市场份额。当然，最终的得益者还是广大用户。

“每天进步一点”倡议活动仍在进行，不少员工也已经形成了习惯，大家都会自觉去做。近几年，由于原材料涨价，加之新冠疫情的影响还没有完全退去，节能降耗对于企业的重要性日益凸显。随着活动形式的不断完善，这项活动还在继续深化，已在员工中形成了文化现象，大家都觉得这是步阳风格、步阳精神的一部分。

如今的王克金，在生产管理一线的工作已经得心应手，工作业绩十分突出，员工们也自然而然地把他当成爱岗敬业、发奋进取、锤炼成才的学习榜样。“董事长一直悉心培养我这个普通的打工者，还把这样重要的岗位交给我，我除了感动就是振奋了。我要对得起这份莫大的信任，好好干下去，再接再厉，永不懈怠。”

3. 普通员工成长为业务骨干

徐步云关注那些富有工作能力、智慧、责任心的一线员工。从决策层到工段长，步阳的管理人员有85%以上来自基层。工作实绩、经验和潜能，是他判断一名员工是否能成为业务骨干的首要标准。

尊重员工，不摆架子，平等待人，尊重员工的劳动成果和智慧创造，尤其重视普通员工的特点和成长，不拘一格用人才，把员工培养成生产骨干、管理骨干，这对于徐步云来说，不是作秀，不是一天两天地搞形式主义，而是长年坚守，一视同仁，绝不含糊。

平易近人、平等待人，把员工当成自己的家人，是徐步云的个性展现，也是他的工作和生活习惯。

前文提到的步阳集团审计部经理程慧英是永康本地人，也是一位老员工，已经在步阳干了20多年。像她这样拥有专业技能的人才，在永康若想跳个槽，实在是太简单了，但她从未有过这方面的想法。最大的原因，一是步阳蒸蒸日上，二是董事长做事踏实，平易近人。程慧英十分喜欢步阳良好的工作氛围。

程慧英向笔者讲述过一个令她难忘的细节，那时她入职步阳才一个星期。当时的办公条件还没现在这么好，同办公室有不少同事。一天晚上，她趁晚上办公室稍安静些，低头做着报表。大约在8点半，有人走进了办公室，她抬头一看，竟然是徐步云。

“我想我刚入职不久，他应该叫不出我的名字，所以很快低下头自顾自工作了。真没想到他一走进我办公室，就叫出了我的名字。他说慧英呀，这么晚了，你怎么还在办公室啊？当时我非常非常震惊。我想这怎么可能，当时的步阳员工已经有好几千人了，管理层人员也有300名左右，我到步阳的手续是在人力资源部办的，到了步阳后接触最多的是部门经理，董事长是部门经理上面再上面的老总，我不可能与他有工作上接触。也就是说，他不可能知道我这个最最普通的员工的名字呀！那一刻，我惊呆了，站着不知该说什么，他对我微笑着，要我早点回家休息，然后就自己去忙了。”程慧英回忆，徐步云走后，她还回不过神，因为实在太不可思议了。

后来程慧英知道了徐步云不光记住部门经理、骨干员工的名字，记住普通员工的名字，甚至还连大门口的保安、负责大楼保洁的清洁工的名字都记得清清楚楚，一个不漏，从不叫错。她意识到这个董事长绝对不同于别的企业的董事长，他尊重每位员工、平等待人的真诚和热忱，殊为难得，极其宝贵。

徐步云对人才的发现、培养和使用，也不仅限于高学历者。通过经营实践，他更关注那些富有工作能力、智慧、责任心的一线员工，期待他们成长为步阳各个岗位上的生产骨干和能手。有一个不完全的统计数字，从决策层到工段长，步阳的管理人员有85%以上来自基层。工作实绩、经验和潜能，是徐步云判断一名员工是否拥有管理能力，是否能成为业务骨干，是否是可造之才的首要标准。

“高学历的人才他重视，没有高学历的他同样重视，只要他们有真才实学。这就是董事长的用人观。这种不拘一格用人才的做法，也曾让入职不久的我深为触动，甚至成为我留在步阳的一大因素。一个任人唯贤的老总，必定是一个爱才惜才、公平正直、充满自信、有强烈事业心的人。”胡金奎对此颇为感慨。

胡金奎回忆，他刚来到步阳不久，经常与他接触的还有两位在营销部工作的部门领导，他们也住在步阳的高管专家楼里。这两位部门领导都是退役军人，一位叫张照增，在部队当过班长。他先来到步阳工作，觉得这里很适合自己，几年后又让他班里的另一名战友在退役时来到步阳，这名战友便是刘斌义。刘斌义退役后，本来已定下去另外一家企业，是张照增向董事长汇报后，才被“挖”过来的。

这两位来到步阳后，起初都担任过徐步云的专职司机，经过培养和考察，张照增后来担任集团副总、总经办主任，刘斌义则是现任集团销售部副总经理。两个普通的司机分别成长为集团副总、部门领导，这样的事情在大型企业里并不多见，在步阳却是活生生的例子。胡金奎真切地感受到了徐步云和步阳爱才的作风。

笔者在步阳采访时，曾接触和了解那些生产、销售及管理一线的员工，倾听他们在步阳的成长故事，试图从中寻找步阳集团30年来持续发展的原动力，了解步阳人日常的工作状态，以及他们个体的奋斗经历与步阳发展之间的关系。事实上，即便是最普通的一线员工，来到步阳后，都能骄傲地道出自己这些年来的劳动成果，都能切身感受步阳给他的人生带来的改变。“山鸡变凤凰”之类的励志故事在这里不断发生。

笔者在步阳集团看到过一沓员工演讲比赛的演讲稿，参加者是步阳集团全体员工，包括各地销售办事处员工、部分经销商，主题是“我和步阳的故事”。这个主题有点大，但几乎每一篇演讲稿都是亲身经历：有了适合的职位、赚到了满意的薪酬、改变了自己的生活、找到了可心的伴侣、拥有了未来的希望……但更吸引笔者的，是讲自己的才能在步阳得到了施展，原本在偏僻山区种地甚至无业的青年，经过学习和锻炼成了一名优秀的员工，甚至成为某个方面的专业人才，实现了自己的理想。字里行间情真意切，表达了对步阳的真心感谢。

“从一名什么都不懂的新员工，到成为一名能独当一面的技术能手，在包装岗位上我学会了怎样量车轮尺寸，掌握了ET、PCD、CB等与汽车匹配的参数，学会了如何匹配客户，等等。感恩公司给予平台，让我从小白成为轮毂行业的深耕者。”步阳汽轮包装工秦大刚在演讲中说。

“1999年进厂，一干就是23年，创下了连续上班8年无请假的记录，其中有几年还是全厂出勤率第一。2013年在城里买了房，用的就是咱步阳门。有人得知我是在步阳做门的，说步阳的门质量可靠，你看同时安装的别厂的门，现在已经烂了，步阳大品牌就是不一样。我听了心里美美的，庆幸自己是步阳人。2007年，我妻子也加入了步阳大家庭。2015年，我成为一名品质控制员。记得2017年女儿考上南京医科大学时，公司发放员工子女助学金，女儿和我感谢公司的浓浓关爱……”步阳质检员左红兵深情地说。

“我从一个一看项目书就头大如斗的新丁，在领导同事的帮助下，能独立完成项目的撰写和申报。我从一个从没下过车间的机械门外汉，在总经理值班制的锻炼中渐渐熟悉了生产，了解了工艺，知道了守护我家近30年的步阳门是如何一步步走下流水线，进入千万家的。我从一个对步阳产品盲目崇拜的新人，在董事长的指导下，走过了100多个城市，既看到了步阳门店的发展壮大，也把竞争对手的优点一一记下，为步阳的发展献计献策。”这是步阳集团总经办何勰在演讲稿中的句子。

这一份份演讲稿尽管词语并不华丽，但在这些文字背后，渗透着一股身为步阳人的自豪，渗透着对步阳深深的爱。之所以会泛涌这般

徐步云给研发团队授旗，下达新一年任务

真心感谢，是因为徐步云和步阳为每位员工都公平地提供了人生发展机会。他们在步阳找到了自己的位置，他们因成为步阳人而改变了自己。

陈宇雷也是一名从最基层干起，在徐步云的引导、培养下，渐渐成长起来的步阳骨干。如今的他担任着集团销售部副总经理，主要负责与全国26个销售办事处的日常联系和管理。这个职位十分重要。

2006年才来到步阳，与许多步阳的骨干员工相比，这个工龄不算太长。而且，他入职步阳后，第一个岗位是成品库发货员，完全是一个普通员工。

“当时在亲戚的企业里打工，合作不是太愉快，还欠下了一些债，想换个工作填补这个债务窟窿。我的岗位是最基层的，招聘要求相对比较低，成功地入了职。当时的我只想兢兢业业地干活，对得起这份工资。”陈宇雷说，秉持着这一念头，他总是努力把手头的事情做得完美些，期待能在步阳干长久。

那天晚上，有一批货急着要发出，陈宇雷主动加班。已经很晚了，他还在干活。徐步云习惯晚上到各个车间巡察，那天他比平常晚了些，发现成品库还有人在忙碌，其中陈宇雷显得十分积极。在等待发货的间隙，徐步云与陈宇雷聊了聊，问了他以往工作的情况，特别是对现有岗位的想法。陈宇雷没有掩饰自己的真实想法，他说他珍惜眼下这份工作，希望干得更好些，在步阳干得更久些。

次年，即2007年伊始，陈宇雷被任命为成品库主管。他知道这必定是徐步云安排的。他心里很感激，毕竟当上了主管，薪酬也会涨不少。他觉得自己应该更加积极地对待工作。

又过了1年左右，陈宇雷被提拔为生产调度员。虽然仍在生产一线工作，但这是管理岗位，重要性自不待言，关键是还有一些权力。在步阳，权力其实就是责任，陈宇雷深知这一点，哪怕是一个极小的工作环节，他都会认真对待。

与徐步云内向、踏实、低调的个性一致，他也同样欣赏具有这类特质的员工。“其实，我并没有在董事长和其他领导面前有意识地表现自己，我不是一个善于取悦上级的人，只是觉得老老实实地干活，勤勤恳恳地做事，就一定会有业绩。这个业绩既是公司的，也是自己的。”

陈宇雷告诉笔者，他始终恪守一个信条，那就是只要努力，领导总会看得到。“你有了业绩，你做出了贡献，董事长可能一个月不知道，两个月不知道，但只要你一直干下去，半年、一年，董事长迟早会知道。我经常用这句话来鼓励身边的员工，特别是年轻的员工。”

“我们董事长与别的老板不一样。他工作十分细致，洞察力和记忆力又这么好。你想，他连普通员工的名字都能记住，怎么可能发现不了你的优点、能力、业绩？把每一个步阳人都安排到适合的岗位上，这是他最关切的事情之一。他知人善任，又会给你锻炼机会。在步阳，任何一个人才都不会被埋没。”陈宇雷说，结合自己的经历，这份感受于他特别深刻。此时的他早已不再把赚钱作为头等大事，做一个优秀的步阳人，谋求个人事业的发展进步才是真正的大事。

2009年，陈宇雷被调到集团销售岗位上，工作内容再次改变。但因早已熟稔生产和管理，他没了以往的紧张和惶恐，经过适应后已得心应手。“在销售部，我主要负责与分布在全国各地的26个步阳销售办事处的日常联系和管理，包括监督各项制度的执行、纪律管理、工作考核等，销售软件大数据开发即远程管理这一块也由我负责。总部有将近100号人员派驻到这些办事处从事营销工作，负责协调管理各地的经销商。这是一项很重要的工作，我也经常提醒自己必须干好。”

陈宇雷坦言自己的口才并不太好，似乎也不擅长跟人直接接触和交流，假如让他去搞接待、交际什么的，他可能就干不来了，但实务性的工作就比较适合他。“董事长确实把我放在了最适合的岗位上，让我能发挥个人优势，把本职工作干好。步阳是最适合我的地方。我现在的工作很舒心，因为这是我最喜欢干的事。有时候，我真想当面感谢董事长这份厚爱，却又因性格内向而难以表达。但现在我还是想说这一句：董事长，感谢您!”

应永晖，步阳集团旗下浙江步阳汽轮有限公司总经理。作为步阳集团三大产业之一，轮毂生产在步阳整个产业结构中占有一定的比重。应永晖管理着步阳三大产业的其中一块，责任重大，同时也体现了他的管理能力。

应永晖是永康人，中专毕业后经商跑业务，与生产保温杯、铜条、学校用品等的企业交往较多。防盗门产业兴起之时，他在西北跑业务，但敏锐地察觉到这个产业会有较好的前景，愿意投身其中。“2003年，我在报纸上看到上海步阳防撬门有限公司正在招聘人员。通过了解，知道这家企业在品牌战略、产品营销方面有自己的规划和途径，我很感兴趣，便主动递上了‘投名状’。”

擅长慧眼识才的徐步云亲自面试了应永晖。此前两人互不认识，但徐步云仔细听了他的经历，对他曾经干过多年的业务员这一点非常感兴趣。徐步云向来把产品销售放在工作首位。在他看来，销售既是实现利润的手段，也是检验产品是否符合市场所需的标准。他非常看重有着丰富产品销售经验和独特见解的人。一番谈话考察后，应永晖被步阳录用了，开始从事防撬门（防盗门）在浙江、江苏和福建等区域的直销。接下来的几年中，作为普通业务员的应永晖都在跑业务，干销售一直干到2005年。

徐步云一直关注应永晖的工作业绩，特别是看他在产品营销上究竟能发挥多大的作用，有哪些方法是独特的。关于培养人和用人，徐步云向来有着自己的一套做法。比如前文所述在实际工作中发现人才，把人才放在管理生产一线等。此外，他还习惯把可造之才先后放在不同性质的岗位上，使其得以全方位锤炼，再判断他最适合做什么。因此，2005年4月，当步阳准备成立浙江奥威汽车零部件公司（步阳汽轮有限公司前身）时，他就想到把应永晖调过去。

事实上，当时的应永晖先是从事门业采购和销售，后来又担任飞神车业的采购经理。也就是说，他已经被徐步云纳入轮岗、重点培养的人员名单中了。其时，飞神车业还没有从步阳集团分离出去单独成立。徐步云认为，让应永晖再换一次岗，一是新成立的公司确实需要他，二是再锻炼他一回。

“当时派到这家新成立公司的，一个叫应真，任董事长助理，一个叫余一兵，任总经理，还有一个叫姚伟，而我则分管销售。我们四个人从2005年4月到12月，花了整整8个月时间筹备，主要是修建厂房、采购设备、招聘人员等，忙得没有喘息之机。公司80%以上的产

2022年步阳集团新春动员大会

品都是外销的。记得公司投产后，第一个产品集装箱是销往迪拜的。”应永晖告诉笔者，因为徐步云对这家公司的定位是全球性的，还专门成立了外贸部。徐步云还亲自带队参加美国、法国、德国、日本以及阿联酋迪拜的汽车零部件产品相关展会。

应永晖没有辜负徐步云的期待，他在全球市场定位、产品定位和全面铺开销售网络方面积极努力，成效卓著。他还在徐步云的部署下，实行了一系列管理创新，包括制度管理创新和日常管理方法创新。步阳集团的轮毂业务稳定增长，经过18年发展，步阳汽轮有限公司年产值已达5个多亿（元），每年纳税在3000万元以上，成为步阳集团和永康市出口创汇的一张“金名片”。

2014年，应永晖担任了步阳汽轮有限公司总经理。轮毂这一块虽然不是步阳的主业，但从这一年开始，它的年产量始终保持在全国前

20，这是非常不容易的。

“2022年步阳新春动员大会上，我在发言时特意提出了五个‘敬畏’：敬畏步阳，它给予我们这么好的事业平台；敬畏董事长，他为社会创造了这么多的价值；敬畏在座的每位同事，因为我们是一家人，一家亲；更敬畏今年下达的工作任务，它是公司可持续发展的要求所在，公司核心竞争力的要求；还要敬畏我们自己，新的一年又长大了一岁，担当的责任就要更大。我觉得一个人有敬畏之心，才能真正把事情做好。”应永晖认为，这五个“敬畏”其实也是五份初心，是徐步云对他、对步阳汽轮和整个集团的期待和要求。

应永晖忘不了2007年夏天，他与徐步云两个人前往俄罗斯考察时的情景。那是他与徐步云出差时间最久的一次。其时，步阳在俄罗斯已经设有分公司。为了活动方便，分公司专门租了一辆车，由两个人轮换着驾驶，为了对俄罗斯市场作出布局定位，在当地看市场、看安全门和轮毂的销售情况，分析产品结构。一路上，应永晖发现，徐步云真是个不知疲倦的人，哪怕长途跋涉，哪怕天气炎热，他都不会休息一下，总是抓紧时间看更多的地方，了解更多行情。

“当时董事长对我已经很信任了，正让我适应更重要的岗位。事实上，自从安全门产品走上正轨之后，他一直在谋求开拓国外市场，让步阳的产品出口创汇。带着我一起到俄罗斯考察，正是进一步培养我的重要方式，那是他精心考虑过的，是为我下一步的岗位调整做准备。”应永晖充满感激地说。他是干销售出身的，这一点很受徐步云器重。“假如没有董事长多年来的悉心培养，我就不可能具备提升企业管理、推行精细化生产、推进数字化创新的能力，也不可能站在全球的高度，始终以国际眼光看待产品销售，看待企业发展。”

“我在步阳工作刚好20年。我个人在这20年里取得的巨大进步，就是董事长培养人才、关爱人才、大胆合理地用人的又一生动实例。”应永晖再一次表达了他的感激之情。

第七章 Chapter 7

潜心贯注，做精做强，超越同行

1. 4个生产基地+1个总部布局

根据安全门营销格局和未来销售趋势，结合发展战略，在全国形成4个生产基地+1个总部的生产基地布局，以控制物流、人力成本，加快步阳产品的流转。徐步云的这一设想逐步实现，步阳由此在全国拥有了更为强大的辐射力。

自2002年成立并成为全国性无区域限制型集团后，步阳集团的发展驶上了快车道。在实现步阳全面高质量发展的过程中，以下重大历史事件值得一记，它们都是步阳集团超常规跨越式发展的重要印记。

2002年，步阳防火门通过国家消防安全认证，品牌全线征伐之路正式开启。是年，步阳推出全方位22个防盗锁点的“福”系列产品，开创甲级防盗概念，引领行业防盗升级。

2003年，时任浙江省委书记习近平视察步阳集团。同年，步阳集团全年实现产值10.2亿元，纳税达4905万元。出口创汇超1亿美元，在金华区域企业中排名第一。推出“吉”系列产品，门体厚度升级为88毫米，同时全面升级成16个防盗锁点。同年10月，中央电视台“走进永康·走进步阳”文艺汇演举行，即首届步阳文化节，这标志着步阳的企业文化建设上升到了一个新高度。

2004年，步阳集团被中华全国工商业联合会评为“中国民营企业500强”。此次评选中金华市仅8家企业入围，永康市仅步阳1家。

2005年，步阳安全门被国家质检总局授予“中国名牌”称号，步阳集团成为永康首批名牌企业。同年，第8届成长中国高峰年会评选出“2005年中国成长企业100强”，发布会在北京人民大会堂举行。步阳集团名列第28位，成为金华市唯一入选企业。

2006年，步阳商标被认定为“中国驰名商标”，实现了永康企业在该领域荣誉零的突破。为此，永康市政府给予步阳集团100万元重奖。

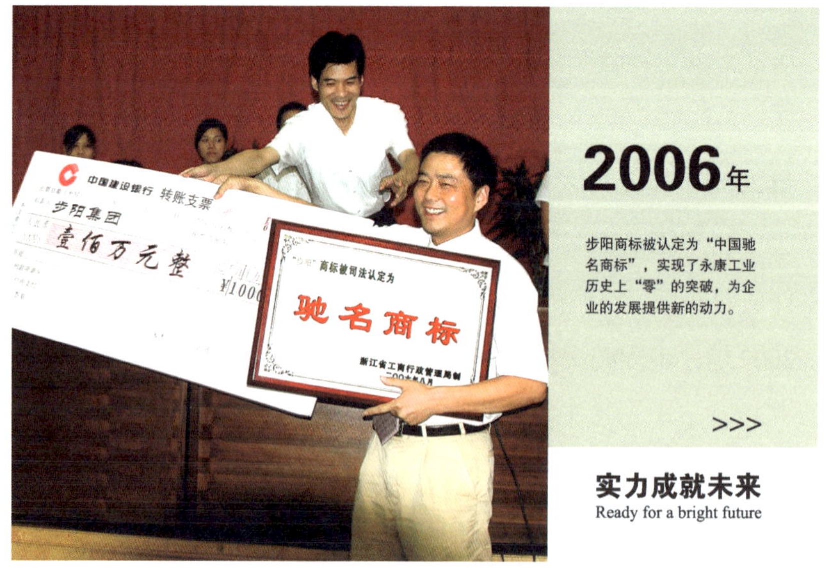

步阳集团被授予“驰名商标”称号

8月16日，董事长徐步云从时任永康市委书记吴彩星手中接过“中国驰名商标”牌匾和奖金转账支票。

2007年，“中国大企业集团竞争力500强”评选由国家统计局公布，步阳集团排名第384位。

2008年，步阳集团被评为“中国最具成长力民营企业100强”，企业总产值超过50亿元，纳税总额超亿元。

2009年，董事长徐步云作为中国贸促团成员，随时任国家主席胡锦涛出访俄罗斯、斯洛伐克、克罗地亚三国。徐步云是此次出访人员中唯一的金华市企业代表。

2010年，第1000万樘步阳安全门下线。至此，经过10多年发展，步阳安全门已连续7年产销量居全国第一。从年产10万樘、50万樘、

第1000万樘步阳门下线

100万樘，再到150万樘、200万樘，步阳集团依托品牌与市场网络，通过持续不断的技术创新，成为全国首个年产量超千万樘门企。同年，步阳集团被评为“2010浙商榜样品牌20强”。

2011年，步阳·总部科技园（简称“步阳科技园”）正式投入使用。步阳科技园位于东城街道永康经济开发区九鼎路500号，面积128.21亩。是年，步阳集团室内门事业部整体搬迁至此。现有员工900多人，已形成月产1.8万樘精品门、2万樘装甲门，实木复合门年产值2亿元的生产能力。同年，步阳品牌被评为安全门行业“品牌白金奖”。

2012年，步阳集团被住房和城乡建设部金属结构协会评为“中国安全门行业标杆企业”。同年初，“步阳”品牌获授“2011年度全国家居建材品牌影响力10强”。11月，中国民营企业品牌建设高峰论坛暨步阳集团成立20周年庆典隆重举行。是年，步阳集团全年度纳税总额突破2亿元，其中永康区域纳税1.4亿元。集团纳税累计达17亿元。

2013年，步阳门业研究院成立，这标志着步阳集团在科研能力上实现了一次重要飞跃。同年，步阳精品门隆重推出，产品升级换代速度加快，销售额稳步提升……

经过15年的高速发展，步阳集团的产品生产和销售突飞猛进，原先的场地早已不够用了。在永康市政府和集团总部所在地西城街道岭张村的全力支持和积极配合下，步阳集团总部的生产基地不断向北、向东和向西拓展，先后已拓展10余次，但仍不敷使用。另外，在永康扩大生产基地，土地使用成本非常高，制造成本、物流成本也在不断上升，向外拓展，争取获得更多的生产发展空间，在2013年前后成为步阳集团谋求进一步发展的一大任务。

经过较长时间的分析和谋划，徐步云提出，按照安全门营销格局和未来销售趋势，结合步阳集团下一步发展谋略，在全国形成4个生产基地加1个总部的基地布局，是最合理的。这4个生产基地除了永康的总部基地和2011年投入使用的步阳科技园，还应该在东部和中西部地区各设1个生产基地，以控制物流、人力成本，加快步阳产品的流转。徐步云提出的这一生产布局设想，很快得到了大家的赞同，一致认为应该加紧实施。

销售量日益增加，生产量也必须同步跟上，否则就会丢失已有的市场份额。

2013年春节刚过，徐步云就带了几名步阳集团管理层成员，前往河南、山东一带考察。不是参加每年例行的营销大会，也不是对部分

山东基地全景

销售办事处进行抽查或者鼓劲，这是一次专门的考察活动，目的有两个：一是实地考察步阳生产基地的具体选址；二是寻求新的房地产开发项目，初步考察项目地块。

在山东，徐步云率队到了济南、临沂、枣庄。他对临沂这座城市产生了浓厚兴趣，觉得这里正是设立生产基地理想的地方。

“山东是步阳安全门销售量最大的省份，步阳安全门销售量的10%在山东。市场是决定生产基地选址的重要因素。这是其一。临沂位于沂蒙地区，小商品经济活跃，商贸往来发达，有‘南义乌、北临沂’的说法。商贸往来发达，说明了它的配套设施，比如物流会通畅，商贸辐射力比较强，甚至可以辐射到东北。这是其二，也是我们必须考虑的。”徐步云对当年选临沂作为生产基地的原因记忆犹新。

除了这两大因素，徐步云感觉还有两个因素也不可忽视。“在临沂，我们能感受到当地政府对招商引资工作的重视，拿出的招商引资优惠政策很实在，其力度不亚于浙江和其他沿海发达地区，让我很感动。这是其三。这第四个因素，就与生产基地的具体选址有关了。临沂有一个国家级经济开发区，这几年的发展非常不错，各方面服务很到位，如果把生产基地放在这里，是一个不错的选择。这四方面的因素，促使我最终拍板。覆盖中原、华东等地区的生产基地就设在这里了。”徐步云说，尽管另外几个地方也向步阳发出了邀约，愿意为生产基地的落户提供优惠条件，但权衡再三，他还是把这枚棋子落在了临沂。

山东步阳科技园（即临沂生产基地，分公司名为“山东步阳门业有限公司”）的选址一俟定下，便在当地政府的支持下着手开工建设。

山东步阳科技园于2013年1月8日设立，注册资本8000万元。它位于山东省临沂经济技术开发区内，即临沂市河东区沃尔沃路，为临沂市区的黄金地块。项目总投资10.5亿元，占地330余亩，总建筑面积18万平方米，现拥有298名员工，是步阳集团在北方设立的大型生产基地。

“自2015年试生产，2016年正式投产运营以来，山东步阳科技园发展迅速，2017年销售收入达到3.3亿元，上缴税收2209万元。2018年，生产25万樘精品门，纳税额达3000万元。我们的主要产品是步阳精品安全门、钢质进户门等高档用门，现拥有11条国际现代化门业生产线，并荣获多项专利，在国内形成了较完整的营销框架和售后服务体系。”据步阳集团山东事业部经理张增胜介绍，山东步阳科技园提供的产品规格、品种比较齐全，产品销售虽然主要面向北方市场，但南方市场若产品紧缺，也会从临沂调过去。

有数据显示，截至2022年，山东步阳科技园的产品销售量已相当于步阳集团总部的70%，这是个极其可喜的数字，也意味着当年定下的4个生产基地+1个总部的基地布局获得了超过预期的成功。

“生产是与销售紧密联系在一起的。比如精品门这一块，本来在我们的观念中，似乎在经济更发达的南方销量会大一些，但在山东以及周边地区，单价在七八千元乃至上万元的精品门，销售情况一直很好。这说明什么？说明步阳产品的优质可靠，也说明了这一产品符合用户所需。”张增胜信心十足地说，“如今的SMIED高端门品质更好，价位更高，在山东及北方地区的销售情况依旧很好。就目前看来，北方市场绝对不逊色于南方市场。”

据步阳集团山东事业部副总经理方海斌介绍，由于山东步阳科技园的生产设备和生产工艺比较先进，能有效满足用户的个性化要求。如今，科技园每天要完成八九十个批次的生产任务，一个月至少要完成2000多个批次，正日益提高对制造工艺的要求。“如今应用了大数据，的确帮上了大忙，包括我们在内的各个生产基地，都被大数据网络连在了一起。我们能够按照总部的调配，在第一时间安排组织生产，两天左右就能把产品交到用户手里。”

步阳集团安全门采取直营形式，26个销售办事处接到各经销商的订货信息后，根据用户的具体需求，及时整理数据报给总部，由总部根据订单统一调配生产任务。总部在调配生产任务时，将考虑产品种类、交货地点、任务均衡等因素，给生产基地发出任务单。所有程序都在网上进行，既快捷又准确。“在这个过程中，我们的反应是很快的，因为我们收到的生产单子都比较大，基本上是一收到总部的任务单，生产车间就准备启动生产了。”方海斌说。

山东步阳科技园顺利落子，布点生产基地后，中西部地区的另一个生产基地选址工作随即开始。

“必须在中西部地区设置新的生产基地。我可以简单算一笔账：一樘安全门从永康运到四川，物流费用是45元。这还是2013年的运输价格，现在至少要翻一番了。不单是运费，还有时间。四川比山东距离永康要远得多，让用户尽快用上步阳门，减少运输途中的时间，也是我们必须考虑的。当然还有产品辐射的问题。这么大面积的中西部地区，如果有我们的大型生产基地，有一家有实力的分公司，那么，步阳集团在中西部地区的辐射力会更强，发展格局又会大不一样。这个观点我早就提出来了。”说完这三大原因，徐步云又补充道，四川是国内最早生产安全门的区域之一，用户对安全门的认知度比较高，这也是步阳集团选择四川布点生产基地的一大原因。

与在山东的选址过程一样，具体定在哪座城市、哪个地方，让徐步云和参与的人颇费心思。

“在四川，围绕着成都这个中心，我们考察了不少地方，比如成都的天府新区、遂宁、青白江等地。当地政府对我们前去设点很欢迎，也提供了不少优惠政策，还是很诱人的。刚开始，考察组倾向于把生产基地设在天府新区边上的大邑县。大邑县是成都市辖县，境内有著名的风景区西岭雪山，还有安仁镇刘氏庄园博物馆和建川博物馆，经济发展趋势也看好，但是后来我们觉得什邡市招商引资的力度更大，更加符合我们的预期，就渐渐偏向于它。”朱宁是当时赴四川进行生产基地选点的考察组成员，对选点和最后的定点过程十分清楚。

赴四川的选点考察组完成了前期考察任务后，回永康即向徐步云作了详细汇报，尤其是汇报了四川3个备选点的优劣利弊。不久，徐步云专程到四川实地察看了这3个备选点。经综合考虑，最后拍板定下在什邡设立第4个生产基地，并注册成立四川步阳门业有限公司。

什邡市是德阳市下属县级市，有一定的工业和科技基础，还被科技部确定为首批创新型县（市）。拟建中的四川步阳科技园位于什邡市经济开发区（北区），是该开发区中最好的地块之一。

2013年5月16日，四川步阳门业有限公司与什邡市人民政府签订投资协议，四川步阳科技园建设拉开帷幕。目前，四川步阳科技园已分3期完成建设，地点在什邡市经济开发区（北区），昌平大道与通惠路交叉口。该科技园主要从事安全门、钢质防护门、钢质进户门、车库门以及智能家居等的制造加工、销售和研发。其中1期工程总投资10亿元，为年产80万樘高档安全门生产线项目，占地面积214.5亩，总建筑面积109619.62平方米，主要建设生产车间、冲压车间、仓库及配套设施。该项目投产后，当年就完成装甲门6万樘，产值达到1.5亿元，2014年产值达到3亿元，解决就业岗位1000个。2期工程年产40万樘高档安全门生产线项目于2016年5月开始建设，项目总投资为2亿元，主要建设2号厂房、综合车间、办公大楼、倒班房等配套设施。因生产业务剧增，四川步阳科技园3期工程也于2017年下半年上马，为年产80万樘高档安全门生产线项目，投资3亿元，主要建设3号厂房和相关

四川基地全景

配套设施等。

四川步阳科技园1、2期项目建成之后，2017年3月29日上午，该科技园投产庆典仪式在2号厂房举行。值得一提的是，这次庆典的举办方式和议程内容，与常见的新企业落成庆典不同，颇有步阳重视科技、重视教育的特色。

在宣布四川步阳科技园正式投产之后，徐步云把“西部门业研究院”的牌匾授予了该科技园，由此也意味着步阳集团又一个门业科技机构成立，并落户中西部。接着，徐步云又把一块“校企合作什邡基地”牌匾授予什邡市职业中专，表明步阳集团与什邡市职业中专达成校企合作共识。今后，步阳集团将资助什邡市职业中专办学，而什邡市职业中专将为四川步阳科技园提供技术人才。在庆典上，步阳集团还宣布捐资1000万元设立教育专项基金，鼓励什邡市职业中专培养更多的专业型人才，为企业发展、什邡社会经济发展作出积极贡献。

庆典仪式的最后，徐步云与德阳市、什邡市领导一起，为第一批下线的200樘安全门揭开了“红盖头”。由此，不仅标志着四川步阳科技园在此正式落户，也标志着徐步云提出的4个生产基地＋1个总部的生产基地布局基本形成。

2. 从防撬门到SMIED，产品更新换代从不懈怠

从相对简陋的防撬门，到面向高端群体的个性化定制产品，步阳走完了安全门升级换代的发展全过程。始终保持与时代同步的姿态，推进研发，超越同行，引领行业，不断提供符合用户需求的新产品，步阳从未有过懈怠。

安全门的升级换代史，与人们生活品质提高的历史进程完全契合。

印象中最早的防盗门是铁条做成的，一条条细钢管或细铁条穿过粗粝笨重的铁条门框，再加上一把铁锁，便是当年一度流行的防盗门了。这防盗门固定在木质家门的外面，以往的一扇门变成了两扇门。闷热的夏天，不少人家便只关这扇防盗门，让空气流通，考究点的人家还在这防盗门上包一层纱，那就既能防盗又能防蚊子了。像这样的防盗门，小偷应是无可奈何了。但也有趁人不在，偷偷撬开门锁，溜到里面行窃的。这样的防盗门只有一个防盗锁点，就是铁锁里的那条锁舌。

后来，细铁管和细铁条改成了不锈钢，外形轻巧美观多了。还有人把整扇门用铁皮包起来，与人等高的地方再挖出一个小小的窥望孔，这外形就与后来的防盗门、防撬门很接近了。这样的门，在20世纪80年代中后期颇为常见。当时的人们，钱包开始鼓了，不少人家置齐了彩电、冰箱、洗衣机等大件家电，抽屉里也有了现金以及金银细软，小偷只要能潜入室内，必有收获。没错，那时的小偷，连电视机等家电也敢偷，因为这类家电属于高档用品，价格比较高，小偷就用床单等把它裹住，不惜冒险一试。

那时的防盗门大多是由街上的水电五金店制作的，这类店铺负责住宅装修时的雨篷制作安装、水电安装、防盗窗栅栏制作安装等，防盗门制作和安装也归他们。

这样的状况延续到了20世纪90年代初。辽宁营口的盼盼安居门业有限公司于1992年成功研发了中国第一扇真正意义的防盗门。1996年前后永康市场上也出现了防盗门，销售看好。很快，聪明的永康人从使用防盗门转入制作防盗门，一批本地生产的防盗门次第出现。至1997年，永康防盗门产业已经十分繁荣，以生产防盗门为主业的企业逐渐增多，不断推出自有品牌的防盗门。1998年，步阳也投身其中，第一樘步阳防撬门问世。

升级换代意味着什么？意味着产品质量不断提高，品种、样式等不断更新，更重要的，是广大用户对产品不断提出更新更高的要求。作为生产企业，必须始终保持与时代、与时尚同步的姿态，推进研发，提供符合用户所需的、具有新功能的新款式产品，以超越同行，引领行业。

这方面，步阳从未有过懈怠。

2001年，步阳集团一位经销商向销售办事处人员提出，有不少用户觉得无论是什么品牌，凡是安全门，用的都是钢材，看上去也好，摸上去也罢，但总是给人一种冷冰冰的感觉，还不如先前的木质门有亲和力，更有家的感觉。这位经销商感叹，如果能把钢材的“质”与木材的“表”结合起来，那就更好了。

销售办事处的人员把这一信息反馈到了集团技术部。徐步云得知后也十分重视。他认为，沿袭多年的以金属材料裁切门板的做法，达到了坚固的目的，但确实太冷冰冰，必须设法改变。把钢材的“质”与木材的“表”结合起来，是可以做到的。

按照徐步云的部署，步阳集团技术人员很快开发出了将木纹转印技术应用到钢质门面上的工艺。所谓木纹转印技术，是指在粉末喷涂和电泳涂漆的基础上，根据高温升华热浸透原理，经过加压、加热，将转印纸或转印膜上的木纹图画，快速转印并浸透到已喷涂或电泳好的材料上。

木纹转印工艺可以让产品具有清晰可见的木质纹理，富有立体感，仿真效果好。不仅丰富了材料的可用性，扩大了消费者的选择空间，让装修更加环保，更显温馨和美感。

在永康，作为最早研发并应用木纹转印技术的安全门生产企业，步阳的这一产品在市场上推出后，顿时赢得众多用户青睐，销售量陡增。木纹安全门这一产品让步阳集团名声大振，甚至可以说奠定了步阳成为全国行业领头羊的基础。

其时，步阳集团的木纹转印技术成熟，还培养了一大批擅长此工艺的技术工人。这些技术工人手法娴熟，技艺精湛，一樘樘安全门经他们的手后，就神奇地印上了漂亮的木纹。他们是步阳集团掌握这一独门技术的“宝贝”。

有人说，在永康不少安全门生产企业中，从事木纹转印技术的工人一般都是从步阳过去的。这一说法其实有些夸张，因为步阳的员工一般不会跳槽，尤其是握有独门技术的骨干员工。但有一段时间，有些企业会在下班的员工人潮中截住几名，打听有没有愿意去他们那里工作的木纹转印技术师傅，说只要肯去，一切待遇从优。这也确实是曾经真实发生过的事。

步阳安全门在生产技术上的创新，当然不只木纹转印工艺。

2002年，步阳集团率先在国内推出80毫米厚的扣门，即加厚门面，并增加三折防撬扣边。这种安全门把防撬性能升级了一个档次，堪称固若金汤。使用这一产品的用户，其安全感进一步上升。

2003年，步阳先后推出“十八学士”系列和“吉福门”系列安全门，从展现传统文化入手，把安全门做成艺术品。如“十八学士”系列安全门，其门板中心是一块有18个格子的图案，色彩稳重，又有雍容典雅之感。有关“十八学士”的来历，历史上有各种说法，其中一种说的是李世民为秦王时，于宫城西开文学馆，罗致四方文士，以杜如晦、房玄龄、陆德明等18人分为三番，每日6人值宿，讨论文献，商略古今，号称“十八学士”。后世亦多以此为画题。步阳“十八学士”系列安全门的门板中心图案那18个格子，恰巧是三行六排，其设计理念想必出于此。

“十八学士”系列安全门精心选材、制作精良。其描门板采用上海宝钢镀锌钢板，由进口五轴三坐标数控机床加工并制作模具，为2000T大型液压机一次成型面板；其表面处理采用进口磷化液，且予以高温磷化处理，磷化液的保护使它更增一层高抗酸抗碱屏障；同时，还采用加强侧锁点方式，防撬性能更佳；独立的内保险锁锁体使用方便，更安全；气囊式双面密封胶条，使门与框的密封性更好，隔音性能更强……事实上，“十八学士”系列安全门的用材规格和制作标准，在其他系列的安全门上也会采用。

同在这一时期推出的“吉福门”系列安全门（含“福”系列和“吉”系列），别出心裁地把中国书法元素和传统的“吉”“福”文化融入产品设计，寓意吉祥，使每樘安全门都带有浓郁的中国文化气息。

“可以说，从‘十八学士’‘吉福门’系列安全门开始，步阳开创了一个时代。安全门已经超越了原本的功能，有了美学价值，成了艺术品。步阳的产品，与别的安全门产品，拉开了很大的距离，说它引领行业一点也不夸张。”步阳智慧门业研究院院长胡金奎说，拥有这种产品设计理念的徐步云，有着非同一般的审美能力和前瞻能力。没有这些，是不可能超越常规发展思路，不可能拥有这样的产品设计理念的。“紧扣时代，保持先进的设计理念。这是步阳产品不断创新，愈显丰富的根本秘诀。”

进入21世纪以来，中国人的生活质量进一步提高，房地产业不断繁荣即为其表征之一。关于住宅，人们早已改变了先前那种把它看成遮风避雨的栖身之所的观念，地处市中心、面积大等也不再是主要追求目标，更在乎它的周边环境、整体品质、文化内涵。连住宅都成了艺术品，那安全门嬗变成充满传统文化韵味和当代美学的品质之物，已是势所必然。

然而，步阳集团研发和生产新产品的脚步没有停歇，相反，还推出了更多适销对路的安全门产品，其丰富程度令人惊叹：

2005年，步阳在国内市场首创三防门。三防门是指哪三防？一是防盗，包括门体防撬、门锁防钻；二是防火，即门体由金属材料制成，在火灾发生后一定时间内，能防止明火和烟气扩散，防止火灾蔓延；三是防寒，即门体内有保温材料，可以起到一定的保温作用。

值得一提的是，有些三防门并非金属门，而是木门。有些用户认为金属材料不易燃，木质材料易燃，金属材料安全门的防火功能强于木质安全门。此大谬也。安全门的防火功能，主要看门里的防火材料而不是外表，防盗功能也是由安全门的整体结构决定的，材料厚度、

步阳集团与三星签订战略合作伙伴关系

内骨架、锁点分布等都是决定防盗效果的几大因素，绝非材质这一种。

2008年，步阳推出五福门。此门有“五福临门”之意，门板上有5个竖着的方块图案，饰以花纹图案等，简洁大方，给人一种金碧辉煌之感。木质五福门以高密度板为主要材料，做工细致，硬度较高，十分坚固。五福门还具有双块锁，即主副锁功能，有防撬边，门套线也比较宽。作为一种中档防盗门，五福门性能优越，性价比很高，颇显品位，一时成为用户首选。

2009年，步阳又分别推出氟碳门和88毫米厚的高档门。所谓氟碳门，就是在钢材或铝合金等金属表面喷涂上一层氟碳涂料的安全门。氟碳涂料是指以氟树脂为主要成膜物质的涂料，又称氟碳漆、氟涂料、氟树脂涂料等。在各种涂料之中，氟树脂涂料具有耐候性、耐热性、耐低温性、耐化学药品性等各种性能，具有独特的不粘性和低摩擦性。当然，氟碳涂料最诱人之处，在于涂上这种涂料的安全门（或其他电器、家庭用品等），在10—30年内，失光、失色的程度在肉眼允许的范围内。也就是说，用了10—30年的氟碳门，与刚喷涂完成的氟碳门在表面上并无二致。

在此插上几句。近20年来，步阳集团高度重视生态环境保护，通过在各个生产环节的节能降耗、工艺改进、配方调整等手段，想方设法减少甚至消除污染，以达到绿色生产标准。如在安全门表面罩漆这道工艺，容易造成环境污染，步阳集团便在行业内率先提出改表面罩漆为喷塑粉。如此一来，可以减少因产品罩漆工艺给大气带来的污染，且能提高产品质量。受步阳集团环保行动的带动，永康市各安全门生产厂家纷纷仿效，给全行业环保生产起到了一定的作用。

徐步云曾经说：“步阳起步不是最早，但为什么能‘弯道超车’？就是产品研发快人一步。这是抢占市场的利器。”步阳集团除了设有实力强劲的智慧门业研究院等研发机构，随时掌握安全门业发展动态，及时研发适销对路的最新产品，同时还依靠遍布全国的销售办事处和营销网点，有意识地搜集一线市场的信息，及时反馈到公司研发部门。每年的营销大会或其他活动中，讨论门业最新发展动态，是一项必不可少的重要内容。

不断推出新品，始终走在同行前列的过程，正是监测外部市场需求变化和技术变化的过程，也是同步跟踪市场目标的过程。步阳集团把通过各种途径收集到的市场信息汇总梳理，形成大数据，进行深入分析。针对不同区域的市场，制订不同的营销策略和销售管理方法，销售市场的细分又带动产品的不断创新和开发，最终形成了步阳独特的市场营销与产品开发机制的良性循环。

步阳集团SMIED品牌发布

徐步云本人也把观察、搜集和研究门业发展，作为日常工作的一部分，并养成了这一习惯。即便工作再忙，他也会挤出时间走访市场，或者研究最新产品，分析其优劣。有一次，徐步云在北京参加一场国际门业展会，偶然看到国外一款精细的装甲门，认定这款门将来若配套高档楼盘，市场空间必定很大。从展会上回来后，徐步云马上组织研发人员，着手研发产品并推向市场。没过多久，他发现国内某顶尖品牌的房地产企业，在高档楼盘上使用的全都是这类装甲门。徐步云的预感也因此得到了证实。后来，步阳装甲门成了该房地产企业选用最多的产品，步阳装甲门生产基地也成为全国最大的该类安全门生产基地。

从第一代到第二代精品门，从防爆门、卡式门到艺术门、学校门、医院门，再到如今的智能门，步阳集团在产品研发的每一步，几乎都引领了门业发展的潮流。步阳集团牢牢抓住产品研发这一龙头不放，不断更新换代产品，一直掌握业界研发和生产方面的话语权。步阳集团多次参加多种门类国家标准、行业标准的制定，申请了800多项外观设计专利。目前，这一良好态势仍在持续。

随着用户群体的不断扩大和分化，在研发生产上步阳集团不仅有满足个性化的产品，在销售市场上也呈现出零售市场、工程市场、网络市场全面开花的局面。近年来，高端用户越来越喜欢私人定制，步阳集团敏锐地抓住了这一点，调整生产流程，使个性化生产成为生产的主流。如今步阳集团的安全门产品中，有超过60%属于用户私人定制产品，且比例还在上升。

2019年6月5日，在北京保利拍卖有限公司举办的拍卖会现场，一樘由步阳集团生产的安全门，最终以110万元成交。这樘门由享受国务院特殊津贴的木雕工艺大师李忠良设计，高、宽分别为2米和0.9米，主体采用名贵木材制作。门体分成两部分，上半部分采用挂屏设计，造型浑厚稳重；下半部分是“东吴招亲”图案，与永康之名“永葆安康”由来呼应。整樘门使用榫卯结构制作，工艺精湛、稳重大气。据介绍，这樘门从设计到制作共花了6个月。可以说，这樘门是步阳集团工匠精神的完美诠释，具有极高的使用价值、欣赏价值与收藏价值。

如此精心制作的个性化高档门，在如今步阳集团的生产车间和展厅中并不少见。笔者在步阳集团总部展厅内看到一樘高度达4.8米的特制门，全身包有一层纯金箔片，富丽华贵，令人叹为观止。这便是仿照俄罗斯克里姆林宫大门款式的巨型门，是步阳迄今为止制作的最高大的安全门。“有不同的用户，就有不同种类、不同规格、不同工艺的个性化定制安全门。只要用户有需要，没有步阳做不出来的。”徐步云不无自豪地说。

步阳集团为敦煌莫高窟制作安全门的故事，在此值得一说。因为这段小故事十分生动地展现了步阳对科技的娴熟运用，也呈现出步阳如今拥有的科技实力。

2019年底，徐步云在北京嘉德拍卖会现场与该拍卖行的一位主事者交流时，得知敦煌莫高窟在进行内部区域改造时，有制作并安装专用安全门的意愿。毕竟在那个风沙遮日的地方，洞口若是没有很好的遮掩之物，正常的文物保护就难以实现。徐步云积极地响应了，并通过这位主事者，与敦煌研究院的一位副院长取得了联系，也确认了敦煌方面的意愿。

即便只是参与试验性的研发，热爱中国传统文化的徐步云也十分乐意，毕竟敦煌莫高窟是世界级文化瑰宝，为文物保护出一点点力，也是一份天大的荣耀。退一万步说，哪怕步阳研发的专用安全门最终没有被采用，经过这一番考验，对步阳安全门的科研来说也是极其难得的经验。显然，这是一个非商业化的研发项目，带着社会公益性质。

“敦煌地处甘肃西部的沙漠地区，周围人迹罕至，却是一个非常热门的旅游景区，每年的游客接待量很大，且还在继续增加。敦煌莫高窟的文物研究保护任务繁重，活动很多，这些都给壁画等珍贵文物的保护带来了极大的难题。敦煌的气候、地质、水文等都不利于文物保护，壁画等珍贵文物的保护工作十分艰难。这一轮内部区域改造就是敦煌实施文物保护的重大措施之一，我们只是尝试性地参与其中一小部分工作。不过，对于敦煌莫高窟的文物来说，一樘完美的门实在是太重要了。”胡金奎告诉笔者，当董事长向他下达参与这一研发任务的命令后，他马上查阅相关资料，并与成建等飞赴现场，进行前期的考察工作。

之前，著名的爱国人士、香港知名实业家、慈善家邵逸夫先生已经向敦煌捐过一大一小两樘铝合金安全门了，地点在莫高窟两处尚未向公众开放的洞窟洞口，即第132号窟和第55号窟。但由于时光长久、风吹雨打，这两樘安全门基本上已不能用了。敦煌研究院这次希望更换的是这两樘安全门中的一樘，作为尝试改造项目。经过现场勘察，步阳选择了那个较小的洞窟，即55号窟，按照此窟洞口的情况试制并安装新的安全门。

给敦煌洞窟做门是一件复杂困难的事，其难度就在于高要求，比如这安全门上的百叶窗必须根据洞窟内的温度、湿度自动升降；洞窟里面若二氧化碳浓度超标，安装在门上的检测装置会向莫高窟中央控制台发出警报，这个检测装置还要能测出洞窟内其他气候指标是否符合文保要求，以绝对保证洞窟内的恒温状态；门锁要具备特殊功能，其中一项是每一次开锁都要有记录，有点儿像飞机上的黑匣子；当然这门还得与敦煌整体风格匹配，与这个洞窟的风格相匹配……这已经不是在做门，而是在制造一件高精尖的科研设备了。然而，敦煌方面提出的每个要求都必须符合，不可能“讨价还价”。

“不仅是做门很复杂、很困难，安装这樘门同样极其困难。要知道敦煌的一砖一瓦，哪怕是一丁点的建构都是不能乱动的，否则就会违反《文物保护法》。好在我们是在洞窟口的外面安装，但也不能随便拆，不能随便装，全部过程都在敦煌研究院修复专家和相关部门的指导监督下进行。”胡金奎回忆，敦煌每个洞窟的形状都是不规则的，还得考虑门的密封性。洞窟内是不准走电线的，但不少装置又必须安装在洞窟内，这让步阳的技术人员挠破了头皮。总之，这樘专用安全门的安装是一项艰难的工程，不时冒出来的难题之多已远超步阳研发人员的预想。

这樘敦煌专用的洞窟安全门获得了敦煌方面的认可，认为这是一次极其有益的尝试，为下一步洞窟文物保护设备的研发提供了全新思路。

这可能是步阳集团所有定制的安全门中最特殊的一樘了，尽管只有一樘，意义却非同小可。这樘门不单展现了步阳对科技的娴熟运用，呈现了步阳拥有的科技实力，还体现出步阳一贯以来的社会责任感。已经很难计算为了研发制作这樘安全门，步阳集团耗了多少财力物力，但徐步云心甘情愿。对于一家企业来说，放弃经济效益而力求社会效益，这本身就是一种可贵的行为，令人感动。

2020年4月10日，在SMIED战略（中国）渠道合伙人签约会上，步阳集团正式推出SMIED系列高端定制门，市场售价3万元起。尽管售价不菲，但深受广大经销商的欢迎。就在这次的新品渠道签约会上，来自全国27个省（区、市）的经销商首批签约，预计用3年时间完成省会及地区级城市的销售渠道建设，首批签约经销商超过100家。

SMIED是德国门业品牌，在奢华产品安全结构、五金配件方面有着强大的技术支持。步阳集团在对其控股后，对该品牌系列产品进行了全面升级，打破传统思维局限，深挖消费新需求，从创新、智能、美学等多角度深入诠释奢华入户门个性化定制趋势。

以SMIED产品的"T铜"系列为例，该系列由意大利著名设计大师与中国手工艺大师合作推出，研发过程历时10个月，融入了中国传统美学中最受欢迎的"树""水"纹设计元素，在精湛的安全结构工艺基础上，结合擅长铜雕技艺匠人的手工制作技艺，选取优质铜板等中国大宅的象征元素，堪称融合了德国、意大利、中国的顶级奢华工艺和东方美学最高境界的巅峰之作。

"社会发展到一定水平，用户的需求必定也会提高。步阳也好，整个安全门行业也好，到了21世纪第二个10年了，除了工程门打市场基础，个性化产品也应进一步往高端路子走。"说起SMIED产品的策划和推出，胡金奎记忆犹新。应该是徐步云在一次广州参加展会期间，与胡金奎等参展人员分析研讨该怎样打造高端品牌的话题。当时，在场的蒲万毅、胡金奎、成建等人提议，步阳已经在国内拥有了重要的行业地位，接下来也必须要有能与先进国家高端产品相媲美的拳头产品，在国内的高端市场与国外产品竞争，先抢占国内市场，再进军国外市场。这一提议与徐步云的设想不谋而合。

“我们由此就想到了德国产品，找到了SMIED产品，开始与德国方面合作。从最初筹划到推出步阳的SMIED产品，前后有好几年时间，这是因为如此高端的合作必须有前期细致全面的准备工作。为此，步阳集团还在德国建立了分公司和设计研究中心，以保证中德双方的产品设计、生产和推出是始终同步的。”胡金奎介绍，无论是从外观还是配置来说，SMIED产品的更新换代都是十分彻底的。值得骄傲的是，

敦煌定制步阳防护门

这次合作证明了作为中国安全门顶尖企业的步阳，完全能够制造出世界一流的高端安全门产品，其个性化产品也完全能适应国内外市场。

SMIED产品与用户当下及潜在的需求完全契合。比如高性能的金属板材与花岗岩等高档材料的融合，不仅大大强化了防爆功能，整体的艺术感非常鲜明，相比先前的那些中高档安全门更胜一筹。曾经有人担心，每樘SMIED安全门可是要好几万元啊，会不会过于高端？究竟有多少用户会来购置？这样的担心在SMIED产品一经推出后便极其红火的场景前消失。眼下大城市一套住房起码也得五六百万元，高档住宅甚至在千万元以上，一樘三四万元的安全门实在算不了什么。何况又是这样优质、高端，给人以充分的安全感的产品。笔者从步阳销售部门了解到，SMIED产品推出后，步阳产品销量大增，还带动了中低端安全门的销量。

有了SMIED产品，从2020年4月起，步阳集团开始对品牌终端店进行全新形象升级，以全新的姿态为用户提供新体验。SMIED产品让安全门走向了新的发展期，作为门店，理应对时代趋势和当代用户需求有深刻的理解，给用户以全新的购买体验。自产品推出以来，SMIED安全门产品销路一路看好，已成为步阳集团新的创利增长点。这反过来也证明了用户对这一高端产品的极高接受度。

从相对简陋的防撬门，到专门面向高端群体的个性化定制产品，步阳走完了安全门升级换代的发展全过程。SMIED系列是步阳集团产品结构优化升级的战略关键，也是步阳领先同行，引领行业，实现新一轮跨越式发展的重要一步。透过SMIED系列，已经可见步阳集团在定制门领域的发展战略轮廓：从抓住高端消费者开始，自上而下传导步阳高端定制门文化，进而扩大品牌在市场上的影响力，开创一个面向不同消费群体进行产品定制的市场新格局。

“未来，我们的产品将从安全、智能、美学三个维度进行延展开发，为消费者带来越来越多高颜值、充满设计感、无法拒绝的好产品。”徐步云说，产品领先、品牌驱动、全渠道经营是步阳集团现阶段发展战略。作为企业，产品永远是第一位的，研发新产品，满足用户需求，推动行业进步，始终是企业发展进步的动力。

3. 每樘安全门都是最优质的

质量是品牌的生命。要确保每樘安全门都是优质的，生产过程符合环保标准，每道生产工序都必须最佳，生产考核管理制度必须实打实执行，同时还必须创新运用互联网和大数据，运用高精尖技术，加快生产和服务智能化步伐。

笔者手里有一本厚达300页的步阳集团《生产考核管理制度》。

“每一樘安全门要按照怎样的流程生产，生产进度计划怎样安排，怎样量化考核质量管理、成本管理、安全管理、环保管理，怎样量化考核生产设备管理、现场管理、用工管理等等，以及产品质检、样品门跟踪管理制度等，都在这本《生产考核管理制度》中写得清清楚楚，一目了然。”步阳集团企管部经理陈炜军告诉笔者，这一整套生产考核制度是在国家住建部有关规章、安全门生产标准的基础上，结合步阳生产实际制定的。这几年，又在生产实践中得到不断完善。

陈炜军告诉笔者，在步阳刚刚起步时，徐步云对产品的质量和生产效率就抓得很紧，陆陆续续制定生产制度，以量化标准进行考核，是他一贯的做法。“2014年，董事长要求我们对多年积累的生产管理制度进行一次梳理，形成明确的、系统性文字，由当时担任生产副总经理的王成江负责此事。当时我是王副总的助理，全程参与了这项工作。”

《生产考核管理制度》总共108条规定，被称为生产管理领域的“一百零八将”，从下单到产品出厂，每一个“将军”都严严把住生产和质量关。“当时董事长催得急，要我们赶紧搞出来，说生产规模已经这么大了，怎么可以没有一套完善的管理制度呢？那段时间，我们白

智能锁装配流水线

天照常上班，晚上就一条一条地讨论，一条一条地修改，极其慎重。董事长一个晚上也不落地与我们一起干，每晚都讨论到深夜。为了节省时间，他还让小食堂烧好面条，直接送到办公室。”经过3个晚上的奋战，这套制度得以问世。

有了这套量化考核制度，生产过程中的每个环节都有章可循。一旦违反制度，就按章处理，绝不含糊，产品的质量和效率的上升都很明显。“比如设备损坏了、钢板裁切错了、用户投诉了等等，在步阳都可以追溯到源头，再按照这套制度进行处罚。处罚不仅针对操作工，也针对工段长，甚至是车间主管、事业部经理。这其中当然也设置了允许的差错率，比如钢板的报废率是万分之五。在设备调试阶段，或产品试制阶段，也允许一定的差错。”陈炜军说，在容错率方面，徐步云也展现了他人性化原则。

“有人会觉得安全门看上去无非是两张钢板、一个门架、一把锁，好像很简单，但做起来绝对没这么容易。任何一种门类产品，都有它的生产工艺、生产标准，一点马虎都不行。比如拉管、折弯、冲孔、焊接，这几道工序都要做到准确、到位，而磷化、喷涂、胶合等又要做到美观、精细，不能有任何瑕疵。”程明松曾在步阳分管过质检，对产品质量有着天然的敏感，即便是微小的、不影响使用的瑕疵，也能被他一眼看出来。

程明松告诉笔者，在安全门生产过程中，生产工艺的微小差别将直接影响生产质量，通常讲的门架不能变形、门面平整度要符合标准、锁孔距要准确、门面与门框之间的缝隙要留准，听起来都是常规性的要求，但要真正符合标准，还是很不容易的，需要有一套严格的制度和标准加以规范。步阳制定的生产工艺标准和生产考核管理等制度，其中有不少要求稍高于国家标准，目的是为了给用户提供质量过硬的产品。

目前，在生产过程中，无论是哪种安全门，仍是以人工操作机械设备为主，不少工序也由人工完成，机器换人不可能换掉所有操作工人。安全门制造业仍然属于劳动密集型产业。因此，徐步云对一线员工的技术能力要求很高，极其看重有生产经验的熟练工。所以，步阳以工龄补贴等做法，为一线熟练工提供了较高的报酬。有的生产骨干还走上了管理岗位，直接指导年轻操作工，有的则成为质检员，严把产品质量关。

“董事长经常提醒我们，在产品质量面前，一切都要让路。”程明松说，徐步云是绝对不允许有质量问题的产品出厂的，说那等于在砸步阳的牌子。这么多年来，步阳极少发生质量事故，因为处罚真的毫不留情面。“处罚严厉到全体员工再也不敢犯同类错误，再也不敢有丝毫马虎。”

一方面是切实执行《生产考核管理制度》和工艺标准，另一方面则是不断改进工艺。改进工艺既是为了环保、节能降耗，更主要的还是为了提高产品质量。

“未按制度流程操作，出了质量问题，要被处罚，但如果在生产过程中节省了材料，减少了损耗，是没有奖励的。这是因为按照董事长的理解，厉行节约、保护环境，这是每个人应尽的义务，是工作职责。”陈炜军说。徐步云如此做法，是想激励大家更加自觉地做好节约和节能这两件事。因为从根本上说，生产成本下降了，社会效益和经济效益上去了，每个员工都得益，这笔账不用算大家也明白。

据陈炜军回忆，2014年前，生产一樘门需要消耗240千克水，主要是在磷化、转印等环节中消耗的。经过反复观察分析，徐步云认为改进工艺可以减少水消耗。他提出更换磷化池的水管直径，把大管子改小，同时每个车间都安装独立水表，把用水量列入日常性生产考核内容。就这样，操作工的节水自觉性提高了，不会让水哗哗哗直流了，用水量自然就少了。改进磷化工艺，调整金属门板材料，也能达到节水效果。

而在转印环节，原先在喷涂塑粉、高温烘烤转印纸，完成转印流程后，为了剥离用胶水粘在门面上的转印纸，往往要用水一遍遍冲洗。这也是极消耗水的。“后来，经董事长提议，改用高压水枪冲刷。借助气压，转印纸的剥离效果很不错。可是，董事长觉得这工艺还可

步阳5G智能流水线

以再改进，直接用高压气吹，不用水冲了，用水量立马下降。如今，我们生产一樘门的用水量只需80千克。”

此项技改需要购置数套高压空压机，更新相关配套设备，技改总投入近400万元。徐步云眼睛都不眨，毫不犹豫地花了这笔钱。“因为他仔仔细细地算过账了。另外，使用了新的高压空压机设备，工人不需要再在背上垫泡沫板，将刚经过高温烘烤、火烫火烫的门板背到下一道工序的位置，再挂起来冲水。这个过程很辛苦，背门板的工人也很容易烫伤。现在采用高压空气直接吹，大大减轻了劳动强度。花这笔钱实现工艺改进，董事长觉得很值!”

陈炜军告诉笔者，改进油漆工艺，也是徐步云舍得投入、保护环境、减轻工人劳动强度的生动实例。操作工在喷漆时，虽然戴着面罩，但仍会受油漆侵袭，油漆侵入皮肤，怎么洗都洗不掉。自2018年起，徐步云坚决主张弃用油漆，改用喷涂塑粉。这样改进后，喷涂效果更好了，减少了空气污染，喷漆工的劳动保护问题也得到了解决。但那一大批油漆枪被淘汰了，油漆房都拆了，还必须购置新设备，这样一来二去，又投下近百万元。但花这笔钱，徐步云依旧是眼都不眨。

“他是算过账的：钱是花下去了，但工艺改进后，塑粉上的颜色更均匀，光泽度更好，这是其一；环保要求达到了，这是其二；操作工的劳动强度减轻了，有利于劳动保护，这是其三；其四，那就是切实承担起了社会责任。这样一算，花这笔钱时还会犹豫吗?”陈炜军认为，董事长的账与别人的账，算法不一样。他既会算经济账，更会算产品质量账、生产安全账、环境保护以及社会责任这个“大账”。

这就是步阳的不同，这就是步阳产品之所以不同的原因。

“比管理，比生产，比质量，比降耗”，这四个“比”，显然都与产品生产直接相关。每个月初，步阳集团都会召开月度生产比拼大会，比拼的内容就围绕这四个“比”。工段长以上的生产和管理骨干参加会议。比拼大会上，4个生产基地的各个车间（工区）以及研究院生产车间等生产单位，都必须汇报上个月的生产情况。公司企管部、技术部、监察部根据工作职责，通报和分析上个月工作中发现的问题，其中有肯定工作的，也有通报问题的，同时还会提出下一步管理、技改、整改等措施。红色质量监督员也要通报上个月的监督情况。来自车间、工段以及有关岗位的代表也会上台，说说上个月生产领域发生的问题……所有的内容都围绕产品生产展开。实事求是地汇报成果和讲问题，就连笔者旁听时都被吸引，不敢漏掉任何一句。

尽量减轻因新冠疫情对生产带来的影响，原材料和劳动力涨价后仍得努力降低生产成本，确保产品质量方面不能松动，克服安全生产麻痹思想……这些都是2022年各场月度生产比拼大会的热门话题。

“最关键的一条，是维护好步阳这个品牌。这个品牌，意味着可靠的质量，用户使用我们的产品，可以一万个放心；意味着效益，包括经济效益和社会效益；意味着社会责任，自觉承担起社会责任，这是每个步阳人的义务。从产品生产来说，社会责任，首先就体现在要把最优质、最耐用的产品做出来，提高生产效率，消灭返修现象，让用户看见‘步阳’就特别放心、特别亲切！”每次月度生产比拼大会的最后，必定是徐步云充满激情、言简意赅的鼓劲。徐步云在每次总结性讲话中，必定把“质量”和“品牌”两者紧紧联系在一起。质量就是品牌的生命，这一条对台下的所有人来说，是再清楚不过了，但他还是要再强调一遍。

注重科技研发，用科技力量推动企业进步，才能走在行业前列。徐步云对此有着清醒的认识。

徐步云一直思考着一个问题：在行业内，材料大同小异，机器是一样的，安全门的型号和标准几乎也是相同的，在这种情况下，如何使产品质量更可靠，生产成本更低，用户更欢迎，根本上靠的是两条：一是要有一支富有工匠精神、技艺精湛的技术员工队伍；二是要依靠科技的力量，只有以创新的精神，不断推出最新研发成果，步阳才能引领行业，永不落后。

成立步阳智慧门业研究院，就是徐步云高度重视产品研发的实际

SMIED开业典礼（郑州）

举措之一。“有了这个研究院，有了一支强大的研发队伍，不管步阳的经营机制怎么调整，哪怕步阳的掌门人都换了，这个平台还是在的，还是能孵化出很多成果，研发出新产品。这便是董事长当年坚持要成立智慧门业研究院的目的。眼下的他经常提醒我们，新研发的产品必须获得专利，时刻保持步阳产品的独特性，就是因为现在有不少企业模仿步阳产品，我们必须通过专利来保护我们的最新研发成果。”胡金奎说。徐步云的理念、思维以及具体设想总是快人一步，这也保证了步阳产品研发的创新力和前瞻性。

步阳的锁具研发，是继安全门研发后的另一大亮点，成果突出，已应用在各个档次的安全门产品中。

最早的安全门锁，是安装在门背后的背包锁。这种锁是自动锁，即把门关紧时，门锁就自然锁住，从外面开门时必须用钥匙。屋里的人则可以用小旋钮给锁上保险，外面的人即便有钥匙也进不来。接着就发展成了插芯锁，即用锁芯穿通门体，锁芯即为锁体，门内门外均有球型或条型执手，屋里的人可以用小揿钮给锁上保险。这样的门锁流行了较长时期，步阳最初的防撬门也是采用这样的门锁。

但像这样的门锁其实是不够安全的。有人说，用一张薄卡片、塑料片甚至厚纸片都能拨动锁舌，把门锁打开。这或许有些夸张，但当年的门锁有着一定的漏洞，这是确实的。因此，在20世纪末、21世纪初，安全门锁具便在不断改进，其中一个最大的变化是采用了多锁点的内置锁，即锁具与整樘安全门的结构相融合。旋转锁芯，即能让门体内部的多个锁舌同时插入门框的锁孔之中，通过拨动锁舌把门打开，已经成了痴心妄想。2002年，步阳推出全方位22个防盗锁点的

“福”系列产品，开创甲级防盗概念，即是这一研发成果的实际应用。

2004年，步阳再次研发出双制动锁具，随即应用于各类安全门。所谓双制动锁具，是指具有双制动机制的锁具，包括壳体和壳体界定的腔室配装有制动装置和控制装置。采用这样的锁具，能更便捷地把安全门上的所有锁点锁到位。

此后，步阳在智能门锁研发方面大显身手。

所谓智能门锁，是指在传统机械锁的基础上改进，更加智能化、简便化的复合型锁具。这类锁具没了传统的钥匙，而是使用非接触类或接触类的磁卡作为启门工具。非接触类的智能门锁有普通磁卡、射频卡锁等，也有采用较为成熟的ID识别技术的锁，如指纹锁、虹膜识别门禁系统等。接触类的智能门锁大多采用TM卡，应用于银行、政府部门、酒店、学校、居民小区等。这两类锁具，在步阳的各类安全门产品中均有使用。

“我觉得董事长抓住了一个极好的机会，那就是在研发门业制造的同时，抓住了锁具的研发，在智能门锁的应用上再次走在了同行的前列。如今步阳的门锁不仅在自己的产品上使用，别的企业也纷纷来步阳订购，门锁销售还给步阳带来效益增长，这很了不起。”胡金奎告诉笔者，门锁研发早已成为智慧门业研究院的一大任务，成果迭出。在门锁研发领域，步阳也走在了同行的前列。

如今，由步阳研发的智慧门锁，门类齐全，有不少技术为步阳独有。智能门锁的不同，首先是开锁方式不同，有的通过指纹开锁，有的通过输入密码开锁，有的则通过人脸识别、语音识别等方式。现在还能在手机上安装一个App或者小程序，实现远程开启家里的安全门。

或在安全门上安装摄像头，谁在开门，谁开过，通过手机就看得清清楚楚……这样的门锁，早已不是传统意义上的门锁了，它与整樘门结合在一起，成为具有综合功能的智能家具。

步阳智慧门锁采用活体指纹识别技术，配备全新高科技，内置智能半导体传感器，0.5秒极速指纹开锁，并能快速识别假指纹这种浑水摸鱼的“撬锁”方式。若连续6次输错密码或指纹，系统会自动发送警报至App，提醒屋主及时防范。采用电子三防锁体，搭载芯片，内置应急自理开锁、双核双驱双系统，使精密机械与电子科技完美结合。

步阳智慧门锁的一大特点，是能实现6种开锁方式，钥匙开锁、门卡开锁不在话下。此外，它还有手机App开锁、指纹开锁、密码开锁和遥控器开锁。这让用户有极大的选择空间，可契合个人的生活习惯。一个锁，满足全家开锁需求。同时还采用了抗磨损半导体指纹头，通过生物识别技术，识别活体指纹，杜绝假指纹开锁，并拥有完善的电路设计抗干扰能力，有效防止“小黑盒”开锁。当电量耗尽时，只需外接电池即可启动，保证锁具在任何情况下都可正常使用。

步阳已经完成这类门锁的研发并投入生产，更加智能的门锁目前仍在研发中。正在研发的智慧门锁，将应用物联网技术，让安全门和智慧门锁与家庭的日常管理融合起来，为用户提供保姆式服务。

所谓物联网技术，是指通过信息传感设备，按约定的协议将物体与网络相连接，物体通过传播媒介进行信息交换和通信，以实现智能化识别、定位、跟踪、监管等功能，包括具备“内在智能”的传感器、移动终端、工业系统、数控系统、家庭智能设施、视频监控系统等。智慧门锁属于家庭智能设施的一种，通过物联网与平台连接，实现设备的自动管控，从而提供安全可控乃至个性化的实时在线监测、定位追溯、报警联动、调度指挥、预案管理、远程控制、安全防范、远程维保、在线升级等管理和服务功能，实现对家庭“万物”的高效、节能、安全、环保的“管、控、营”一体化。

这样的图景并非诓言。在步阳，研发中的智慧门锁将在确保用户私密权的基础上，通过应用物联网技术进一步强化安全性、智能化、多功能化，与家庭其他设施一起形成综合体，提供全方位的悉心服务。同时，对那些有特殊需求的地方，如重要部门的机要室、档案室、财务室等场所，还会强化配置相应的智慧门锁。

“与步阳坚持精益求精，不断推陈出新，注重产品研发和设计的整体产业发展战略相符合，深入研究智慧门业一直是步阳谋求发展的重要一环。进入互联网时代后，多年来，步阳所做的最重要的一件事，就是紧紧抓住互联网发展这一契机。无论是产品设计生产，还是向用户提供销售服务，都主动充分地运用互联网技术，让越来越成熟的互联网技术推动步阳各项业务的发展。智慧门业的研发生产就是其中成功的范例。”徐步云说，如今，互联网技术已经渗透到我们生活的方方面面，每个人与互联网的关系将越来越紧密，这是一个不可逆转的趋势，步阳集团加快生产智能化、服务智慧化的步伐，也是必然的。

“5G生产线正式启动！”2019年5月26日，随着徐步云在步阳集团永康总部大数据智能指挥中心大屏幕前发出一声指令，远在山东临沂的山东步阳科技园首条5G智能门生产线立即运转起来。只见该生产线的订单计划、生产情况等一系列数据不断跳动，实时显示在大屏幕上。

此次正式启动的是步阳集团首条5G智能制造生产线，也意味着基于5G技术的“5G步阳智慧工厂”正式进入生产阶段，也意味着步阳集团提前迈入“中国制造2025”的序列。事实上，步阳早在2018年就在智慧门业研究院新品制造基地，着手提升工厂的智能生产，主要目的是为了畅通客户下单、生产执行、交付使用及售后服务全流程的智能化管理。在一年半时间里，步阳集团先后投入1.3亿元，在该新品制造基地精心打造“5G步阳智慧工厂”，如专门植入了“5G无线＋5G边缘计算＋移动云平台”组网模式，实现设备点对点通信、设备数据上云、横向多事业部协同、纵向供应链互联，让基于5G的工业控制交互操作的神经元体系与自动化设备完美衔接，生产效率较改造前提升30%以上。

步阳集团大数据智能指挥中心

如今，智慧门业研究院新品制造基地在承担新产品开发设计、批量试产外，还能年产逾5万樘安全门，成为步阳门业重要的自动化生产基地。“通过与华为浙江分公司、中国电信永康分公司进行技术合作，引进‘5G智慧工厂’系统，5G网络的时延基本保持在5毫秒以内。也就是说，我们可以在第一时间用永康的‘大脑’来指挥山东的生产，总部与生产基地，甚至车间，直至生产机械设备，互相之间没有距离。”徐步云不无兴奋地说，5G应用到生产后效益显著，能节约20%～30%的原材料成本，产品合格率将提升3%～4%。

除了“5G步阳智慧工厂”，步阳集团的大数据中心也同时投入使用。笔者来到步阳集团大数据中心，看到一面由大数据系统支撑的巨大视频幕墙，整个步阳集团总部及各生产销售部门、生产基地、分布在全国的各个销售办事处的运行情况一目了然。所有信息都是实时的，能在第一时间进行处理；每一条信息都细致到每一樘门，其质量状况，物流、销售、安装、售后情况，在销售办事处与各经销商之间的流转过程都十分清楚，都留下可追溯的痕迹。一旦发生质量上的问题，需要返回生产基地，也能通过视频幕墙获知信息，及时处理，不耽误用户所需，不耽搁产品流转，基本上实现了门对门的服务，即产品从生产基地到用户手中，中间已无需仓储，可以大大减少仓库面积，节省成本。材料采购也是这样，无需存放在仓库里。笔者在视频幕墙前伫立许久，大为惊叹。

“除了即时管理、减少处置环节、节约人力，这套系统的另一大优点是能满足用户的个性化要求。”步阳集团总经理徐璟珺介绍说，“如今的步阳安全门产品，除了工程门，相当一部分入户门有着个性化要求，有的要求还特别细致，安全门产品定制也是一个趋势。有了这个大数据管理系统，我们才能及时地、不出差错地、一对一完成产品的设计、生产和物流。”

毫不夸张地说，5G步阳智慧工厂和步阳集团大数据中心的正式启用，意味着步阳集团智能制造能力和“总部”概念的进一步深化，实现生产、决策体系的实时远程控制，打破时间和空间距离的限制。2020年11月，浙江省经济和信息化厅公布了“浙江省第六批大数据应用示范企业”评审结果，步阳集团凭“5G步阳智慧工厂”和大数据应用领域的实践经验和领先优势，从众多申报项目中脱颖而出，成功入选。这意味着步阳集团的大数据应用将进一步上台阶、作示范。

当然，对已逐步推行5G生产和管理的步阳集团来说，智慧工厂和大数据系统的应用，至今仍处在起步阶段。接下来的一步，将以机器换人为目标。所谓机器换人，是以现代化、自动化的装备提升传统产业，利用机械手、自动化控制设备或流水线自动化对企业进行智能技术改造，实现减员、增效、提质、保安全的目的。显然，对于步阳集团来说，通过提升智能机器的效率来提高企业的产出效益，将是今后的一大任务。

借助互联网，引入现代管理制度也是步阳今后发展必要的一步。“现代化企业肯定是要以制度为标准，尽量弱化人情，一切以制度为杠杆和标准。所以，接下来我们就要推行一套智慧管理软件，包括生产、日常管理、采购、财务等各个方面。智慧软件可能没有太多的人情，但它能避免各种各样的扯皮和浪费，效能肯定是最高的。”徐璟珺举例说。在生产管理方面，每个岗位都有公司给出的最佳工作流程，需要多少时间，需要完成几个动作，原来都是靠员工的习惯去实现，一旦载入标准的生产手册，就能把员工的习惯转变为一种技术和生产标准。当然，监督和考核都将由智慧管理软件来完成。像这样，一方面能使生产流程制度化、标准化，排除人的过度干扰，另一方面也从根本上维护了员工的利益。

“乘着顺风，就该扯篷。”这是西班牙小说家塞万提斯说的。如前文所述，步阳正是抓住了互联网和数字经济难得的发展契机，让企业如同踏上冲浪板的勇士，在波涛汹涌且浩渺无垠的大海中乘势而上，加速领先于同行。在“百年步阳”的未来发展中，随着这篇文章继续做深做透，领先者还将高高扯起帆篷，走得更快，冲在更前。

第八章 Chapter 8

销售是龙头，用户满意才能让金龙狂舞

1. 销售网络覆盖全国，营销只为用户着想

在全国各地设立销售办事处，由销售办事处向经销商直接供货，由此去掉了销售环节的中间商，发挥经销商的应有作用，让利给用户。选择直营销售模式，就是徐步云主动让利给用户的一大举措。

关于营销，美国“现代营销学之父”菲利普·科特勒是这样定义的：“营销是关于企业如何发现、创造和交付价值以满足一定目标市场的需求，同时获取利润的科学和艺术。”此言厘清了营销与企业、与产品价值、与市场及利润之间的多重关系，它是一门技巧性极强的学问，甚至是一门科学，一种艺术。

从最初经商办企业开始，尤其是从1992年创办城中铸造厂起，徐步云就把营销置于企业经营所有环节的中心，是一切工作的龙头，所有工作都围绕这一中心展开。“如果你连产品都卖不出去，那所有的工作就都白费了。”他明确地指出。

如何把产品销售到千家万户，是一门十分精深的学问。科特勒所说的“发现、创造和交付价值”企业三大行为中，“交付”是关键，只有它才能使“发现”和“创造”阶段的价值化为现实。徐步云认为，代表需求一方的用户，在获取产品价值的过程中，同样要考虑成本。压缩成本才能使利润最大化，才能使产品价值更快、更顺畅地为人所接受。所谓“科学”和“艺术”，就是让用户愉快而主动地接受产品的诀窍和技巧。也就是说，企业主动为用户降低获得这一产品的成本，是企业满足目标市场用户需求，最终赢得市场的关键。

选择直营销售模式，就是徐步云设法为用户降低成本的一大举措。他去掉了营销环节中常见的中间商，不再采用总代理制（步阳曾在广西和北京设总代理），而是由步阳集团在全国各地设立销售办事处直接向经销商供货。由此，步阳始终能把管理和营销牢牢掌握在手里，做到统一零售价格，让利给用户。“应该说，直到把产品送到用户手里前，这樘门还是在步阳手里。避免了总代理制等中间商赚差价，或任意加价。卖出去的每樘门，步阳都清楚价格，用户不可能多花钱，更不会花冤枉钱。”刘斌义说，这种销售模式既能最大限度地维护用户利益，还能保护企业品牌。

迄今，步阳集团已先后在全国设立了26个销售办事处，这些销售办事处一般都设在中心城市或地区中心城市，如北京、上海、沈阳、西安、昆明、成都、武汉、广州等，有的销售办事处主要管理协调本省经销商，有的则需要管理协调几个省（区、市），范围涵盖全国各省（区、市）。这26个销售办事处是步阳安全门销售网络的基石。

销售办事处的服务、管理和协调职责主要有哪些？宣传步阳品牌；培育和选择本区域的经销商；处理业务开展过程中经销商之间的各种问题；提供产品推介等服务；严格管理本区域的产品价格，杜绝“串货”等现象，维护用户利益，维护品牌形象；接受经销商的价格申请，合理调整部分产品价格；对经销商进行年度考核，对业绩突出的予以奖励；为经销商处理其他事务；等等。可见，与经销商打交道是销售办事处的主要任务。

必须一提的是，这26个销售办事处的总经理和骨干都由步阳集团总部选派，大部分由永康本地人组成，有不少还在步阳集团的重要部门工作过。他们普遍素质高、能力强，富有社会责任感，具有足够的能力，在当地组织和协调经销商队伍，大力推广步阳安全门产品。“在这26个销售办事处的组织协调下，已有5800多个经销点遍布各地，每天还有3000多辆售后服务车辆奔波在城市街巷、社区乡村。可以说，

“步阳服务+”项目正式启动

眼下几乎每个县级行政区，都有步阳集团的经销商。在不少地区，销售网点已经覆盖到乡镇一级，这一点远超于同行。”刘斌义说。

2007年，步阳集团开始推广专卖制，除了在合适的地区增设专卖店，又对一部分经销商进行优化，将其转为专卖步阳产品的经销商。SMIED系列高端定制门的推出，又让这些专卖店升级换代，统一外观和标识，成为高端安全门营销的标志性店面。靠着健全完善的营销网络优势，步阳集团仅用了几年时间就在全国各地开设了3000多家专卖店。

与此同时，步阳集团还在总部邻近区域实行直销模式。“在我们总部的销售半径内，采取直销模式，省去经销商，使渠道扁平化，进一步降低销售成本。”徐步云说。

如今，步阳集团的直销片区以永康为中心，半径为500公里左右，这些地区包括江西、福建、浙江、苏南等地。这一带交通运输方便，距离生产基地较近，售后服务也很便捷，其物流成本远低于增加经销商所带来的成本。

去各个销售办事处巡查，走访经销商，现场解决销售过程中的问题，是徐步云近30年来始终坚持的一项工作。他说，只有与经销商和用户直接交流，才能发现产品销售中的问题，才能及时调整产品设计和生产，才能有效提升销量，扩大销售面。即便有了便捷的互联网，实地走访仍然是少不了的。

“在他的随身行李中，那本笔记本是重要物品。他说，什么都可以不带，用来收集和记录用户意见建议的本子不能不带。当然，记在本子里的每条意见建议，都要及时回应，一时落实不了的，带回去再商量研究解决。”成建对徐步云的那本笔记本印象特别深。当年，他第一次跟着徐步云跑各个办事处，走访经销商，就看见徐步云一刻不停地在笔记本上记着，态度极其诚恳。“就像政府部门这两年提出来的‘马上办’，他不愿意让经销商和用户的意见建议只停留在笔记本上。为什么我们都称他是首席服务官，服务用户，服务经销商，就是因为他的服务一点也不会打折扣。”

销售是龙头，用户是上帝，对徐步云来说，这绝对不能成为一句空话。他经常对销售办事处及身边的员工们说，在现在的技术条件下，只要有销售，还有什么做不出来？永康作为制造大市，大小五金的生产能力特别强，只要一张图纸，甚至没图纸，也可以把你所需的产品做出来。在这样的情况下，不抓住销售这个龙头，步阳怎么可能领先于同行？

“从各销售办事处和经销商那里，他最乐意听到的，不是说步阳的产品怎么怎么好，而是某个产品哪里还有缺陷，某个产品需要做哪些改进。他会因为发现了自己的产品与别人的存在哪些差距而高兴，因为这就意味着他又能填补一个漏洞，又一次追上别人。”成建说。关于弥补和改进，徐步云很在乎效率，别的企业需要三四个月才能做好的事情，步阳必须在一个月内完成。

“现在都快60岁了，他的记忆力仍然很惊人。千万不要有侥幸心理，以为这么大的企业，每天都有这么多事，发生在一个月前的事情，董事长不可能记住。那你就错了。他吩咐过一个月内必须办好的事，时间到了他肯定会来查问，你想逃都逃不了。”刘斌义说。徐步云对犯了错的员工，表现的不是凶，比如拍桌子瞪眼、大声咆哮，而是顶真，一点也不含糊的顶真，让你彻底记住教训，不折不扣地改正。

当然，为了进一步促进销售，也为了确保用户的利益，徐步云也会不时地“放水”。就比如2022年，因新冠疫情反复，影响经济发展，为提振士气，刺激销售，徐步云针对某销售区域的1000樘安全门，每樘降价50元，让利给用户。不要小看这50元，1000樘门加起来就是5万元了，尤其是对于工程门来说，已是一个不小的数字。据说当时与用户的合同已经签了，每樘门的价格写得清清楚楚。有人建议是不是让利给经销商，可徐步云不肯。他说，这个与鼓励经销商是两码事。我做出这一举措只是为了用户，那就得实实在在地贴补给用户。修改合同没有关系，何况只是降价而不是提价。这只是徐步云“销售是龙

步阳安全门25周年“感恩有您”活动全国联动

头，用户是上帝”这一营销宗旨的一次生动体现。

在直营销售模式中，选择经销商特别重要。

步阳集团对每个经销商有着一系列高要求：必须专营步阳产品，绝不能兼售其他品牌的同类产品，即必须对步阳产品有充分的忠诚度；拥有新颖独特的营销思路，有较强的营销能力，在本区域的产品营销中具有代表性，效益明显；能在用户中建立起良好的形象，能提供优质的售后服务；在本区域有一定的社会营销资源，能打开营销局面，并具有扩大销量的潜能……这几条要求虽是笔者通过采访了解后归纳出来的，但综观与笔者有接触的各地步阳经销商，都毫无例外地具备这样的能力。徐步云称步阳经销商是一支铁军，此言不虚。

不是说曾经干过销售、愿意干销售的，就能成为步阳的经销商，步阳还引进了竞争机制。一座较大的城市可以划分为几个区域，但每个区域原则上只有一个经销商。若想成为这一区域的经销商，除了符合步阳给出的基本条件，你还得是几位候选者中最出色的那一个。当然，步阳的经销商不是终身制的，对于经销商的考核十分细致严格，一旦业绩不佳，或在软硬件上不符要求，也有可能被淘汰。可想而知，经过近30年的大浪淘沙，早已“成军”的步阳经销商队伍，究竟是怎样的一支强劲“铁军”了。

既然经销商是销售一线的最基本力量，那维护经销商的利益，让经销商先得益，便显得顺理成章。为了让经销商的利益最大化，步阳从管理制度上特别制定了“十大禁令”，对销售办事处人员明确注意事项，着重强调服务好经销商、协调好经销商，发挥经销商的应有作用。在步阳的营销体制中，总部销售部门、各销售办事处和各经销商都有各自的分工，绝不可僭越。

始终保持销售领域的公平、透明，每批产品都采用阳光销售，不能有丝毫的私下交易。徐步云每次到各销售办事处时，总要叮嘱大家："把经销商服务好就行了，办事处绝不能去掺和业务，你们的利益由总部来保障。"销售办事处与总部的关系是一家人的关系，它只是总部的派出机构，与分公司的概念相同，经销商才是一线销售的力量。

"举个例子吧，比如某个楼盘的某批工程门，哪怕我们也有一定的洽谈能力，但与对方不一定能谈成。当地的经销商去谈，就能谈成，为什么？因为这个经销商有着胜过我们的洽谈能力和社会资源，这就是优秀经销商的魅力。"成建告诉笔者，步阳集团早有规定，无论是总部销售部，还是各地的销售办事处，都不直接参与业务洽谈。"2022年，董事长还在各销售办事处部署开展了廉洁活动，强调办事处只是发挥管理协调作用的，不能与经销商一起去做业务，或者与经销商竞争。"成建的这番解释，让笔者明白了这一营销体制运行的合理性。

当然，由于区域之间的经济发展、人口、城市建设等方面的诸多不同，经销商的业务能力、努力程度也有差别，由此便会出现业绩的差异。为了体现公平，也为了鼓励销售办事处和经销商们提升业绩，步阳对各个销售办事处，即各个营销区域实行分类评级办法，在综合考虑多个因素的基础上，业绩优秀的给予物质激励，以奖励先进、奖掖后进。

"比如我们郑州办事处，很荣幸地被评为A类，这是各办事处等级中最高的一类。与我们同处A类的，还有济南、西安等办事处，他们每年的业绩都十分亮眼。不过，办事处的等级高了，总部给我们下达的指标、我们自己定的目标，都会自然而然地高起来。这对我们来说也是一份巨大的压力。”郑州销售办事处经理徐献勇说。

虽然定的是销售办事处的等级，但一地的业绩是由经销商创造的。因此，组织、服务和协调好各经销商，最大程度地发挥经销商的作用，愈发成为关键。

让经销商赚钱，让经销商富起来，是徐步云营销策略的重要一环。他说，如果连步阳的经销商都还没有跨入高收入行列，那步阳的产品销售肯定没有成功。

“很多经销商其实是董事长多年的老朋友了，有的甚至跟了他快30年，跟着他打天下。全国各省（区、市）有几百个大的经销商，董事长都能叫得出名字。这不单说明他记性好，还体现他重视这些经销

“步阳服务之星”奖牌

商。经销商们也一样，当董事长一眼认出你，一口叫出你的名字，与你推心置腹地交流，商量销售对策，那绝对是一份莫大的荣誉！他们的心被暖了之后，对步阳品牌的忠诚度，对销售市场的用心程度就更深了。对于今年要投入多少精力去扩大销售，就更充满激情、充满信心了。”昆明销售办事处经理徐文良告诉笔者，一个大型民企的董事长能与最基层的经销商成为真正的朋友，这在行业内是罕见的。

与经销商成为好朋友，倾听他们的呼声，感受他们的喜怒哀乐，鼓励他们多销售多赚钱，徐步云不仅自己这么做，还要求各销售办事处的所有人员都这么做。“经销商为步阳产品的推广销售出了这么大力气，做了这么多贡献，我们就得让他们富起来！”徐步云曾直截了当地对笔者说，在包括步阳管理人员、研发人员、一线员工、各办事处人员、各经销商在内的所有步阳人中，“如果最富有的是经销商，那才是正确的！”

让经销商放开手脚赚钱，就是让他们全力以赴推广步阳产品，满腔热情为用户提供服务。徐步云和步阳希望他们赚的是这样的钱。

“要让经销商赚钱，也不是那么简单的。谁都承认，步阳的经销商素质是最好的，开拓能力强，对用户也很有责任心，但他们的压力很大，因为你必须每年拿业绩说话，不能在原地踏步。”贵阳销售办事处经理俞李斌不无感慨地说。俞李斌出生于1985年，是步阳集团26个销售办事处中最年轻的经理之一，已在贵阳区域独当一面。他的岳父徐新安如今是合肥销售办事处经理，翁婿两人同在步阳负责销售办事处，业绩喜人，已成为一段佳话。俞李斌入职步阳后，先后在济南、长沙、沈阳、长春等地的销售办事处工作，对于各地经销商的了解，可以说是十分深入。

“我工作过的几个办事处，有着明显的区域差别。济南、长沙等地销售情况好一些，但在长春、沈阳等东北地区，尤其是在县级市，销售难度就比较大。经济处于萎缩状态的区域，要年年有较好的业绩，有明显的增长，那就只能依靠经销商加倍的努力才能做到。开办一家步阳安全门的专卖店，与开办一家普通的饮食店、服装店的压力是完全不一样的。你不能光是守店，你不能躺在原先的功劳簿上享清福，只有想尽方法四处奔波寻找销路。不进则退，这是步阳经销商的基本规律，谁都逃不过。”俞李斌认为，指标、任务、考核、竞争……这些都迫使经销商必须拿出比以前更多的努力，花更多的心思去做透这个市场，才能有良好的业绩。

“以前晚上8点钟我就睡觉了，自从当上办事处经理，第一年变成了晚上12点睡觉，第二年变成了后半夜2点钟睡觉。头发都白了，还掉了，说明压力很大。每年增加的销售指标都必须完成，这么多的经销商都得协调服务好，没有压力是不可能的。但正是有了压力，才会逼着你把工作做好。没有压力，一个人就会松懈。”福州销售办事处经理江百川说，大学毕业入职步阳后，他先后在昆明、重庆等地的办事处工作，积攒了很多宝贵的工作经验。29岁那年，他成了重庆销售办事处经理，是当时步阳集团最年轻的办事处经理。

江百川告诉笔者，福州销售区域的两个主要城市——福州和厦门，虽然经济较为发达，同行竞争亦很激烈。既争销售，当然也争人才。与每位经销商保持密切关系，不时给他动力，时时协调提醒，时时跟进，提高他们对步阳的忠诚度。“2021年，整个福州区域的销售完成了7500万元。对我们来说，这个数字是我们与经销商共同拼出来的，但还称不上高。2022年必须达到1亿元。这是董事长亲自给我下达的任务，我必须千方百计实现。你说，这个压力大吗?”

深入了解市场，在此基础上制订详尽可行的营销计划，是江百川实现营销指标的第一步。“步阳的使命是什么？培养一批人才，培育一个市场，铸就一个品牌。任重道远，而辉煌的未来由此开始！董事长的话好像就是针对我们办事处和经销商说的。我觉得，董事长是看中我的冲劲，两年前把我从重庆办事处调到福州来，我不能辜负这份信任，要在新的岗位上施展才华，打开局面，创造效益。话好说，钱难赚，没有捷径可走。只有一步一个脚印走，才能达到光明的顶点。”听得出，江百川的言语中蕴藏着难以忽略的信心和冲劲。

步阳的“五强”“五准”“五不丢”是什么？这当然是对全体步阳人说的，但同样是对步阳销售人员的激励和鞭策，每一条要求都极其明确。“五强”：强渠道建设能力，强市场拓展能力，强团队管理能力，强品牌创新建设，强数字化转型升级。“五准”：准确的市场定位，准确的产品体系，准确的资金把控，准确的营销方式，准确的战略布局。“五不丢”：信心不能丢，销量不能丢，市场不能丢，客户不能丢，服务不能丢。

压力只有转为动力，才能消除。好在步阳各个销售办事处的工作人员和广大经销商经受住了这些考验，决不放弃，从不退却。成功的魅力实在是太大了，它就在你眼前，让你不得不飞蛾扑火般朝它振翅。那些依然稳稳站在步阳经销商行列里的人，那些排除万难敢于摘取金色硕果的人，都很了不起。

2. 营销研讨会，吹响实现年度目标的集结号

由各销售办事处举办的营销研讨会是一年一度的盛会，全年的营销调子必须在这个会上定下来，经销商的积极性也要鼓起来。徐步云十分清楚这一活动的非凡作用，所以才会如此用心，才会如此不知疲倦地奔波。

“步阳铁军，敢闯敢拼！一家人，一家亲！大家努力一起拼！步阳步阳，越做越强！步阳步阳，永创辉煌！步阳步阳，百年步阳！干！干！干！”

这是每临重要场合，全体人员必定昂首振臂、齐声高喊的步阳口号，而且还要喊上好几遍。步阳口号的形成有三个阶段。据蒲万毅介绍，第一个阶段是2013年他随徐步云巡查各个销售办事处时，在哈尔滨办事处的座谈会上，喊出了“干！干！干！”“步阳步阳，越做越强！”此为这段口号的雏形。第二阶段是2016年步阳新零售活动在江西南昌拉开帷幕，在徐步云提议下，“一家人一家亲”理念形成，南昌销

售办事处喊出“一家人一条心，一个目标一起拼！干！干！干！”，使口号内容更加丰富，节奏感更强，也更富气势。第三阶段是2019年在金华举办的步阳商学院总裁班上，首次有了“步阳铁军”提法，这段口号便又有了前缀“步阳铁军，敢闯敢拼！”这就是每个步阳人都熟知的步阳口号完整来历。值得一提的是，步阳口号形成的三个阶段，与徐步云全力打造步阳销售团队、打造“步阳销售过硬团队”和打造“步阳销售铁军团队”三个阶段完全契合。

参加营销研讨会的每个人都是西装革履，志满意得。随着这颇具气势的口号声在会场上空回荡，一年一度的步阳年度营销研讨会拉开帷幕：总结上一年度营销业绩；办事处经理和经销商代表上台评述营销成果，传授营销经验；对业绩第一的经销商予以重奖，对业绩突出的授予贡献奖，一一发给红包；办事处经理、经销商上台比拼，纷纷报出本年度的营销目标，谁都不肯有半点落后；为各区域的经销商授予“铁军”旗帜，接受了旗帜的各区域经销商列队齐声表态……当然，营销研讨会的高潮，是徐步云热情洋溢、慷慨激昂的动员讲话，部署全年任务，提振销售信心，激励众人斗志。当徐步云握紧双拳，舞动双臂，与在场者一同高喊步阳口号、一齐唱响战歌之时，这营销研讨会将是怎样热烈沸腾？

营销研讨会期间，在会场一侧还摆满了当年度的步阳新产品，供经销商参观、品鉴，种类非常齐全。在研讨会的议程中，常常还有SMIED战略（中国）渠道合伙人签约仪式等相关活动，总部及相关办事处、大经销商出席并签约，为当年度掀起更高的营销浪潮添力。

步阳集团在全国有26个销售办事处，分区域管理协调着全国各省

（区、市）的步阳直营业务，如此众多的办事处人员和经销商不可能都集中在一座城市、一个大会场上，何况各个区域市场还各有其特点。因此，大约在5年前，步阳集团改变了以往一个省（区、市）举办一场营销研讨会的做法，有意识地把两个或两个以上的销售区域合在一起，由管理协调该销售区域的办事处合作举办，比如郑州、西安、兰州等办事处选择一起在郑州举行年度营销大会，济南、临沂两个办事处选择在济南举行，合肥、南京两个办事处则选择合肥作为营销大会举办地；诸如此类。这样做可以提高效率，集中活动内容。然而，即便如此，每年3月前后，步阳集团还得至少举办15场左右的营销研讨会。由于必须及时总结上一年度工作，部署本年度营销目标，这15场营销研讨会必须集中在半个月甚至更短的时间内陆续举行。

“千万不要小看了这一年一度的营销研讨会。虽然这营销研讨会的

2020年步阳集团质量万里行——河南站启动仪式

时间不长，议程也是多年不变的，参加活动的不少经销商都是老朋友，但如果没有这个活动，我们的营销战略谋划、任务布置、指标确立等就没了抓手，激励经销商加油干也少了平台和机会，整个步阳营销工作就没了方向感。所以，开好营销研讨会，是步阳上半年最重要的工作之一。”徐步云提醒笔者，要充分感受营销研讨会的现场气氛、销售办事处和经销商们的激情，以及比拼指标时的信心和决心。不要以为销售研讨会上报出的业务指标是随口说说的，只是在现场争口气，销售办事处和经销商报出来的每个指标都必须兑现，掺不得半点虚假，这是步阳早已形成的“铁律”。

“开了营销研讨会，新的年度才好像正式开始。对于众多步阳人来说，春节好像不是过年，营销研讨会才是过年！其实，我们的营销研讨会现场比过年还要热闹！”蒲万毅说。自从担任董事长助理以来，每年 3 月陪同徐步云出现在各地的营销研讨会上，已成为他的一项重要工作。

在营销研讨会上，徐步云会上台发表动员讲话，这是活动的主要议程，也是最振奋人心的时刻。因此，徐步云能否到场，什么时候到场，成了筹办营销研讨会时首先考虑的问题。

“各个办事处在举办营销研讨会的时候，都是以我到达会场的时间来倒推，来安排议程的。销售办事处的人员，特别是经销商，很想与我聊聊一年来的营销体会，聊聊下一年度的打算，交流交流感情。我们也想互相打气，在经济形势并不乐观的当今，尽最大可能突破瓶颈。毕竟大家坐在同一条船上。营销研讨会我如果不到场，他们会觉得很遗憾，我也会觉得对不起他们，所以我无论如何也不能缺席。”徐步云告诉笔者，每年初，他都在准备赴各地参加营销研讨会时的讲话内容。这个讲话内容与在公司总部年度动员大会上的相比，更加言简意赅、直抒胸臆、鼓舞人心。

2022年3月初，笔者跟随徐步云，专程前往河南郑州和山东济南，参加了两场营销研讨会，同行者还有蒲万毅。在郑州、济南两地，笔者亲身感受了活动现场的气氛、销售办事处和经销商们的激情，以及大家高喊指标时的信心和决心。正如徐步云所言，能切身感受到一线经销商的喜怒哀乐，让人心灵振动，难以忘怀。这显然也是一种特有的步阳文化。

活动一般都安排在该座城市中心或交通便捷的某家大型酒店里最大的会场，要能容纳800人乃至更多。会场安排妥当，大红的色调不仅是会场的主色调，几乎也是整个会场唯一的颜色，无论是会标、四周

步阳商学院经销商培训班

的标语、靠墙置放的几十面旗帜、大屏幕上播出的画面、所有的活动用品……都是大红的颜色。鲜艳，喜气，让人血液流动加速。当然，让人血液加速流动的，还有一遍遍播放的《步阳员工之歌》，以及由中国传统红色歌曲改编的歌曲。

让笔者讶异的是，无论是郑州的天地丽笙酒店，还是济南的珀尔大酒店，会场的布置可谓完全一致。倘若拿出各场营销研讨会会场的照片比对，没有人提示，绝对分辨不出这些研讨会分别在哪里举行。看出了笔者的疑惑，蒲万毅解释道，一年一度的步阳营销研讨会已经坚持多年，举办流程等早已成熟，形成了一套极其完整的流程。无论在哪里举办，是谁张罗，只需把这一成熟流程拿出来，活动形式即无任何问题。

当然也会有适时的改变，主要是配合形势，充分结合庆祝新中国成立70周年、建党100周年等重要节点，把营销研讨会与对广大经销商的时事教育结合起来，最大限度地唤起他们克敌制胜、不屈不挠、敢打敢拼的劲头。

比如2019年7月，为庆祝新中国成立70周年，步阳集团组织众多经销商重走长征路。由徐步云带队，步阳骨干和经销商们在贵州重温遵义会议的革命传统，从遵义出发沿着红军走过的路北上，接受革命教育，磨炼奋斗意志，要求大家必须做到听党话，跟党走。在那一年的营销研讨会上，步阳也有意识地植入了红色文化元素。经销商中的共产党员，还带头向党旗表决心，表示要为推动经济建设多做贡献，全心全意服务好广大群众。整个营销研讨会始终保持激昂奋进的氛围，大大激发了大家的工作热情。

容纳千人的大会场中，经销商们笔挺站立，气宇轩昂，气势如虹。大家抢着报出本年度的业务指标，宣布确保提供优质服务的条条措施，言辞铿锵，有着强烈的必胜信心。徐步云总在时时提醒每一个步阳人，必须有社会责任感，攻坚克难，积极进取，实现自我价值。

正是因为一年一度的营销研讨会意义非凡，每场活动都等着徐步云参加，经销商们也都等着听他的动员讲话，因此，徐步云也给自己立下了一条规矩，每年各地的营销研讨会必须一场不漏地参加，不能辜负经销商们的期待和厚爱！

要做到一场不漏地参加，其实是有点难的。因为各地的营销研讨会都集中在3月初举行，在时间上凑得很近，但举办地的距离又较远。中国这么大，步阳的销售办事处这么多，在集中举办研讨会的半个月时间里，几乎每天都有一场。想要每场必到，怎么忙得过来？

“董事长定下来的事情，是不会改变的。他说别的活动可以不去，或者不全去，但这一年一度的营销研讨会没有不去的理由，每场必到是身为董事长的基本职责。”蒲万毅说，为了达到徐步云的这一要求，总部销售部门会与各销售办事处协调，首先避免营销研讨会在同一个时间举办，同时想方设法安排好次序、按照交通路线有序组织，做好前期准备工作，尽可能让徐步云都参加。

要达到这一要求，还是有点难。从小吃苦的徐步云不惮于辛劳，尽管他已是个成功的企业家，已不必如此苛求自己。

“在那半个月时间里，每天基本上都是早上五六点出发，要赶在9点以前到达一座城市，参加当地的销售研讨会，然后再在下午奔赴另一个会场，一刻也不能停歇。3天跑4个地方，或者5天跑6个地方，这是很正常的。像今年的这一次，我们准备花6天时间参加7场销售研讨会，这频率就更高了。”作为董事长助理，蒲万毅全程陪同徐步云参加每一场销售研讨会，亲身感受徐步云为了倾听经销商心声，推进产品销售，谋求企业进一步发展而不辞辛劳的样子。

蒲万毅不无感慨地告诉笔者，在各地举办销售研讨会期间，董事长简直是在玩命似的跑。前面说的3天跑4个地方，或者5天跑6个地方，这只是说到的城市之多，但如果加上从这座城市到另一座城市要耗去的时间，那更能明白徐步云跑城的任务之重、节奏之快、路途之苦。

“基本上就是下车便到会场，离开会场就上高铁或者飞机，一直在奔波之中。在高铁上吃盒饭，或者吃个飞机上的简餐，那是常有的，有时甚至还会吃不上饭。新冠疫情开始之后，有一段时间，不能坐高铁飞机，我们只能自己开车赶路。因为要赶两场研讨会，有时一天的行程有七八百公里。在那种情况下，连盒饭都没地方吃。”

蒲万毅向笔者回忆，2020年有一次，两场研讨会之间时间很紧，他们开车顾不上找地方吃饭，只能站在高速公路出口的路边吃方便面。“一个身价上百亿元的老总，连坐的地方都没有。开水的温度只有四十几度，泡面都没法泡开，只能将就着吃。我们都觉得实在不好意思，可他却对我们说，吃饭是小事，赶路要紧。我是吃苦长大的，这实在是小事!”蒲万毅说，后来他把徐步云站在路边吃泡面的照片发在微信朋友圈里，经销商们看了十分感动，说大老板为了企业发展、为了产品营销这样辛劳，我们应该向他学习，也必须拼命。

蒲万毅回忆说，还有一次也是准备从一座城市赶往另一座城市的时候，因为前一场拖了一点时间，等到吃完晚饭已经有些迟了，若再奔波五六百公里，恐怕会很疲劳。大家都劝徐步云索性晚上在这里休息吧，但他怎么也不肯。他说那里的活动是上午就开始，如果第二天上午才出发，就会赶不上，这是无论如何也不行的。众人的劝阻最终没有被他接受，他还是坚持要连夜赶往那里。看着他乘坐的汽车匆匆隐入这片浓稠的夜色，送行的人唯有万般感叹。

脚不点地地行走，一天至少一个主会场，连日的奔波，上台做动员讲话，授旗，送红包，不停地与人交谈……一个接一个的活动内容，没有停顿地连轴转，哪怕是身强力壮的小伙子说不定都会累趴下，但徐步云没有。他的脸上始终保持着招牌式微笑，始终挺直着身子忙碌着，似乎从不疲倦。

“说从不疲倦那肯定是不准确的，关键是他能坚持下来，能竭力应付过去。这么多年来，我从未见过董事长在销售研讨会上、在众人面前、在与经销商交谈的过程中，因身体顶不住而垮下来，或者取消活动。从工作量的角度来看，这也是很了不起的。”军人出身的蒲万毅身体壮实，一旦说起徐步云连续作战的劲头，也不由得钦佩有加。“我曾经分析董事长之所以能连续作战、在大型活动中坚持下来，表现得从不疲倦的原因：一是他有强大的意志，身上有种不怕艰难、不屈不挠的精神。二是他有耐心、隐忍、不服输的个性，其实每场活动下来，我也看到过他疲乏的样子，特别是在晚上活动结束的时候，乘高铁、飞机转场的时候，看得出他是在熬，是在拼命，毕竟岁月不饶人啊！但他在众人面前，是不会把那种疲乏的样子流露给大家的。三是他长期锻炼身体，身体素质好于同龄人，精力也比一般人充沛。他生活中没有不良嗜好，有很多良好的习惯。这当然是另一个话题了。”

工作如此快节奏，于徐步云来说，要的就是效率，谋求的就是效益。营销研讨会是一年一度的盛会，全年的营销调子必须在这个会上定下来，每位经销商的积极性都要鼓动起来，是最关键的一场活动，这才是他对这一活动如此用心的原因。

“当然，每年下来，董事长到各个销售办事处，不只是在营销研讨会的时候，每年的7月份，他也会集中一段时间到各个办事处巡查，看看营销研讨会上布置的任务、下达的指标完成得怎么样了，其中存在什么问题，应该怎样解决。这样的巡查其实是一种督查。到了每年的8月，则是步阳商学院总裁班举办的日子，各地的优秀经销商代表济济一堂，听经济发展讲座，了解企业最新动态，交流营销体会，当然也

步阳品牌月线上直播

会提出最近的营销目标。而在10月，他又会选择若干个销售办事处，再对指标完成进度进行一次督查，虽然不是所有销售办事处都去，但凡是他去的地方，都是有代表性的，都是有问题需要关注和解决的。他平时的工作安排非常紧凑，但还是会拿出许多精力跑销售办事处，与经销商交流。‘营销’两字在他心中的地位之高，已经用不着再说了。”济南销售办事处经理陈天晓不由得连声感叹。

对于新疆销售办事处经理陈鑫来说，他的最大感触是徐步云对办事处工作人员的关心。“在新疆搞营销，最大的问题是交通。新疆太大了，从一座城市到另一座城市，几百公里是很常见的。我们行程往往是以千公里计算的。2021年，我们新疆区域的销售业绩是3500万元。董事长知道，我们的业绩虽然不是最好的，但来之不易。与我们交流时，他首先问的就是你们跑得累不累？”

时间已近夜深，营销研讨会的所有议程已结束，但徐步云还没有休息，他与当地的经销商坐在茶室里分析本年度的销售形势，探讨指标落实的种种好办法。放下架子，与经销商们促膝交谈，是徐步云参加研讨会期间经常安排的活动。各地的经销商提供的信息、想法、正在或即将推出的营销策略各不相同，但都能给他启发。他倾听，他认可，他有了新看法，他提出新建议……徐步云与普通经销商之间的距离感已经消失，交谈由此一直持续下去。其实，时间已经跨入新的一天了……

3. 感动用户的真情故事是怎样流传开来的

经销商的形象就是步阳的形象，经销商给用户的承诺就是步阳的承诺。打造品牌、维护形象，是每个步阳人的职责和义务。令人欣慰的是，步阳的经销商们都做到了这一点，兢兢业业，任劳任怨，忍辱负重，感人故事比比皆是。

2000年，家住甘肃庆阳，当时还在汽车美容行业打拼的张秀玲，因偶然机会了解到步阳门业。她在主动了解步阳的产品性能、营销现状和企业文化后，深信步阳门业是行业翘楚，步阳产品销售前景看好，便决定投身其中。兰州销售办事处认可了张秀玲的潜力、能力和执行力，通过一番考察，决定收回另一家业绩平平的庆阳企业的直营资格，将她吸纳为步阳门业在庆阳的唯一经销商。

庆阳位于甘肃省东部，属黄河中下游黄土高原沟壑区，经济相对落后。初入门业的张秀玲在努力打开销售局面的过程中，面临着缺少技术支持、资金压力巨大等难题，但她从不轻言放弃。她筹措资金，租下了能力范围内最大的、位置最好的店面，并进行了颇具特色的装修，样品布设也让用户过目不忘。当时可以说是押上了全部的身家。

那几年里，张秀玲一边穿梭于规模较大的步阳产品销售门店学习，一边跑遍整个庆阳下边各个小县城的工地，宣传步阳的产品。渐渐地，她的销售成果出来了。从刚开始的零售到后来的批发，从一户到一层，再到竞标成功庆阳最大的有1600户销售量的一笔业务，占有了市场口碑。如今，在同类产品中，步阳安全门在庆阳市场已是销售前二，在2020年庆阳建筑行业质量与安全暨绿色施工示范工程中得到表彰。2021年，即便新冠疫情反复、经济下行压力较大，但张秀玲凭着出色的业绩，被兰州销售办事处评为优秀经销商第三名。

张秀玲在回忆自己的营销经历时，不免感慨万千，其中的酸甜苦辣一时难以说尽。她坚信步阳产品是第一流的，愿意为步阳用户提供最优质的服务，所以排除万难始终不懈努力。张秀玲至今记得，在成为“步阳人”不久，一个闷热的午后，她和两名员工来到一个建筑项目的露天工地，竟被骤然而降的暴雨淋成了落汤鸡。等到她们狼狈万分地见到楼盘负责人时，依旧热情似火地推介步阳的优质产品和售后服务。也许是她们的态度和当时的情形打动了负责人，破天荒地答应给她们极小一部分业务。那天，离开工地的张秀玲和员工喜极而泣！

有一次，张秀玲为了说服某楼盘的老总使用步阳工程门，放下面子，主动去那位老总家里推荐。凑巧的是，老总别墅的门坏了，张秀玲索性提出给老总免费更换两扇门。当时张秀玲麾下的公司入不敷出，举步维艰，但她仍咬牙这样干。3年多后，那位老总主动联系了她，把一张超大的单子给了她的公司。通过实际使用步阳产品，老总对步阳安全门的质量已经极为信任。

还有一位非常挑剔的用户，在选择了步阳的一款精品门后，或许是因为价格，在找不出步阳门的质量和服务方面的瑕疵后，强调自己不喜欢选择的颜色，一味地要求换门。面对这样的无理要求，很多人也许只能一口拒绝，但张秀玲却满足了对方换门的诉求，还最大限度地让利。后来，那位用户心悦诚服，再也无话可说。

“一家优秀的企业，一定是把用户当作上帝，尽力满足用户所想、所需和所求。”张秀玲告诉笔者，其实她的营销理念受了徐步云很大影响。在那一年的步阳文化节上，她第一次见到了徐步云。徐步云温文尔雅的谈吐，贴心而温情的话语，对经销商营销现状及困难的理解，对步阳门业发展路径的精辟分析，对“百年步阳”的宏伟设想，都让张秀玲如沐春风，心潮澎湃！用张秀玲的话说，董事长已经那么成功，却依然那么谦逊低调，那么孜孜以求、殚精竭虑、严于律己，作为一个市级经销商，自己还有什么理由不拼搏、不努力？还有什么理由知难而退？张秀玲反复说，她始终坚信自己选对了步阳，选对了老总。

张秀玲是步阳集团数千名经销商的其中一员，作为步阳产品营销队伍之基石，直接与用户面对面的经销商承担了步阳产品走向用户的最后一环，且是最关键的一环。如今经济下行压力增大，房地产业发展高峰期已过，新冠疫情仍有反复，种种不利因素使安全门业发展面临多重考验，产品营销难度增加。“从某种意义来说，特别是在步阳产品走向用户的过程中，经销商的形象就是步阳的形象，经销商给用户的承诺就是步阳的承诺。打造品牌、维护形象，是每个步阳人必须自觉做到的职责和义务。令人欣慰的是，步阳的经销商们都做到了这一点。”徐步云特意提醒笔者，像这样兢兢业业、任劳任怨、忍辱负重的人在经销商队伍中比比皆是。

在与步阳集团各销售办事处经理交谈时，在采访经销商代表时，在营销研讨会上，听到的皆是经销商们怀着对步阳产品极高的忠诚度，尽心尽力推广步阳优质产品的动人故事，皆是经销商不凡的营销业绩，皆是经销商的难忘经历和未来打算。

2021年是辛丑年，本该是个牛气冲天的年份，但对于郑州区域的步阳经销商们说，却是与郑州市民一起经受了一场又一场的严峻考验。自7月20日起，河南大部分地区连降暴雨，郑州等多座城市浸泡在大水中，各处建筑工地也都停工了。然而，经销商还在忙碌，甚至比以往更忙碌。

步阳集团大型房地产战略合作优秀服务团队表彰

“郑州区域的经销商在忙什么？在忙着保护那些已经出售交付的安全门，尤其是工程门。产品如果是在办事处的仓库里，那是绝对安全的，但如果是在建筑工地上那就不一定了。金属门是能防水，但毕竟不能在水里泡太久，还有那些木门，那是绝对不能浸泡在水里的。怎么办？经销商们就拼命打电话联系，不少经销商甚至跑到了工地上。”讲起“7·20”郑州特大暴雨期间经销商们全力以赴抢救步阳门的故事，徐献勇禁不住动了情。

但在特大暴雨期间，哪怕出行也是非常困难。整个城市大规模停电，不少道路无法通行，桥梁淹没在水下，车辆被大水阻拦，大量的车在水里“趴窝”……怎么办？看着肆虐的暴雨和大水，经销商冒着雨甚至摸着雨出发了，他们一脚高一脚低地来到工地上，协调工地负责人紧急转移步阳门。工地负责人一时找不到，就设法敲开建筑工棚的门，表明身份，给工地工人说明尽快转移步阳门的迫切性。他们还与工人们一起，人拉肩扛，把一樘樘安全门转移到干燥的高处，一直干到累趴下。

经销商们的努力当然是有成果的。郑州特大暴雨如此严重，可以说是百年一遇。在后来公布的数字中，光是被淹受损的车辆就有40万辆之多，但数百个工地上的步阳安全门无一樘受损，全部安全地度过了这一关。

“特大暴雨过后不久，我们又经受了新的考验，那就是8月份的新一轮新冠疫情。由于来势凶猛，为了防止疫情扩散，当地政府对部分区域实行了必要的管控。我们郑州办事处员工和一部分步阳经销商不得不待在家里，时间长达20多天。这20多天时间，对于营销人员来说是多么宝贵啊！为了尽可能利用这段时间，我们通过网络销售、电话洽谈等方式，尽可能减少疫情对销售的影响，避免损失。经过共同努力，我们在这段时间依然取得了较好的销售业绩。”徐献勇说，那段时间，大家的心特别齐，都在为减少因疫情带来的损失而努力工作。

就这样，尽管连遭大暴雨和新冠疫情的考验，郑州区域的销售仍然创造了辉煌的业绩。“我原想把2021年初定下的年度销售指标调低些，定了3.5亿元。到年底，只要尽量接近这个数字就行。没想到到了2021年12月31日，我们郑州区域的销售额达到了3.56亿元，还超出了我原先定的指标。这说明什么？说明我们办事处人员和广大经销商在这一年里该有多拼！”2022年3月9日，在郑州销售办事处举办的营销研讨会上，徐献勇站在台上不无激动地说：“因为我们有着这样的工作热情，2022年董事长给我们郑州区域下达3.7亿元的销售指标，而我们今年的目标是4亿元！”

徐献勇之所以敢提出更高的销售指标，是因为他有着足够的底气。郑州办事处是26个销售办事处中规模最大的一个，业务量多年来稳居第一。2021年经受了双重考验，业绩未降反升，着实让人折服。这一年，郑州办事处不仅创下了辉煌的销售业绩，SMIED高端系列安全门专卖店的数量也不断增加，超过了其他办事处。2021年，步阳集团总部下达给郑州办事处的指标，是装修完成并新开50家SMIED专卖店，郑州办事处在年初给自己定的目标却是新开60家。后因特大暴雨灾害和新冠疫情影响，全年实际新开52家。虽然没能完成定的目标，但依然多于总部下达的指标。

“2022年，总部给我们下了新开60家SMIED专卖店的指标，但经销商们的积极性很高，我们也有信心，准备再突破一下，定了新开70家的目标。我们的销量要搞上去，多开专卖店是其中重要的一招。开得多，开得好，必定会改变精品门销售形势。2023年，我们还将有一个新的指标，那就是全年新开100家专卖店！”徐献勇踌躇满志地说。

2022年3月9日，位于郑州中牟的河南步阳科技馆正式揭牌运行，徐步云亲自为该科技馆的启用剪彩。河南步阳科技馆位于中牟高新技术开发区内，2000多平方米的面积，实行办公、产品展示和仓储一体化。它已成为郑州营销区域的中枢，也是目前步阳集团最大规模的科技馆。它的建成启用及下一阶段的运行，将在步阳各销售办事处中起示范作用。这家科技馆紧锣密鼓的筹备，其实主要也是在2021年。

郑州区域的经销商陈建民，投身步阳营销已逾10年。为了扩大销售，他每天的行程都排得满满的。从南阳到安阳，从驻马店到济源，

步阳郑州分公司颁奖现场

从洛阳到商丘，当然还有省城郑州，他的足迹遍及中原大地。他积极与全国房地产30强企业建业地产股份有限公司紧密合作，为建业地产在河南的数十个建筑项目提供优质步阳产品，基本实现了哪里有建业项目，哪里就有步阳安全门的目标。2021年，陈建民创下了5500万元的销售记录，摘下了河南区域销售量第一的桂冠，还被建业地产评为最优产品奖和最佳服务单位。

西安区域的自然条件和经济发展水平不如郑州区域。西安的经销商们也不甘落后，他们打出了“西北狼”旗帜，驰骋关中，逐鹿泾渭，在销售战场上“杀”出一片江山来。

“西安、咸阳是两大销售市场，目标客户的定位已从单一转变为多元，产品销售从低端到高端都呈现良好趋势，尤其看好装甲门、定制工程门。在大型集采方面，会尽量满足政府项目的指纹锁工程化等。我们西安销售区域的经销商是最不怕吃苦的，再难攻下的堡垒也会用信心和意志把它拿下来。”西安销售办事处经理程旭君表态，2022年全年西安区域完成2亿元的销售额应该是没有问题的。

若从自然条件和经济发展水平看，兰州区域与西安区域相比也差上一大截。“兰州区域还包括以西宁、拉萨等为中心的青海、西藏等地，所管辖面积可能是26个办事处中最大的，但经济发展形势比较靠后。然而我们那些地区的经销商，与经济发达区域的相比，一点也不逊色。”兰州销售办事处经理吴俊勇是一位资历颇深的步阳人，当年城中铸造厂还在生产炉头时，他就已是徐步云麾下的员工了。他在步阳的多个岗位上工作过，后来又辗转在多个销售办事处担任经理。

“从工作量来说，在兰州创下1亿元的销售量，与在郑州或者济南、西安是不一样的。比如我们今年力争突破1.2亿元的销售指标，完成这个指标的难度要比在别的经济发达区域大得多，但兰州区域的经销商们从不退缩。兰州区域的经销商，最大的特点就是不怕吃苦。他们说2022年是个特殊的年份，大家要在2021年业绩的基础上竭尽全力销售步阳产品，为步阳集团成立30周年献上一份厚礼！”吴俊勇说，就是凭着这股不怕吃苦的劲头，兰州区域的经销商们努力开拓市场，整个区域内早就推行了精品门的工程化，经济效益明显提升。

吴俊勇说，2021年兰州区域的销售虽然遇到房地产业发展滞缓等不利影响，但还是通过不懈努力拿下了多个大单，1500樘以上工程门的单子还是不少，大非标门的销售情况也不错，整个区域的年度销售任务在8月就已全部完成，这也是兰州销售办事处历史上收成最好的年份，极大地鼓励了经销商们的工作积极性。“如果销量能继续明显增加，我们就可以考虑扩大经销商队伍，特别是挖掘那些营销经验丰富、社会资源丰富，对步阳产品又有相当忠诚度的营销人才加入队伍中来！”

SMIED高端精品门，每樘动辄需要几万元，在兰州这个经济并不发达的城市销售，一般人会觉得难度很大，甚至很难推开。但吴俊勇告诉笔者，SMIED高端精品门不但在兰州打开了销路，还被多家房地产公司认定为今后的一种产品选用，适宜较大规模采用。“经销商在兰州拿到的第一份SMIED高端精品门合同是2021年签下的。首批421樘，每樘4.6万元。那家房地产公司的老总对这种高端门赞不绝口，2022年准备安装时还说要拍专题片，让更多的人看看SMIED高端精品门的魅力，以便推广到全国。”吴俊勇曾经问那位老总，您开发的楼盘每平方米售价是8000元，为什么选用SMIED这样的高端门呢？老总回答，用了这个门，我的楼盘整体品质就上去了，成了高档楼盘，能吸引更多的买房者，这太合算了。

认定了SMIED高端精品门是最适宜的工程门，这位老总还决定，在后期开发时，同一个楼盘将再次选用1000多樘SMIED高端精品门。他认为步阳的门在性价比上已经超过德系、日系精品门，希望步阳长期确保供货。“为什么SMIED高端精品门在兰州能有这么好的销售业绩？关键还是靠经销商的积极努力，把步阳门的优点告诉他，让用户感受到我们优质的服务。开发商是最务实、讲效益的，觉得选择我们的产品是最好的，那就会不断地与我们签单子。”

有人说，在各个岗位的步阳人中，经销商可能是赚钱最多的人。然而，从整个群体来看，经销商也是最辛苦的，劳动强度很大，制定营销谋略又很伤脑细胞。装修了店面，还需要相当的资金投入，他们得承受巨大的压力。所以徐步云特别重视、关心步阳的经销商，充分尊重经销商。

“从全国范围来看，眼下东北三省经济发展情况并不理想，而从东北三省的范围来看，吉林的经济好像是差一些。吉林全省人口只有2400万，消费力也不是太强，2021年步阳门的销售额是6800万元。从这些数字出发，再分析我们长春销售区域的经销商，就可知他们付出了多大的努力！在别的销售区域，这点销售额说不定只是一个零头，但在吉林就很不容易。作为办事处经理，我目睹身边的那些经销商为了多销售一樘步阳安全门，可以说真正到了废寝忘食的程度。”长春销售办事处经理王旭勇不无感动地说，每一个增加的数字都很不容易，始终保持上升的势头，稳定进步，这就很了不起。

王旭勇说，长春区域的经销商们有一个鲜明特点，那就是深信步阳产品的可靠、耐用、美观，哪怕价位再高，比如SMIED高端精品门，花再多的钱也值得。他们是怀着对步阳产品的高度信任来从事这份事业的，在向用户推荐时，在与同行竞争时，都发自内心地宣传步阳产品，希望能把优质的安全门送到千家万户。有的经销商甚至还说，经济收益肯定是关注的，但有时真的是在为荣誉而战。这个荣誉，既是指步阳品牌的荣誉，也是指在与同行竞争时，首先是以优质服务争取用户，同时把步阳的良好形象展现给所有人。

“南京区域的步阳经销商，承受着较大的竞争压力。南京市场上各个品牌的安全门产品竞争十分激烈，这就要靠经销商脚踏实地、一点一点地去占领市场。我们就是一直这样引导经销商的。积小胜为大胜，关键在于坚持。我觉得南京区域的经销商做到了这一点。”潘栩耿是南京销售办事处经理，2004年从部队复员后投身于步阳，并辗转工作于步阳的各个办事处。他认为步阳要做行业第一，销售是龙头，这非常正确，对于办事处经理来说，这个龙头就是经销商，尤其是大经销商。潘栩耿说，南京区域的经销商们有一个鲜明特点，那就是深信步阳产品的可靠、耐用、美观，他们是怀着对步阳产品的高度信任来从事这份事业的，在向用户推荐时，在与同行竞争时，都在发自内心地宣传步阳产品。

第九章 Chapter 9

一家人，一家亲，我们都是步阳人

1. 步阳文化节，融合一个温馨大家庭

每年举办的文化节是步阳文化建设最重要的活动。这是为了让每个步阳人能感受到我们共同拥有一个温馨的大家庭。如今，步阳文化节已成为中国门业和浙江企业界的特色文化品牌，步阳也因此成为企业文化的探索者。

“步阳人，来四方；为事业，聚集一堂；同心同德发奋努力，同为步阳出力量。步阳人，真自豪；为祖国，创造财富；质优产品进入万家，不断创新向前方。步阳歌，震天响；步阳人，天天向上；团结紧张，严肃活泼，誓为步阳创辉煌。啊，我们是步阳人！精诚团结，励志图强；共同谱写百年新篇章，共同谱写百年新篇章……”

2021年10月23日，第19届步阳文化节文艺晚会在这首《步阳员工之歌》（程明松作词，孔迪、钟丽群作曲）大合唱的歌声中拉开帷幕。这时，步阳集团总部的广场上已经聚集了来自全国各地近300名优秀经销商以及5000多位步阳员工，大家一起观看晚会，欢笑、鼓掌、高

唱、呼喊，以饱满的精气神加入其中。这是属于步阳人自己的节日，这是一年一度全体步阳人最开心的日子。

步阳集团坚持举办文化节，已经坚持了19个年头。2021年是中国共产党成立100周年。这一年步阳文化节，以“永远跟党走，步阳百年兴”为主题，旨在通过这次活动丰富员工业余生活，焕发员工工作热情，多元化推动企业发展。

与以往许多届文化节不同，19届文化节晚会的大部分节目是由步阳人创作并登台演出的。他们中有管理人员、技术骨干、一线生产员工，也有各销售办事处人员和经销商，还有众多员工的家属。党员积极带头，员工自觉跟上，气氛十分热烈。活动展现了步阳人朝气蓬勃的精神面貌：全体员工大合唱拉开帷幕之后，开场舞《开心中国》表达了步阳员工对新中国成立72周年华诞的祝福之情；沙画表演《我“门”不一样》，由一群小学生拿着手中的沙子，描绘心中的工业强国，寄托他们的中国梦、匠心梦……步阳人特意把企业员工生活、生产活动编成小品搬上舞台，生动体现企业文化的内涵，博得了阵阵掌声和笑声。

大家兴高采烈地表演，喜气洋洋地欢庆，充分展现了步阳人的精神风貌和动人风采。步阳人之所以能尽情表达这份快乐，是因为他们有足够的“底气”，拥有令人艳羡的“硬核”。这“底气”和“硬核”，就是这一年来步阳人创造的辉煌业绩。

与多年来举办文化节的常规做法一样，第19届步阳营销节与文化节结合在了一起。就在举办文化节的前一天，即10月22日，由步阳集团主办的“步阳荣耀29年｜心同行，共发展——2021年步阳经销商峰会”圆满落幕。这是步阳营销节的重头戏。来自全国各地近300位经销商代表参加会议，提出新目标，准备在当年余下的两个多月时间里再加把劲、添把火，创造新的销售高峰。2021年，步阳集团各类产品全年销售总额突破50亿元，这也成了这次经销商峰会的一个热门话题。在业绩逐年增加之后，量变迎来了质变，年销售总额突破50亿元，无疑是个里程碑式的发展节点。

2021年，尽管遭受新冠疫情反弹、原材料涨价、限电双控的三重影响，步阳集团销售总额仍实现逆势增长。逆势增长，已成为步阳近几年的营销主题。数字表明，2021年1—10月，步阳集团各类产品总体销量同比增长21.9%，展现出步阳集团所储备的巨大市场势能和新形势下营销战略的先进性。能够取得如此业绩，其原因究竟是什么？这是

2021步阳集团经销商峰会

众多与会者最为关注的问题。不少经销商认为，步阳产品始终跟上时代，关切用户所需，保持优质高产，强化营销谋略，创新营销手段等，都促成了2021年销量逆势增长。

也是在这届文化节上，为庆祝中国共产党建党100周年，步阳集团邀请来自湖南韶山的彭靖讲师讲党史，组织步阳人听党课，弘扬步阳红色精神，铸就步阳“铁军”力量，还组织经销商代表观看主旋律电影《长津湖》。

举办这样一届全体步阳人参与、内容丰富、格调高雅、颇具档次的文化节庆活动，要花费大量的人力、物力、财力。每年都要办，都要有新的主题、内容推出，其花费无疑更甚。笔者了解到，这样的做法，在永康仅步阳独有。在浙江，也没有其他大型民企能搞得这样有

步阳集团党建活动

声有色，这样持久。这已不是“为丰富员工业余生活”所能简单概括得了。“每年举办文化节，是步阳文化建设最重要的活动。举办文化节的目的，就是为了提升企业品位，让每一个步阳人都能感受到我们共同拥有一个温馨的大家庭。”徐步云告诉笔者，事实证明，连年举办文化节，确实大大促进了企业各方面的发展，在凝聚人心、提升品牌效应、扩大社会影响、推进产品营销等方面，效果尤为突出。

首届步阳文化节是2003年10月3日—11月3日在步阳集团总部厂区里举办的。时光已经过去了20个年头，再去探寻它的起因稍有些困难。徐步云回忆，原因之一是当时步阳集团已经成立11周年，企业发展很快，员工数量增长迅速，有较强烈的文化生活需求；二是时任中国建筑金属结构协会会长杜宗翰要来步阳授牌，需要搞个仪式；三是当时永康的经济，尤其是制造业发展很快，但中央电视台还没有在永康搞过活动，利用主流媒体提高永康和永康制造业的知名度很有必要。综上原因，从这一年的上半年开始，徐步云、陈江月等集团高管已在考虑举办一场请央视担纲的文化活动的可行性。

“企业的文化建设也体现出了企业精神，表达了广大员工的情怀。文化节能展示步阳人的文化素质和精神风貌，展示出步阳人一家亲和谐、温馨的生活热情，这是很有意义的。要让全社会了解，步阳人不只是会做门、只会闷着头干活，而是一群有自信心、进取心、自豪感的现代企业员工。我觉得要让大家真正认识当代步阳人，举办文化节是一种很好的方式。”爱好文艺，深切感受到员工文化生活需求的陈江月，领衔指导了首届步阳文化节的举办。

然而，在策划筹办阶段，也有人对举办文化节表示疑惑，觉得企业举办此类活动花费过大。有人甚至觉得，企业嘛，提高生产效益、增加员工的物质福利就行了，何必要做这类虚的事情呢？有人还善意地向徐步云提出反对意见。

“关于这个文化节，做与不做，我整整犹豫了2个月。民企，尤其是永康的民营企业，当时还很少在中央电视台上做节目。但是，我最后还是听取了大家的建议。为了打造品牌，也为了增加企业的凝聚力，我还是投入了200多万元。事实证明，企业的文化建设是可以大大增加企业员工凝聚力的。从中我也真切地感受到，民营企业要发展，还是要不断地超越自己。”徐步云认为，那些认为举办文化节得不偿失的人，只在乎文化节能不能带来直接经济效应，事实上，文化建设注重的是本质的、长远的、综合的效应，注重的是企业超越式发展和品牌影响力的提升。

“三流的企业是用人管人，二流的企业是用制度管人，一流的企业则用文化管人。”从规范企业管理的角度来理解，重视企业的文化建设也有其必要性。步阳集团副总经理程明松对企业文化建设颇有研究，他认为，产品品牌是企业文化的一部分，企业文化是表层、中层、深层逐步进行的。表层是各种外在表现，是企业logo等，中层是各种规章制度，深层是企业价值观等。因此，步阳要搞文化节不能只有一台文艺晚会，而是要挖掘企业文化内涵，打造并弘扬企业文化，为“百年步阳”发展服务。因此，文化节同时还需要更丰富的活动，比如书法、绘画、体育比赛、技术比武等，与员工的身心需求相结合，与日常劳动和生活相结合，培根铸魂，促进员工精神的全面发展。

要不要办？有哪些内容？要办成怎样的文化节？这些问题的答案在广泛的讨论后得以明确。决定了首届文化节将在10月3日—11月3日举办后，具体筹办工作就紧锣密鼓地开展起来了。

销售部与央视有关方面取得了联系，由步阳集团与央视合办文艺晚会。经步阳集团与央视协调，央视以“中央电视台走进永康·走进步阳”为主题，负责晚会的主持人、重要演员的安排落实，负责舞台布置等一应事务，负责宣传等，步阳则负责落实场地、组织观众、确定议程、参与宣传、落实相关节目的演出人员安排等。

步阳集团准备举办首届文化节的消息传开后，在社会上引起较大反响，各界人士也都热切期待文化节的如期举办。时任永康市委书记楼朝阳还亲自题写了“首届步阳文化节”，表达对举办文化节的支持。这也让徐步云等步阳集团高管进一步坚定了信心，加快了文化节筹办工作的节奏。

“我是2000年底入职步阳的，当时应聘集团办公室主任，后分管产品质量这一块。文化节筹备工作开始后，董事长安排我负责具体落实。因为是第一届，还没有先例，只能边摸索边筹备。首届文化节晚会的表演以合唱和独唱为主，我觉得应该有一首代表步阳、展现公司员工风采的大合唱，否则总觉得少了点什么。但要写词写歌，还得排练配乐，这时间实在太紧了，我们只能马上动手。”程明松回忆，创作这首《步阳人》（后改为《步阳员工之歌》）的歌词就像是被“逼”出来似的，只花了一个晚上时间。

节奏明快、含意明确的歌词有了，谁来谱曲？程明松找来了杭州师范学院音乐系毕业的钟丽群，当时她是步阳油漆的供货商。旋律怎么来？多才多艺的程明松对钟丽群说，我怎么唱你就怎么记下来吧。他一句一句哼唱，钟丽群则记下来，再用钢琴试弹了一下，一首合唱曲就这样基本完成了。

“步阳人，来四方；为事业，聚集一堂；同心同德发奋努力，同为步阳出力量……”首届步阳文化节上，由步阳员工演唱的这首歌，高亢有力，气势磅礴，拉开了演出的帷幕，取得了极佳的现场效果。后来，为参加市里的企业歌曲大合唱比赛，另一位音乐人孔迪配上了和声，加上了结尾，使歌曲更臻完善。这首歌后来还在市大合唱比赛上拿了个一等奖。可以说，这首文化节的主题歌，也是步阳集团的公司歌，是边创作边排练，逐渐完成的。其实后来又创作了一首《步阳之歌》，歌词也是程明松写的，曲是孔迪谱的，每年文化节晚会就是以

首届步阳文化节开幕式

《步阳之歌》的群舞结束。

首届文化节结束后，这首歌每天早晚都在总部厂区播放，直到现在。每当这首歌的旋律响起，步阳员工都会不由自主地跟着哼唱，它已成为一首真正属于步阳人的歌。

2003年11月3日，下午1点半，首届步阳文化节文艺演出在步阳集团总部厂区内隆重举行，就在厂区中心通道处，旁边是各个车间的大厂房。那时，西边的大厂房还没有兴建，这里场地较宽敞。上千名步阳员工整齐地站着，早已等待在现场。当央视财经频道主持人姚雪松走上临时搭建的大舞台，朗声宣布首届步阳文化节暨中央电视台“走进永康·走进步阳”文艺演出正式开始时，全场响起一片热烈的掌声和欢呼声。

时任中国建筑金属结构协会会长杜宗翰亲临步阳文化节现场并致辞，并向步阳集团授牌。当时，步阳集团已被列入建设部防盗安全门生产定点企业。

合唱、歌舞、独唱、小品、诗朗诵……除了少部分节目由央视和永康市文化馆的演员表演，大部分节目是步阳员工上台表演。随着一个个节目陆续开始表演，台下员工们的热情被充分调动起来。大家跟着唱，跟着舞动，有的员工禁不住阵阵欢呼，台上台下已经没了边界，完全融在了一起。

这场文艺演出约有20个节目，原定两小时以内结束，后来又不得不延长了时间。直到演出在观众的长时间掌声中结束，在场的员工仍久久不愿离去。

首届步阳文化节的举办时间是2003年10月3日—11月3日，这场文艺演出其实是压轴活动。在此前的一个月里，公司为员工们安排了篮球、羽毛球、乒乓球、拔河等体育比赛项目，象棋、书法等文娱比赛和展示活动，还开展了企业发展研讨，组织员工在总部厂区参加游园活动。这一个月的时间被安排得满满当当。员工们选择自己最拿手或最喜欢的项目，好好地露了一手，痛痛快快地享受。

首届步阳文化节举办得十分成功，比预想的要好得多。“员工们特别骄傲，在与家人打电话时，在与别的公司的员工交谈时，都会自豪地说，我们步阳刚刚举办了文化节呢，非常好看，我也上台唱了歌。员工们与步阳建立了更深的感情连接，对能成为步阳人倍加珍惜，觉得应该更加好好工作。”陈江月说，激发员工工作热情只是文化节的其中一部分效应，但已足以让她鼓起继续举办这一活动的信心。当2004年夏末，步阳决定举办第2届文化节时，已经没人提出异议，反而有很多人主动出点子。

第2届步阳文化节同样在金秋时节举办。与第1届不同的是，这一届文化节在安排文体活动的同时，还特意安排了员工的技能比武，一批颇有工匠精神的员工崭露头角。在隆重热烈的文艺晚会上，独唱、相声、京剧、魔术、杂耍等大部分节目由步阳员工演出。文艺晚会上还穿插安排了优秀员工、经销商的表彰活动，徐步云逐个给他们授予荣誉证书。

2005年11月，第3届步阳文化节如期举办；2006年金秋十月，第4届步阳文化节再次拉开帷幕；2007年第5届，明星李湘、林依轮、苏永康、付笛声夫妇等也受邀登台献艺；2008年第6届……就这样，截至2022年11月，步阳文化节共举办了20届。每一届都呈现出步阳的文化风格，每一届都有每一届的特色，每一届都能留下令人印象深刻的节目。

2009年第7届步阳文化节举办之时，适逢新中国成立60周年，活动专门安排了红歌会，员工们引吭高歌，让红色传统歌曲在永康五金城上空回荡。也是在这一届，来自全国各地的经销商首次参加步阳文化节，把文化节与销售节融合在了一起，实现了“文化搭台，销售唱戏”。

2011年的第9届步阳文化节文艺晚会上，员工们自创的小品《如此夫妻》《新编纤夫的爱》等针砭时弊、抒发对生活的热爱，让人难以忘怀。

2012年的第10届步阳文化节文艺晚会，员工们别出心裁地把安全门组装成一面面大鼓，以门为鼓，鼓声韵味独特，敲出了幸福心声。

2018年的第16届步阳文化节上，步阳集团不仅一口气发布了六大系列新品，还聚集了全国各地500多位经销商探讨新的营销战略。当然，文艺晚会上节目精彩纷呈。

2020年第18届步阳文化节举办之际，新冠疫情防控之役已经持续了10个多月。在这一届步阳文化节文艺晚会上，一首名为《2020众志成城》的诗朗诵响起，表达了步阳人不屈于疫情的决心，也回顾了步阳人一年来历经的风雨和创下的战果。朗诵结束，台上台下5000多名步阳人齐声高唱《团结就是力量》，场面感人至深……

2021年第19届步阳文化节，时值中国共产党建党百年纪念日，文化节文艺晚会更是以红色为基调，舞台展示了中国共产党建党历程，晚会演出达到高潮，5000多员工与台上演员同时手挥红绸，唱响《没有共产党就没有新中国》，文化节晚会现场就像一片红色的海洋。

2022年第20届步阳文化节，是与步阳集团30周年庆典同时进行的。2022年11月5日晚，第20届步阳文化节文艺晚会在步阳集团总部广场上举行。文艺晚会开始之前，步阳集团对在本公司长期工作的功勋员工、荣誉员工、优秀经销商进行表彰，并以纪录片的形式较为详细地回顾了步阳集团30年发展历程。晚会延续往届，以员工大合唱《步阳员工之歌》拉开帷幕。舞蹈《飞扬》青春洋溢、活力四射，诗朗诵《步阳30年礼赞》气势磅礴、令人振奋。最后，晚会在《步阳之歌》大合唱中圆满落下帷幕。整场演出亮点纷呈，精彩不断，充分展现了步阳人锐意进取、攻坚克难的精神风貌。

值得一提的是，步阳集团30周年庆典暨第20届步阳文化节文艺晚会，在步阳集团发展史甚至永康市的历史上，创下了多个第一：第一次举办步阳集团火炬接力活动，接力团队从永康出发，接续传递至全国四大生产基地、各销售分公司、各大仓储中心，在第20届步阳文化节文艺晚会现场结束；第一次给优秀经销商和优秀员工奖励了30辆宝马车，以此褒奖先进、提振士气；第一次举办巡街活动，让获奖人员驾驶宝马车在永康市区巡游；第一次举行无人机空中表演，在文艺晚会演出之前，500架炫酷的无人机整齐升空，在空中不断变换阵型，排列成各种图案，其中摆出的一个地球图案，象征着步阳集团与全球50多个国家建立了业务关系；第一次举办500桌规模的员工庆典宴会，让员工们共享企业发展巨大成果……

在连续20年举办的步阳文化节文艺晚会上，尽管也邀请过林依轮、张韶涵、李玉刚、韩磊、潘长江、李湘、任静、付笛声、卓依婷、苏永康、大兵等明星，但大多数节目仍是由步阳人自编自导自演的。通过举办文化节，步阳不仅培养了很多才艺能人，丰富了员工的业余文化生活，还把整个企业文化都做活了，让企业精神渗透到员工的内心。如今，步阳文化节已成为中国门业和浙江企业界的一个特色文化品牌，步阳也因此成为民营企业文化领域的探索者。

行文至此，不由得想给徐步云和每一个步阳人打造企业文化，铸就企业精神的自信和执着，献上一份深深的敬意。

2009年夏，时任浙江省委常委、宣传部部长黄坤明来到步阳集团考察企业文化建设，在听取了徐步云关于步阳集团在永康民营企业中率先举办文化节，在员工中开展丰富多彩的文体活动，形成步阳独特的企业文化风尚，极大地提升了企业员工凝聚力的汇报后，频频点头，十分赞赏步阳的做法。他还来到员工中间，与大家合影留念，勉励步阳人要做浙江民营企业文化建设的引领者、示范者。

必须一提的是，在步阳集团，企业文化建设并非只有一年一度的步阳文化节这一载体，还有经常性的各类体育比赛、假日旅游活动、书画展示等文化体育活动。2009年5月，步阳集团还组织了3600名员工畅游横店影视城。3600人组成的庞大旅游团在国内也是少有的。步阳集团把员工分成两批，分别进入景区游玩。步阳集团还多次主办或赞助各类体育赛事，如2008年北京奥运会前夕，举办“步阳杯”中澳国家男排对抗赛，央视体育频道实况转播；同年11月，全国乒超联赛步阳赛区比赛在永康体育馆举行，奥运冠军马琳对战王皓，央视体育频道现场直播。2010年，主办“步阳杯”浙江武义全国摩托车越野锦标赛暨国际邀请赛；同年，又在东阳禹山主办“步阳杯”高尔夫球邀请赛。步阳集团还在总部建立了首个中国门业美术馆，开馆那天，盛邀浙江师范大学美术学院师生与步阳员工一起，举行“走进企业画劳模，走进车间搞设计”活动……

2. 党建引领，有典有则

多年来，“五融五化”的党建工作从未松懈，步阳始终坚持举办强化员工思想素质、精神风貌和社会责任感的系列活动，全体步阳人的工作热情得以极大激发。

5000名以上的员工队伍，其中有90%来自省外21个省份，各有各的经济和家庭情况，各有各的打算。来到步阳集团之后，又分别被安排在不同的岗位上。该如何把他们拧成一股绳，形成强大的战斗力？又该如何解决他们在工作、生活、学习等方面的实际问题，让他们能安心发挥才智，为步阳发展出力，实现自己的人生目标？

这是一个颇具紧迫感的命题，事关企业发展进步，事关企业正常运行。步阳集团是典型的中国民营企业，员工来自五湖四海，哪怕经过必要的招聘程序，员工的素质和能力依然参差不齐。提高员工素质，强化员工的日常管理，引导员工逐步养成立足本职、积极向上、攻坚克难、锐意进取的习惯和素质，其重要性、必要性和紧迫性自不待言。

在引导广大员工成为合格的步阳人，激励员工积极投身“创一流品牌，铸百年步阳”，增强社会责任感，努力实现“中国梦”“步阳梦”的进程中，步阳集团的党建工作起了不可替代的推动作用。

“早在2000年只有3名党员的时候，步阳就成立了党支部，开展了非公企业党建工作。随着企业的发展，员工和党员数量连年增加，党建工作愈显重要。2009年5月，步阳集团党委正式成立，目前党委下辖5个党支部，80多名党员。多年来，党建工作不断得到加强和规范。”自步阳集团相继成立党支部和党委以来，程明松一直担任着书记，在负责抓好党委自身建设及党员的政治思想教育和作风建设的同时，全面负责党建工作。

2006年，对步阳集团党组织来说，是个值得记住的年份。这一年，因为企业党建工作成果突出，永康市“两新”工委专门授予徐步云“永康市非公企业十佳业主”，授予程明松该年度“永康市非公企业十佳书记”荣誉称号。这对徐步云和步阳党组织来说，是个莫大的鼓励。

“紧紧围绕企业生产经营中心任务，以‘五融五化’为抓手，全面推行党建工作与企业制度建设相融合、管理创新相融合、人才培养相融合、产品创新相融合、企业文化建设相融合，实现党建工作项目化、党群活动一体化、组织生活创意化、阵地建设规范化、组织作用持续化，全力助推企业和谐稳定发展，这便是步阳集团党委抓好党建工作的任务目标。党建工作抓好了，员工的思想政治教育和日常管理才会上台阶。”程明松告诉笔者，步阳集团党委始终明确，一流的企业应该用文化管人，“党建＋企业文化”的工作方法是步阳集团党委从实践中总结，并长期坚守的党建工作一大特色。

厚植红色基因，强化政治引领，是“党建＋企业文化”的工作主题。步阳集团党委全面深化“三联三会”“双向进入、交叉任职”等制度，规定党组织书记列席总经理办公例会和公司其他各类会议，党委会定期议生产、常调研。以党组织建议创立的早会制度，至今已坚持20多年。每年举办步阳文化节，均由党委书记担任总导演、总策划。党组织在集团领导的支持下，每年用1个月时间在企业内部开展各种文体比赛、技术比武、管理研讨、销售节和大型文艺晚会等，增强企业的凝聚力、向心力，提升员工精神文明水平。

打开步阳集团党委的工作记事本，党组织融合企业日常生产，在

中共步阳集团党委成立

员工中开展一系列有的放矢、丰富多彩的活动，点燃“红色引擎”，激发内生动力：建立了员工思想天地、生产比拼、清廉讲堂、读来读去、球球球会、青春舞团六大活动组织，充分发挥党员示范带动作用。在研究院车间建立“党建＋人才”基地，使之成为培养人才的基地和新产品开发的高地；在科技园车间开展“每天进步一点点”活动，坚持数年，仅2021年红色QC提案就达2500多项，为精益生产推进、管理提升、节能降耗做出了很大贡献。党委还牵头校企合作，其中“步阳工匠班”已累计为步阳各个岗位输送人才上百名。

2021年是庆祝建党百年的重要年份，步阳集团党委结合这一契机，引导和组织员工赓续红色血脉，担当历史使命。主要活动有：利用大专栏形式开展建党百年百题党史知识教育考试、党史知识竞答；

校企合作步阳工匠班开班

聘请红色讲师，开展“学党史、立信义、弃陋习、扬正气”专题讲座；在“七一”建党百年纪念日，由集团党委书记程明松亲自授课，给员工讲授中国近现代史和中国革命史；2021年下半年，针对生产一线末端管理难的现状，又提出了建立车间红色流动监督员制度，红色流动监督员利用工余时间参与工段现场管理，及时曝光车间现场存在的问题，及时整改，解决了车间管理落地最后1米的难题。步阳集团党委还把红色流动监督员的活动写成剧本，搬上第19届步阳文化节文艺晚会。

“党组织从思想引导、宣传教育、文化建设、人才培养等方面，对员工进行思想素质、精神风貌、社会责任感等方面的锤炼和强化，这也是体现‘文化管人’作用的具体实践。但同时，‘制度管人’作为基础手段，还得让它发挥应有作用。”徐步云指出，现代企业非但不排斥制度，反而十分重视制度的必要性和威慑力。一个企业有制度，就有公平，也就有了效率。作为管理者，要改变一贯的“人为法则”，用规章制度来管理企业，而不能随意为之。

春秋时期的哲学家管仲说过：“事将为，其赏罚之数必先明之。”在做事情或具体操作之前，赏与罚的标准必须要先说清楚。这里主要是讲制度建设的重要性。

步阳的员工来自五湖四海。有永康本地人，有浙江人，也有安徽人、江西人、四川人、云南人，但不论你从哪里来，原先是哪里人，到了步阳，大家都是步阳人，用不着再分地域。在这个大家庭里，就必须自觉遵守大家庭的规范，就必须以做一个合格的步阳人来要求自己，否则就会找不到自己的位置，实现不了自己的目标和理想。

“记得当时为了制定员工的管理制度，我们还专门去了东阳横店的东磁集团考察，学习他们的管理经验。他们也是非公企业，情况与我们很类似，制度管理工作做得比我们早，当时已经有了员工管理、生产管理等制度，有不少值得借鉴的地方。从那里回来，我们就着手拟订制度，结合我们步阳的实际，尽可能把制度订实订严。”程明松说，由于注重实效，讲究科学合理，与先行一步的企业相比，步阳的员工管理制度制定得绝不逊色。

2001年前后推出的《步阳员工守则》，是步阳人入厂后的常规须知，包括《员工守则》《员工礼仪规范》《宿舍管理规定》《会议纪律》，对员工的劳动、生活、学习等各个方面都进行了明确系统的规定，通俗易懂，宜于执行。

如《员工守则》中，规定了：上下班要自觉打卡，按时参加早会点名宣誓；严格执行请假制度，未办理请假手续，无故不上班者一律按旷工处理；牢固树立安全生产意识，严格遵守技术操作规程，特殊工种持证上岗，生产职工必须穿戴劳动保护用品从事生产活动，掌握基本的消防和逃生技能；为确保安全，进入厂区严禁吸烟，严禁携带小孩进入厂区；等等。共计有15条。《员工礼仪规范》中，规定了：生产线员工上班应穿厂服，要保持整洁；行政管理人员着装要大方庄重，忌穿奇装异服；男性衣衫整齐，皮鞋保持光亮，不留胡须长发；女性头发染色不能过于夸张，脸部化淡妆；管理人员提前10分钟上班，参加早会宣誓活动，宣誓时神情严肃，精神饱满；车间职工举行早会列队要整齐，由车间工段总结生产任务完成情况，安排当日任务；承诺口号声音要整齐响亮；等等。共计12条。《宿舍管理规定》和

《会议纪律》对员工宿舍的日常管理和员工参加会议的要求作了详细规范，分别有13条和4条。

此后，为适应企业快速发展、厂区范围扩大、员工数量继续增加、管理要求进一步提升等新情况，又对《步阳员工守则》中的《员工守则》进行了细化，制定了《步阳员工守则》（细则），扩充为30条，尤其是对员工违反规定的处罚进行量化，使员工的行为更加有章可循。一旦有逾越，可以此为参照，进行处罚，督促其自觉改正。

当然，《步阳员工守则》只规定了员工劳动、生活、学习等方面的行为准则，有关产品的工艺要求、质量要求，以及在岗操作的相关安全要求，另有相关的制度予以规范，前文已有所述。

制度的完善无疑是重要的，但执行制度、把制度不折不扣地落到实处，才是最重要的。“这方面，董事长的态度十分坚决，他多次在公司各类重要会议上强调，各项制度是为了执行而制定的，如不遵守、不执行，那就是一纸空文。在制度面前，所有员工一律平等，包括他本人，都必须严格执行。”程明松说，正是因为徐步云对严格执行制度的明朗态度，才保证了各项制度的真正落地。

不过，让所有员工自觉主动地遵守这些制度，不可能一蹴而就。程明松回忆，比如按照《员工礼仪规范》第三条“管理人员提前10分钟上班，参加早会宣誓活动，宣誓时神情严肃，精神饱满。车间职工举行早会列队要整齐，由车间工段总结生产任务完成情况，安排当日任务。承诺口号声音要整齐响亮”的规定，整个集团总部，要以车间各工段、各行政部门为单位，每天早上必须参加早会宣誓活动，不得缺席，不得迟到，负责人还要布置当日的工作任务。这条制度在起初其实曾遭到了抵制。

“抵制的原因我也了解，一是觉得没必要，二是觉得太麻烦，更主要的是由此一来就必须提前10分钟上班，但个别人员尤其是部分负责人散漫惯了，慢吞吞的，把家里的事情做完了再来。制度明文规定要求7点半到岗，他却8点半甚至9点钟才来上班。制度出台后，哪怕我督促了好几次，还是有不少车间工段和行政部门没有执行。”程明松把这一实情向徐步云作了汇报，徐步云当即严肃批评了个别车间和部门负责人，并宣布由他带头召开集团领导层的早会，还宣布早上由他亲自点名，迟到的一律记下，到时一并作出处罚。

徐步云雷厉风行的作风，能解决制度执行上的一些难题，但企业不能凡事都由徐步云来强调、督促。对此，程明松一方面主动承担起督促落实的任务，另一方面着手建立制度执行的监督制度和监督队伍，形成员工自我管理的良性机制。前面提到的《步阳员工守则》（细则）就是在这个背景下推出的，它把严格遵守制度与个人的绩效考核和经济收入结合在一起，违反哪一条，该受到怎样的处罚，让人一目了然。同时，各个层面的负责人首先必须严格执行制度，一旦没有执行到位或者违反，负责人将受到处罚。

董事长亲自负责早上点名后，从行政部门开始，到各个车间、各个工段，整个步阳集团的员工迟到现象渐渐消失了，大家都自觉起来。当时，飞神公司行政部门还设在步阳集团总部办公大楼二楼，陈向阳发现点名制度的效果非常好，也很快参照实行了这一制度。

后来，为了让早会的形式丰富起来，步阳集团又安排了集体做广播操、跳广场舞、晨读等活动，员工们配合度进一步上升。

用制度管人，努力把“游击队”打造成纪律严明、步调一致、素质过硬的“正规军”，步阳集团在正面倡导、严格依章依规，让员工养成遵守制度习惯的同时，改变其散漫、无序、缺乏自我约束的旧观念。有一部分步阳的员工受教育程度不高，没有遵章守纪这根弦，有人提醒也不以为然、置若罔闻。“对于这样的员工，那就只能采取一些相对严厉的措施，让他有个教训，强迫他记住这些条文。”程明松说。

进入厂区严禁吸烟是明文载入《员工守则》的规定。制度刚出台时，车间管理区内的禁烟职责主要是保卫科负责，保卫科反映个别人员对此熟视无睹，认为员工在车间吸烟，工段长都不管，就不是自己的事。主要还是观念上不够重视，觉得这是可管可不管的小事。

“那就只好由我来做一次示范。我是集团行政副总，有这个权力。记得2006年，有一次我在车间巡查，发现某个车间工段长的工位旁竟然有5个烟头，便直截了当地告诉这个工段长：现在按每个烟头100元处罚，一共罚500元。他一听跳起来，说不就是5个烟头嘛，怎么罚得这么重？我说就冲你这句话，你掏这笔罚款一点也不冤，因为你遵守规章制度的观念远不够强。你还是工段长呢，更应该在遵章守纪上做好表率！我今天就是要对不遵守规章制度的行为动真格，得让你记住这个教训。”程明松回忆，他说完这番话后，对方哑口无言，只有乖乖受罚。500元稍有点多，但这个工段长肯定深深记住了。此事也促进了车间管理观念上的大扭转，现在随时检查门业车间，都找不出一个烟头。

企业对员工罚款，是对违反规章制度的人实行降低劳动待遇处罚。因违反制度而被罚款的情况，包括事由、姓名、金额等是要在厂区里公布的，每个员工都能看到。对于全体员工来说，每次罚款都是一次郑重提醒，让他们必须绷紧这根弦。

同时，为了强化员工遵章守纪的观念，步阳在对员工开展常规培训时，如年初的技术培训、日常的生产安全教育培训等过程中，都会把学习《步阳员工守则》列为重要内容，有针对性地对员工进行教育。除此，还会强化对员工的安全管理和教育。为做好生产安全管理，每年都要层层签订安全责任状，即集团与事业部签订、事业部与车间签订、车间与员工签订，各自遵守规章制度。一旦发生事故，就要深查有没有经过三级安全培训，有没有按操作规范和流程进行生产，有没有签过安全责任状，各自负起相应责任。

经过持续多年的努力，遵章守纪观念深植每个步阳人的心中。自觉主动地按制度办事，成了步阳人最起码的素养。无论是上下班打卡制度、请销假制度、早会宣誓制度、礼仪规范制度、宿舍管理制度、会议制度等都已不折不扣落地，生产管理、行政管理方面的相关制度也得以切实履行。如今的步阳，没有人不把制度当一回事，没有人敢轻易违反任何一项制度。以制度规范言行，已高度融入步阳人的生产劳动和日常生活中。

日本松下电器创始人松下幸之助说："企业最大的资产是人。"美国经济学家西洛斯·梅考克则认为："管理是一种严肃的爱。"他们都强调了在企业经营中，强化对员工进行管理、打造优秀员工团队的重要性。2009年，针对步阳集团内部在劳动纪律、组织纪律、人事管理、集团化专业管理等方面存在的弊端，由徐步云提出并发起，开展了步阳集团严肃纪律、整治人事管理、强制贯彻实施集团化管理制度、清除“三种人”的“四大运动”。

“开展好‘四大运动’，目的很明确，就是纯洁队伍，提高队伍的综合素质和战斗力；规范管理，精细管理，杜绝漏洞；弘扬步阳精神和作风，传承步阳文化，营造步阳发展的良好氛围。”徐步云指出，多年来，整个集团的员工大多数时间都在忙于业务，忙市场，忙于日常工作，腾不出时间来理顺管理、消除漏洞，也造成制度管理和文化传承方面不到位的情况。可以说，这是一次补课，必须扎扎实实地补好。

正如徐步云所言，其时，步阳集团在生产规模、员工数量、产品种类等方面增长较快，但激烈的外部市场竞争始终带来压力和挑战，步阳集团内部在地区之间、部门之间难免存在不平衡现象，个别部门

步阳集团生产比拼会议

的领导和员工未能按照步阳员工修身准则严格要求自己，这就造成少部分步阳人表现出不良言行，工作出现问题。如在劳动纪律方面，有的销售办事处管理松懈，有的员工纪律观念不强，自由散漫；在工作纪律方面，出现了个别弄虚作假欺骗公司、造谣诽谤攻击公司、泄露公司机密以及侵占公司利益的现象；在组织纪律方面，也存在着下级不服从上级，严重失职、渎职等问题。

“四大运动”，指要开展好包括严肃纪律在内的四项有针对性的内部整顿。另三项整顿即整治人事管理、强制贯彻实施集团化管理制度、清除“三种人”。其中，强制贯彻实施集团化管理制度要求每位员工在所在岗位上必须遵守相关管理制度，绝不能有半点马虎。这些专业管理制度涉及产品研发、营销策划、生产管理等方面，每个员工都必须精通，能者为师。同时，集团总部必须随时指导、监督驻外地公司进行管理、运作，确保集团的项目在管理环节有的放矢、有章可依。

“我们所称的‘三种人’，是指在工作态度、遵章守纪上存在严重问题的员工，即只讲不干、人浮于事的，水平能力低、不求学习和上进的人，混入步阳的‘蛀虫’、想捞一把的人。我们就是为了清除这‘三种人’，提高员工队伍素质，纯洁队伍。”徐步云说，这“三种人”是步阳发展过程中必须淘汰的人。

为了开展好“四大运动”，步阳集团专门下发了5份沉甸甸的文件，明确了这次内部整顿运动的具体内容、要求和注意事项。徐步云对开展这“四大运动”提出了“扎实”和“认真”这两条简洁而明确的要求。

“开展工作务必要做到扎扎实实、严肃纪律，强调组织纪律性。拉山头、搞帮派，搞本位主义和利己主义，都是不利于团结、影响工作的行为，必须清理。个别人员上班打牌、炒股、打游戏，做与工作无关的事，都是违反劳动纪律，都将予以重点查处。通过这次整顿运动，每个人都要以身作则，说到做到，最大限度地焕发出工作热情。”动员大会上徐步云说得掷地有声。

3. 献出一点爱，给你一个温暖而美丽的春天

扶贫帮困、为他人送温暖、助推实现共同富裕的故事究竟有多少？“一家人，一家亲，我们都是步阳人”的口号让人更觉深情。徐步云谦逊地说，关怀帮助他人，体现了我和步阳的社会责任心，也是回馈社会的实际行动，义不容辞。

“穷则独善其身，达则兼济天下。”一个人在不得志之时，就应洁身自好，注重提高个人修养和品德；一个人在事业成功、得志显达的时候，就要想着帮助他人，造福他人。千百年来，这句话成了一代代事业追求者的箴言，受此激励并切实践行。

徐步云也不例外。自从事业渐渐有了起色，麾下的企业有了一定的经济实力之后，“兼济他人”便成了他感兴趣的另一件事，热心公益慈善事业已有数十年。“步阳经过30年发展，已成了一家大型民企。在这一过程中，社会各界为我们提供了巨大的帮助，我铭记在心。如果没有各方面的支持帮助，任何一家企业都发展不起来，在这方面我有

步阳公益基金捐赠现场

极其深刻的体会。从事公益慈善事业，一方面体现了我和步阳的社会责任心，表达对社会的关心；另一方面，这也是回馈社会的实际行动，我和步阳都愿意为社会多做贡献。”徐步云谦逊而诚恳地说，企业领导者要以身作则行善事、有德行，带动身边员工积德行善，这才能称得上一个杰出的企业家。

2005年，为圆永康籍贫困学子的大学梦，步阳集团成立了“步阳千万公益基金”。2007年，又把这一基金从1000万元提高到2000万元，进一步扩大受益面，每年捐助40名贫困大学新生。从2011年起，“步阳千万公益基金”扩大了助学范围，除了永康籍的大学新生，还增加了“新永康人”子女。只要父母在永康工作3年以上的“新永康人”子女，凭父母所在企业单位开具的贫困证明即可报名，经过核实筛选后，就可以获得5000元慈善助学金。“步阳千万公益基金”圆梦助学行动至今仍在运作，截至2022年，已有650多名寒门子弟因步阳的慷慨解囊而圆梦。

家住永康舟山镇偏远农村的女生小王，读初中时父亲就患上了严重的帕金森综合征，母亲没有文化，只能在小作坊打零工，家庭生活十分艰难。她是靠学校的资助和暑期打零工才读完高中的。2008年，她参加了高考，成绩还不错，但考虑到在浙江等经济发达地区读书学费相对较高，便主动填报了四川的绵阳师范学院。即便如此，她仍然付不起上大学的学费。

在共青团永康市委和永康日报社牵线下，小王向步阳慈善助学基金提出了申请。通过小王所在村村委会核实，分管步阳千万公益基金会的程明松亲自拿着5000元慈善助学金来到了小王家里。走进小王的家，程明松只觉家徒四壁、屋内昏暗，但勤奋的女孩依然苦学不息，让他极为感慨。“真是雪中送炭啊，我父亲反复提醒我，接钱的时候一定要用双手去接，以表达感激之情！”小王向笔者回忆，直到现在，她还保留着当年那只装钱的信封，上面印有一行“步阳助你上大学”的红字。

“由于小王的家庭经济情况实在困难，第二年，她再次被列为‘步阳千万公益基金’慈善助学金的捐助对象，作为特殊情况处理。一名贫困大学生，连续拿了两回步阳的助学金，她是绝无仅有的。”程明松说，步阳的一个善举，送小王上了大学，彻底改变了她的人生，还改变了她全家的面貌。

两次获得步阳慈善助学金资助的小王十分争气，以优异成绩毕业后到北京工作，先在一家对外文化交流中心担任翻译，两年半后又回到浙江，在嘉兴科技城的一家大型合资企业工作，从事翻译和招商等工作。笔者遇见她的时候，她刚被浙江省某对外协会录用，担任该协会的会长秘书，正准备前往欧洲学习，学成后将担任更重要的工作。由于她事业的成功，家庭经济状况大有改观，父母再也不愁吃穿用度。“父亲看病，我也能帮他支付医药费了。”她动情地说，全家人的生活目前已经实现了小康。

小王十分感激步阳，十分感激徐步云。“我虽然没有与董事长直接交往，但在庆祝步阳成立20周年的文化节文艺晚会上，我在台上唱过一首《感恩的心》。当时董事长就坐在台下。我就是对着他唱的，唱得热泪盈眶。”小王由衷地说，步阳集团和徐步云对她的帮助，不仅是物

为贫困学子送去希望

质上的，更是精神层面上的，这份帮助让她对生活始终保持信心，坚信这世上有温暖，有力量，有希望，有前途。

李恩慧是永康市象珠镇峡源村人，母亲生下他两个月后不辞而别，他被一个当时已经51岁的农村单身汉收养，在极其贫寒的家境中长大成人。2018年6月，从小立志成为一名人民警察的李恩慧通过高考，以专业技能第三、总分全省第50名的好成绩，收到了浙江警官学院的录取通知书。在3年大专学习期间，自强不息的李恩慧把社会捐助留给永康市的爱心组织和养父，利用暑假卖西瓜筹得部分学费，成了受人赞许的“西瓜男孩”。后来，浙江警官学院得知他的情况，免去了他的所有学费，并为他申请了符合条件的助学金。

2021年7月，李恩慧从浙江警官学院毕业，通过“专升本”考试，考入了浙江工商大学杭州商学院。这一回，他依旧想通过在暑假卖西瓜的方法筹集学杂费。然而，想要通过卖西瓜筹集2万多元学杂费，这实在太难了，李恩慧陷入了学费缺额的困境中。

“通过《永康日报》得知这一消息后，我在第一时间赶到了李恩慧家里，发现他家的经济条件比小王家还要糟糕。房屋是村里帮忙造的，但没有安装楼梯，只在屋外搭了一条简易木桥。家里能称得上电器的只有破旧的冰箱和洗衣机。家里没有谷仓，稻谷都直接堆在地上。”程明松为“西瓜男孩”李恩慧自强不息的精神所打动，他代表步阳集团送上了5000元慈善助学金，希望他继续好好念书，提升自己，朝着成为一名合格的人民警察的目标努力。

步阳的慈善助学金像是一场及时雨，滋润了李恩慧焦灼的心，解除了他的燃眉之急。他拉着程明松的手连声道谢，说成为一名人民警察是他坚定不移的目标，今后将加倍努力，以优异的成绩来报答步阳的关爱。

像这样的爱心资助故事，在步阳的公益慈善行动中比比皆是。程明松说，为了让每年的慈善助学金发到大学新生手中，他每年都抽出时间跑遍永康所有乡镇，看望寒门学子，摸清情况，代表步阳和徐步云向他们表示慰问。有不少受到资助的大学新生，就是步阳在掌握大量真实情况后，精心选择后才予以资助的。受步阳千万公益基金圆梦助学行动资助的贫困大学新生，以及因“徐步云助学基金”受益的大学生，每个人背后都有感人的故事。打开公益慈善助学档案，一个个名字、一串串数字扑面而来。阅读那一沓由受捐助学生写来的信函，字里行间无不渗透着对步阳集团和徐步云的感激之情。

“父母都是农民，收入不多，还身负债务。母亲生病，医疗费用很高。贫困的家庭条件让我离大学校园还很远。当我正在为学费，为能否上大学焦急担心时，是贵公司伸出了援助之手，圆了我的大学梦。”浙江籍受助者、南京农业大学学生陈某在信中如是说。

“2011年9月30日下午，父亲含着激动的泪水，双手接过贵公司资助的5000元助学金，并在银行以最快速度汇入了四川一所大学的账户。就这样，一个贫困家庭的‘新永康人’子女的大学梦实现了。我本学期的各门考试成绩都是优秀，望步阳的各位老总放心。”这是父母都是“新永康人”的四川成都籍受助者、四川职业技术学院学生兰某感谢信中的句子。

“北航是精英的汇集地，这里的竞争十分激烈。北航也因为有这么多优秀的学生，形成了非常不错的校风，自习室里经常人满为患。因此，我必须加倍努力，绝对不能在大学里放松。我的内心充满着对你们的感激之情，是你们的慷慨捐助，让我上了大学，有了进一步学习知识、提高自己的机会。我要以优异的成绩，良好的在校表现，来回报你们，回报社会……”这些充满深情的话语，出自浦江籍受助者、北京航空航天大学学生朱某之手。

2010年1月6日下午，在浙江师范大学行知学院举行了“徐步云助学基金”捐赠暨“步阳班”开班仪式。仪式活动现场，徐步云向浙师大行知学院院长递上了800万元“徐步云助学基金”支票，现场响起一阵长时间的热烈掌声。

据介绍，“徐步云助学基金”每年拿出20万元，分别设立16万元的“徐步云优秀学生奖”和4万元的“徐步云优秀教师奖”，主要是为了激励品学兼优但家庭经济困难的学生，同时也激励行知学院优秀教师更好地投入到教书育人之中。需要一提的是，除了在浙师大行知学院开办有“步阳班”，步阳集团还与永康市职业技术学校合作开办“步阳班”“步阳工匠班”等招收符合条件的学生，为步阳储备优秀的技术工人。

步阳千万公益基金增资到1000万元

事实上，得益于“步阳千万公益基金”的不仅仅是贫困大学生，步阳集团和徐步云热心资助的对象覆盖了社会上需要帮助的人。2012年1月11日，步阳千万公益基金会与永康日报社经过核实筛选，选定了200户家庭作为年终解困捐助对象，由步阳集团给予每户1000元的资助。这一助困活动每年都在坚持，每年都会拿出20万元，雷打不动。春节前后，步阳千万公益基金会还会为永康经济相对落后的山村送去文化活动，帮助山村建立图书室，赠送彩电，邀请书法名家为村民免费写春联等。

“可以说，自步阳集团成立以来，公益慈善捐助从来没有中断过。2005年以来，公益慈善活动走上了规范有序的轨道，捐助的项目、金额增加较快。”程明松列举了近10多年来，步阳重要的捐助活动：2008年四川汶川“5·12”地震发生后，步阳从千万公益基金中拨出100万元，通过浙江省红十字会捐往灾区，并发动员工向灾区捐款111.58万元；2009年8月，通过金华市红十字会，向因“莫拉克”台风受灾同胞捐款30万元；2010年4月，从千万公益基金中拨出100万元，捐给青海玉树地震灾区同胞，同时还为玉树受灾同胞做两件实事，一是寻找玉树失去家园的大学生，帮助他们顺利完成学业，二是专门为玉树受灾同胞提供100个就业岗位，解决他们的生活出路问题。

这样的捐助活动，在步阳数不胜数：2007年11月，捐助新疆策勒县10万元助学款；2007年捐款20万元，在新疆和田地区墨玉县奎雅乡塞亚提村建造新疆步阳希望小学（2010年8月竣工开学）；2020年3月，捐助金华市农业推广基金会20万元，设立2020年金华市“步阳杯”农业推广技术奖；2020年8月，捐助金华市农业局10万元洪灾救灾款；2020年10月，捐助诸暨市白马书院30万元；2021年7月，捐助四川省巴中市关心下一代基金会20万元，作为巴中市平昌县助学款；2021年12月，捐助浙江师范大学教育基金会20万元，用于浙江师范大学的建设和发展……

从2010年2月起，步阳连续三年对武义县大田乡白衣坑村进行捐助，每年捐助5万元用于新农村建设。如今，昔日基础设施条件较差的小村庄，道路都用水泥铺上了，自来水接入了每户人家，电力设施也得到了重新改造。村民们十分感激，每次陈江月和程明松前去扶助，村民们都会握着他们的手连声说，共产党领导好啊，企业家能这样热心帮助我们实现美丽村庄梦……

2022年10月3日下午，步阳集团成立30周年庆典火炬接力、第20届步阳文化节开幕式暨“步阳千万公益基金”5000万元增资仪式在步

2011“步阳千万公益基金”圆梦助学行动

阳广场举行。徐步云、陈江月、徐璟珺率管理团队参加活动。徐璟珺宣布“步阳千万公益基金”由2000万元增资到5000万元，现场捐助浙师大奖学助学金20万元，支持共建永康美丽乡村20万元，支持共建共富助力武义县西联乡20万元，捐助永康市红十字救援队20万元。后续，“步阳千万公益基金”还将进一步加强奖学助学、扶贫助困、共富共建的支持力度，勇担社会责任。

在此还得再说一说徐步云和步阳集团对公司广大员工的关心和帮助。这是一些更日常、更琐碎，也是更贴心、更持久的关爱故事。步阳的员工来自全国各地，有相当一部分还来自经济并不发达的地方，他们在生活、工作等方面更需要关怀。

“不夸张地说，步阳的不少员工初来之时，基本生活都没得到保障，有的甚至身无分文。加入步阳这个大家庭之后，通过辛勤劳动和各方的关心帮助，有了稳定的收入和良好的生活条件，他们才过上了幸福如意的生活，有了人生发展的目标和信心。董事长十分重视和关心员工的生活状况，经常在各种场合说，不管员工从哪里来，以前过着怎样的生活，成为步阳人之后，就应该感受这个大家庭的温暖，就有权利拥有好的生活。为他们提供良好的工作和生活条件，这是企业应该履行的职责。”蒲万毅说，徐步云总是身体力行地为普通员工排忧解难，只要他得知员工遇上了困难，就会毫不犹豫地出手帮他们解除后顾之忧。

胡金奎回忆，2009年他准备结婚，需要购买新房，因房款要30多万元，一时凑不齐，便硬着头皮向徐步云提出借钱。徐步云当即表示同意。后因销售中介催得急，胡金奎也已确定了房源，就把即将签约付款的情况告诉了徐步云。

“董事长出差一回来，就让我去他那里，他把10万元现金交给了我，连借条都不要。当年年底，我拿到了年终奖之后——步阳给我的年终奖是很高的——就把这个钱还给他了。董事长一边说你何必急着还钱啊，一边从那沓现金里抽出两刀退给了我，说你买房我得支持一下，每年都这样退给你两万元，10万元退完为止。我感动极了，捧着那钱不知说些什么才好。”胡金奎感动地说，徐步云对他人的关爱十分真诚，很多事情都事先为人想到了。

2010年元旦，胡金奎和妻子举办了婚礼。徐步云全家非但悉数出席，又给了他大红包。可能是为了省钱，举办婚礼那天，胡金奎没有雇用婚车，徐步云听说后，在不影响公司正常用车的前提下，亲自协

步阳千万公益基金在行动

调，把公司车队调出来做婚车。“一个大型民企的董事长，对下属的关心帮助，能细致到这样的程度，我心里的感激真是无以言表！”胡金奎说。

慷慨解囊，及时解决员工生活上的难题，是徐步云一贯的做法。在与员工交往时，得悉员工手头上有些紧张，他便自然而然地掏出钱包。知道某个员工要送孩子上学、要回老家看望亲人，或者正要去医院看病，他也会以个人名义捐助一笔。他对员工的捐助，自己不会说，别人不会知道，连陈江月和徐璟珺都不知晓。有时，有员工向他借钱，事后没有归还，他也不会计较，更不会去催讨。有人说，董事长没有收回来的借款，可能已经有好几百万元了，有的还是经销商调用资金时借用的。但当笔者就此向徐步云询问时，他却淡淡一笑：“没还钱，肯定是有困难嘛。帮他们一把是应该的。”

王克金告诉笔者，他在步阳工作这么多年，在董事长的关心下获得的福利已经数不清了，其中一个是他的孩子上了永康市人民小学，这是永康人公认的本地最好的小学。王克金是来自安徽的“新永康人”。按照片区划分等相关规定，在步阳工作的外来务工人员子女只能在近郊的山下小学读书，想在人民小学这样的优质学校就读，没有先例，也不太可能。

“董事长亲自找了有关部门，说步阳连续多年是全市纳税第一的民营企业，希望能在员工子女就读等方面予以照顾。即便眼下还做不到对本地户籍与外来务工人员的子女一视同仁，但希望能有几个上优质学校的名额。后来，市里专门下了文件，对外来务工人员子女的就读政策进行了一定调整，步阳拿到了2个在人民小学就读的名额。”王克金激动地回忆，“董事长对我和我的孩子十分关心，考虑到我曾经获得过‘十佳新永康人’这一荣誉称号，就把其中一个名额给了我的孩子。如今，我的孩子已在人民小学读到四年级了。”

徐步云力所能及地关心员工子女的学习和生活，自然不止这一件。比如，当他发现暑期员工子女放假后，因无人看管，那些年龄较小的孩子容易出危险。于是，他马上安排相关部门，在步阳集团总部腾出场地，组织人力，专门开设了员工子女暑假学校，免费招收11周岁以下的儿童，集中在暑假学校里休息、玩耍，安排适当的唱歌、画画、体育锻炼等文体活动。这个员工子女暑假学校已经坚持开办了10多年。

“最多的时候，员工子女暑假学校里有近100名孩子，少的时候也有五六十名。办这个班需要花不少人力物力，但董事长说了，每年都必须坚持，因为把对员工的关怀落到实处，也是企业主动承担社会责任的一种体现。”程明松说，办起这个员工子女暑假学校，加强了对员工子弟的安全管理，迄今未出过暑期学生安全事故。

夜幕降临，走在永康经济开发区内的夏溪村，但见道路宽敞、华灯璀璨、人流如潮，各式店铺一字排开，各式小商品摊琳琅满目，加之电影院、大型超市、浴场、书店、宾馆等矗立在街道两侧，整个区域已经像是一座繁华的城市。当然，若对街上的人稍加观察，即可发现一个现象，那就是这里年轻人居多，操着普通话或外地口音的居多。

“这里是永康各类企业最集中的地方，也是经济最活跃的区域，区域内及周边居住着大量的外来务工者。作为步阳集团四大生产基地之一的步阳科技园也在这里。”程明松领着笔者走在夏溪村的大街上，充分领略这里独有的热闹氛围。他告诉笔者，正是因为有来自五湖四海的众多创业者在这里辛勤劳动，在这里创造财富，才使得这片原本冷寂的土地变得如此繁盛。“董事长也好，步阳也好，都十分关心员工的生活和成长，总是千方百计创造条件，让他们能在这里安居乐业，成就人生。”

位于步阳集团总部西侧的岭张村，到了晚上，同样也是一番热闹景象，其风貌与夏溪村十分相似。正如前文所述，步阳集团总部自从迁至汤店山一带，就不断地在岭张村扩大厂区，岭张村有相当一部分土地已成为步阳集团总部的工业用地，不少村民也成为步阳员工，有的还成了步阳员工的房东。“曾经偏僻的岭张村，因为有了步阳而变得繁华，从某种程度上说，步阳集团总部已与岭张村融合在了一起，步

步阳千万公益基金增资仪式

阳人与岭张人已经是一家人。”程明松说，“董事长总是把步阳发展的成果与这些村庄的村民共享，在基础建设、道路绿化、文化建设、社会福利等方面，为村民们造福，为全社会造福。”

云南省镇雄县位于云、贵、川三省接合部，隶属昭通市。境内山峦起伏，沟壑纵横，整个县没有平坦的坝区，只有半山区、山区和高寒山区，自然条件较差。但镇雄县人口众多，户籍人口达171万，是云南省第一人口大县。由于劳动力资源丰富，多年来，外出打工成为镇雄人谋生的主要手段。永康是他们选择务工的热门地。“我家在镇雄县乌峰镇乡下，离县城不远，但家里人口多，经济条件很差。通过老乡之间互通信息，知道了永康这个地方。一位在永康打了几年工的老乡告诉我们，在这里干一个月，能拿到千把块钱。还听说有个叫步阳的集团，干一个月收入能有1200元，这个吸引力实在太大了。”2008年入职步阳，现担任两个厂区主管的丁华军如是说。

一传十，十传百，不少镇雄人就是这样了解信息，或经亲戚朋友介绍来到浙江打工的。永康和武义是镇雄务工者最为集中的地方，据说最多的时候，光是永康就有接近10万镇雄打工者。可能是因为永康以五金制造业为主，生产过程中要付出更多体力劳动，甘于吃苦的镇雄人十分适合。

然而由于文化程度相对较低，个别人法治观念淡薄，在部分镇雄打工者中存在着不服管理、拉帮结派、寻衅滋事甚至违法犯罪等现象。其时，有些镇雄打工者与企业主和企业管理者之间曾产生尖锐矛盾，在一定程度上亦易引发社会问题。有一段时间，永康的不少企业都不太敢招用镇雄打工者，影响不是很好。

作为一家大型制造业民企，步阳集团招用了大量来自镇雄的务工人员，部分员工身上当时也有着上述这些问题。有人多次向徐步云建议，从进一步加强企业管理的角度出发，能否不再招用镇雄打工者，并逐渐减少在岗人员？“但董事长非常坚决地否定了这个建议。他说，我还是那句话，不管你从哪里来，原先是哪里人，到了步阳，大家都是步阳人，用不着再分地域。部分人身上可能存在着这样那样的问题，但这不是拒绝招聘的理由。让他们与我们融合在一起，一起成为合格的步阳人，这才是我们应该做的。”程明松说，徐步云的这一态度，让听者不无感触。

“步阳组织我们学习规章制度、劳动技能和安全生产知识，还给我们进行普法教育，让我们明白遵守法律法规、遵章守纪的重要性，明白了自己也要主动承担起社会责任。镇雄那边专门管外出打工的劳动部门以及县工会等单位，以及镇雄永康商会，还经常来了解我们的工作情况，要我们珍惜眼前这份工作。我们县里来的人说，如果你们在步阳这么好的公司都干不好，以后就不用出来打工了。”丁华军说。不过，更让他感动的，是步阳集团对他们在生活上的细心照顾，徐步云经常来到员工中间嘘寒问暖，重点了解他们遇到的生活上的困难，在思想上正面引导。“董事长对我们这么好，步阳这么好，我们还会舍得离开这里吗？说实话，我们就觉得好好工作才是最要紧的。”

“董事长从来不会另眼相待，相反，步阳的很多管理岗位，现在有不少正是镇雄人在负责。”老家在镇雄县泼机镇的吴长勇，1999 年 2 月入职步阳，干过电焊工、普工和质检员，后来担任了工段长，通过内部招聘，担任了车间主管。

“我在步阳干到了第23个年头，脑子里装着的董事长对我们镇雄打工者的关心故事，实在太多了！但最打动人的，还是他对我们的莫大信任。他经常说，一碗水要端平，待人对事要公平。他说我不管你是哪里人，我只看你有多少能力、业绩怎么样。进入管理层后，我得到了多次提拔。被聘为车间主管时，竞争挺激烈的，但董事长最后还是选择了我。他对我说，是因为知道我的能力，相信我会干得很出色。他这样看重我、信任我，我还不好好地争口气？”

吴长勇告诉笔者，迄今还有2000多名镇雄籍打工者在步阳集团工作，其中有200名左右是他从老家带出来的。“知道步阳这家公司好，知道我在步阳干得不错，我的亲朋好友都来了！”他兴奋地说，如今的他已在永康成家立业，妻子也在步阳工作。4个孩子中，最大的儿子已

焊接机械手

入职步阳，成了“步二代”。家里不仅买了车，在老家盖起了新房，还在昆明市区和镇雄县城购置了商品房。当笔者问，你已经实现了富裕目标，那你是不是在步阳致富的镇雄第一人？吴长勇否认了，像他这样的在步阳只能算是中等偏上。干得出色的镇雄人，在步阳多得是。

“一家人，一家亲，我们都是步阳人！”此言绝非自我标榜，为自己脸上贴金，而是实实在在的事实。

李白有诗云：“土扶可成墙，积德为厚地。”正是因为徐步云和步阳集团关爱帮助广大员工，广大员工才会自觉地爱岗位、爱公司，也会以实际行动报答步阳，报答徐步云。步阳集团企管部经理陈炜军曾向笔者讲述一则生动故事，可作佐证。

2017年的一天，晚上9点半，还在步阳集团总部事业部担任经理的陈炜军接到了供电部门打来的电话，说次日上午8时起要停电3天，请步阳做好准备。陈炜军想起转印车间正好有一批产品急着生产，转印这道工序做完了还未罩漆，如果突然中止，那3天后得重新转印，还不能及时交货。这个损失是蛮大的。“我当时急了，马上向董事长作了汇报，并且建议，若要让这批产品如期完成，避免损失，唯一的办法是把已经下班的员工重新叫回车间，重开机器，加班生产。董事长想了想，同意了。”陈炜军回忆，获得徐步云同意后，他火速给员工打电话，请他们互相转告，马上返厂。

电话虽然打出，陈炜军心里却不免惴惴。因为当时那个班次的员工刚刚回家，有的可能还没有吃饭。加班是临时通知的，如果不想回来，理由也很充足。员工薪酬是计件制的，他也可以请事假，至多不拿这几块计件工资。时间在一分一秒过去，陈炜军的心一直在空中悬着。

“没想到，加班通知发出去半个小时之后，就有员工陆陆续续回来了！相关工段的106名员工，竟连一个请假的都没有，只有1名家住象珠镇的员工，打来电话问要不要回来。考虑到实在太远了，我主动让他不用来了，其余一个不缺！”事情已过去几年，但陈炜军仍不免激动。

在员工陆续回来之时，徐步云给陈炜军打来好几次电话，但不是问员工有没有回来、回来多少人，而是问陈炜军有没有安排好员工的夜宵，绝对不能让干活的员工饿着。陈炜军告诉徐步云，已经让车间主管去买方便面了。过了一会儿，徐步云再来电话时，又问方便面有没有买好？这么晚了，超市会不会关门？当陈炜军告诉他方便面、矿泉水等都已经准备妥当，他才放心。但他又提醒陈炜军，生产任务比较紧，务必注意安全生产。员工干累了，应该安排休息。如果干完了回家，路上一定要注意安全。

次日上午7时半左右，经过全车间员工全力以赴的劳动，终于抢在停电之前，完成了这一批产品的入库，加班任务顺利完成。

“董事长对员工们的关心，真是细致入微！正是董事长对员工们一如既往的关心让员工们感动，才让他们更加爱岗敬业，在关键时刻都愿意为企业付出。事后，我每次向别人说起这件事就忍不住要流下激动的眼泪。我是在为步阳人的奋斗精神感动，为董事长与员工之间这份深情而感动！”陈炜军说，“从此，每当我喊出‘一家人，一家亲，我们都是步阳人！’时，对这句口号便有了更深刻的理解，对员工们更觉亲近、贴心，对董事长也更加钦佩、敬重！”

第十章 Chapter 10

俱怀逸兴壮思飞，欲上青天揽明月

1. 一个有情怀、敢担当的人

低调随和、倡导俭朴生活、关爱他人……在恬淡从容个性的背后，也有着非凡的激情。他敢在寒冷刺骨的水库里冬泳，每天坚持健走1万步。他始终保持的义利兼顾、洁身自好的习惯和秉性，正是其社会责任心的良好体现。

掌控着一家拥有5000名员工，销售办事处分布全国，经销商遍及每座县城甚至乡镇，经济效益稳定，且连连突破发展瓶颈的大型民营企业的董事长，究竟是个什么样的人？有着怎样的个性和爱好？是否真的有着几分神秘感？这些问题，在采写此书之初曾反复缠绕着笔者。在与徐步云交流时，总想着要与他近距离接触，捕捉细节，反复揣摩，用心体会。这也迫使笔者不时询问那些骨干员工，倾听他们与徐步云之间的故事、他们对徐步云的客观评价，试图窥见一个完整、真实、生动的创业者。

本以为必须通过好一番努力才能充分认识徐步云的这份预期，自与徐步云接触起，就已改变了。傲慢、矜持、冷漠、难懂、神秘……这些词都无涉于他，他的主动、随和，他的热情、透明，使得包括笔者在内的所有人都可以毫无顾忌地接近他，也可以很快熟悉他，无须太多周折。的确，在很多时候，你根本感受不到眼前这位，是握有百亿资产的大老板，是全球产能和销售量最大的安全门生产企业老总，是上过2019年胡润百富榜的成功人士。

为了说明他的低调和随和，笔者在此叙述一个细节。据说类似事情在他身上早已司空见惯，笔者亦曾经把它说给步阳的其他成员听，他们一点也不惊讶，说比这个更生动的故事多了去了，每个人都遇见过很多次。但笔者依然吃惊，因为那很少见诸别的大老板身上。

趁他工作的空隙追着他采访之时，那天原本说好了在公司内部的会所边吃边聊，因厨师请假，徐步云便临时安排在外面找个小餐馆。当笔者在步阳集团总部办公楼前坐上了徐步云的座驾时，惊讶地发现他竟然坐在驾驶员的位置上。

“专职司机家里中午正好也有事，我就把车钥匙拿来了。这样也好，我们可以在永康城里慢慢地找一家安静的小餐馆，好好地聊。”他十分熟练地驾驶着车子，在凌乱停放着各类车辆的小街上左弯右拐，最终找到了一家不大的土菜馆。这也说明，他确实没让手下的人安排吃饭的地方，这家土菜馆是他临时找的。

“你放心，我可是有40年驾龄的老司机了。我学开车的时候，整个永康会开车的人可能还不到50个。”见笔者注意着他开车的动作，他笑起来，语调轻松地解释道，“我不是20岁出头就开始修汽车了吗？对汽车实在太熟悉了。专职司机有时开车时间长了，还都是我自己去的哩。我开车还有一个年轻司机不大有的优势，就是能及时感受出车辆的异常。万一出了故障，只要有一些工具，就能把车子修好。”

这样的事例徐献勇也给笔者讲过一则。某次步阳年度营销研讨会期间，一位销售办事处主任的车子突然坏了，打了几次火，车子却纹丝不动。恰巧从一旁走过的徐步云闻声停了下来，侧耳谛听，一下便找出了症结。他从车上的工具包里掏出螺丝刀等简易修理工具，钻进车里捣鼓了几下，便又让那位销售办事处主任打火。车子一下子就开动了，众人一片欢呼。徐步云微笑着搓搓手，此时略有些得意的神情，根本不像是这研讨会当中的NO.1（一号）。

小餐馆的店主认出了徐步云，赶紧跑过来问他有什么需要，还想让服务员赠送两盘冷菜，都被徐步云谢绝了。他用抹布擦净桌子，摆好碗碟，动作娴熟，并让服务员把包厢的门关上，免得外面的声音影响到我们。“开这么一个小餐馆，这店主也是很不容易的，尤其是在疫情期间。前段时间又说不能堂食，这生意就更难做了。他办这个小餐馆的压力，其实不比我这个做安全门的董事长小。顾客自己动手，能减少他的工作量，也是一种支持。”他的语调很诚恳。他为笔者点了几盘正宗的土菜，但自己连饮料都没要，只要了一杯茶水。

“你要我吃大餐，很奢华的那种，为了业务需要，我能接受。但平时，粗茶淡饭，我更能接受。工作忙了吃一盒方便面，也是稀松平常的事。吃的方面绝不讲究，穿衣服、住宾馆、坐车子，也都不讲究。一件两三百元的衬衫，在我看来已经可以了，因为时光倒退三四十年，穿这样的衣服是连想都不敢想的事。毕竟是从小吃苦长大的，小时候摆茶摊的日子还在眼前，你问我对什么事情最敏感，其中之一，就是对铺张浪费、对不应该的损失最敏感。”

不仅是反对铺张浪费，更是倡导节约，不需要花的、能节省的就坚决不浪费。有人认为，都是大老板了，成为真正富豪了，浑身上下穿的都应该是名牌吧，但正如他自己所说，能穿上一件两三百元的衬衫，就觉得可以了。平时的他，不要说名牌，衣着甚至普通老旧得出人意料。

采访中，笔者得悉这么一个细节：有一位下属好奇董事长的穿着，想知道他究竟用的是什么皮带。那天正好是与众多经销商在一起开会，那位下属直截了当地问徐步云，徐步云便大方地向众人展示了他的皮带，竟然是一条700元买来、已用了整整5年的皮带。

有人问徐步云，这皮带是不是今天临时用一下的？是不是马上就要换了？这皮都已经有点发毛了。徐步云说，这是我最好的一条皮带了，现在每天都用它。用起来很舒服，为什么要换掉？

700元一条的皮带，应该是中档的，但整整用了5年，而且还在用、还将用下去，这就有些出乎众人的意料了。徐步云究竟用的是什么样的皮带，这一谜底揭晓后，在场的经销商很是震动，他们对徐步云倡导节约、从不攀比的生活作风有了生动而深入的了解。

认准目标、不怕吃苦、善于创新、尊重人才、关爱他人、乐善好施……他的这些秉性，上文已有所述，但平时的他，还有着更为丰富、生动、真切的一面。反对浪费，身体力行地倡导节约，便是徐步云较为鲜明的个性表现之一。

蒲万毅曾告诉笔者一些徐步云亲自动手倡导节约的实例。有一次，徐步云在总部某生产部门巡查，在该部门上卫生间时，发现水龙头水量特别大，稍稍一拧，水就哗哗哗地冲出来，他马上对该部门的人说，这水龙头有必要开这么大吗？这么大的出水量，一年下来浪费究竟有多少？那肯定是个大数字！他非要亲手把水龙头阀门关小到一半不可。

另一个细节，发生在冬季的一个下雨天。徐步云发现总部某部门办公室外的大厅里有不少积水，就问为什么不在门口放一块垫子，方便把脚下的水分吸干后再进大厅来？大厅里有积水，就得人工拖干，这就是浪费了。另外，大厅的门应该装上门帘，这样能起到保温作用，否则里面的暖气全跑掉了。

“这样做，绝不是小气。有人说，董事长的产业搞得这么大了，还有必要这样节省吗？董事长应该管大事，连一只水龙头的用水量大小都要管，这不是捡了芝麻丢了西瓜吗？但董事长不这么看。他说，浪费是最大的犯罪，节约是一个人的基本素质，作为步阳人必须有这样的素质。企业越大，浪费也越容易产生。看上去只是一点小小的浪费，日积月累，这量往往很惊人。我为什么要当着员工的面关水龙头？为什么经常巡视车间找浪费的漏洞？就是为了给全体员工做示范。”蒲万毅说，徐步云并不是主次不分，相反，他有着极强的逻辑性。他只是把厉行节约当成大事在抓，通过自己去带动更多的人，把节约和节能降耗这件事情做下去。

前文述及的把小瓶玻璃胶改成大瓶筒装的玻璃胶，就是徐步云节约理念的实践例子。改用之后，每瓶玻璃胶虽然只能省下几块钱，但步阳安全门的产量那么大，每个月下来节省的必定是一个巨大的数字。

又比如以前，个别员工在生产时，发现门板裁坏了、花架变形了，或者打锁孔时出了问题，因为害怕被扣工资，干脆把做坏了的产品——有的已是半成品，悄悄扔到厂区某个角落一丢了之，有人甚至把裁坏了的钢板偷出去，当成废品卖掉。几千元一吨的钢板钢条，变成了废钢烂铁。在这惊人的浪费现象面前，竟有人还说，这么大的企业，丢几樘门有什么了不起？徐步云得知这一情况后，极为震怒，随即开展了专项检查监督，在集团内部开展“四大运动”时把杜绝浪费列入活动内容，做到每樘安全门，哪怕是半成品都有生产和去向记录，彻底堵住漏洞，按相关制度给部分犯错员工以严厉处罚。

节约必须从自身做起，徐步云坚守这一条。他去全国各地的销售办事处，或者出席营销研讨会、步阳商学院总裁班，以及去房产开发项目所在区域办事，接待方想表达一下地主之谊，多半都会被他谢绝。一碗面条就足够，一顿简单的工作餐就吃得很香，若是超出他心里的接待标准，反而会让他不高兴。他还喜欢与大家围成一大桌吃饭，既能互相交流，显得亲近，又能把开支压缩到最低，这样的做法才让他高兴……

类似的故事不胜枚举。从不大手大脚，注重节约，控制成本，徐步云的这一习惯影响了身边的很多人，也促使整个公司养成节约光荣、浪费可耻的良好氛围。“如果真认为我小气，那也没关系。小气能堵塞漏洞，能实现增产节约，那何乐而不为呢？”徐步云笑着说。

“其实，在日常生活中倡导节约，在生产过程中实现节能降耗，说来说去还是一个主动承担社会责任的问题。一个企业，当它的产品、它的生产，能在一定程度上、一定范围内影响社会的时候，你就不能单是为了追求经济效益，更多的是要考虑社会效益、考虑利弊得失。”

徐步云诚恳地说，“在谋划步阳发展、推出具体举措时，我们越来越多地考虑社会担当，而不单纯追逐利润。最近10年里，更是如此。”

徐步云的这番话，无疑使笔者对步阳30年的发展轨迹，对他个人秉性与企业发展之间关系的体悟，更进了一层。

位于步阳总部办公楼三楼最东边的办公室，门总是开着的。判断徐步云在不在办公室，不是看门有没有关，而是看灯有没有开。开灯的话，那他肯定在。“从我办企业到现在，办公室就是敞开着的。这也是我的作风。”徐步云说，门是敞开着的，进入他的办公室也无需敲门，更无需办公室人员事先通报。谁都可以进来，谁都可以汇报，他绝对不会因你只是个普通员工而置之不理。

这便是徐步云平等待人的一种方式，也是他愿意与他人沟通的意

总裁班营销队伍表态宣誓

愿流露。他认为，总部的人也好，各销售办事处的人也罢，重要的业务骨干或者每天流汗赚工资的普通员工，大家都在为同一个目标并肩奋战，需要的是互相鼓劲，互相抚慰，互相沟通，怎么可以拒人于千里之外？哪怕是官员，也不应该高高在上，应该与普通民众打成一片。“所以，你说我敞着办公室是一种习惯，平等待人、为人透明，但从根本上说，这是我对自己的严格要求，我不想与员工有任何隔阂。”

就在本书写到这里的时候，笔者旁听了在杭州举办的步阳商学院年度总裁班，其中有一个细节难以忘怀。

考虑到有几场活动要在会场上进行，组织者特地在会场正中留出一块空地，由250名各地经销商等组成6个方队，大家围着空地而坐。徐步云到达会场时，活动已经开始。等活动结束，他便找来活动的组织者，直截了当地指出这样的场地布置“不够亲近”“有失平等”。

“中间这块空地确实应该留，毕竟还有活动安排，但空得实在太大了，各个方队之间的距离拉得太开，造成亲近感不足！以后这类活动的场地必须更紧凑些，中间不能空太多，要在空间上给人一种大家的心连得很紧的感觉！”徐步云大声交代着。

“中间的空地太大了，各个经销商方队不得不都往墙壁一边靠，这样一来，只有第一排、第二排比较突出，后面几排简直排到了墙根下！在这大会议室里吃饭，我怎么给坐在后面几排的经销商敬酒？怎么能照顾到他们？他们千里迢迢来到这里，但在这场最主要的活动上坐在这么后面，这怎么行？”徐步云的脸上流露出深深的歉意，“如果中间不留出过大的空地，每一排就可以安排50位经销商，两排能安排100位，只需4排左右就可以安排好参会人员，每排之间还可以留出一条过道，方便我走进去向每一个人敬酒，与他们交流，一个也不缺地照顾到！”

他一边说着，一边还模拟着会场安排，让在场的组织者明白他的意图。他的意思其实很明确，就是尽量做到参会的全体经销商按同一个标准享有同一个待遇，不让任何人委屈。组织者听后连连点头。徐步云的细心和温情，让大家感动。

1998年农历十二月廿八，企业早已放假。放假前，徐步云会为每一位管理人员和业务人员送行、发放红包，这也是他多年来坚持的事。但这一天，还剩下一个营销业务员出差未归。为了把红包发到他手里，徐步云独自留守办公室。陈江月来叫他吃中饭，他不肯，说：“我不能走，要等到业务员回来。”一边他还让夫人帮着打开空调。

打开空调后的陈江月，回头注视他，感觉有些异样。“平时不怕冷的他，今天怎么这样怕冷？”于是她伸出手在他的额头上一探，发现是滚烫滚烫的！她连忙拉着徐步云去医院，一量体温，39.2摄氏度！然而，即便徐步云已在医院里，仍念念不忘那个迟迟未归的业务员。

平等待人、关心员工、乐于与员工沟通交流，还表现在他关心员工日常起居等方面。他认为愿意在步阳安心工作的人，都值得珍惜。因此，他在向社会提供各类公益慈善捐助的同时，经常把关切的眼光投注到公司的众多员工身上，力所能及地关心他们、帮助他们。

“微信、支付宝还没有广泛使用的时候，董事长的钱包经常是空的，因为他一碰到生活困难的员工，就会把钱包里所有的钱都掏给对方。钱包里究竟有多少钱，他也不知道，有时别人刚给他一笔钱，没多久就被他接济给了员工。”陈江月说，“他告诉我，几百上千元对我们来说不算什么，但对于有困难的员工，却是一场及时雨。多为员工做一些雪中送炭的事，让他们少些艰难和烦恼，会让他们更安心地在步阳工作。”

对员工始终如一的悉心关爱甚至影响到了女儿，徐璟珺从小也养成了关心员工、关心他人的习惯。陈江月告诉笔者，在徐璟珺10岁左右时，父亲带她来公司，她就十分关注员工们日常生活条件，轻声问父母，冬天公司里的水龙头是不是只有冷水？员工带的午饭，到了中午会不会变冷？车间里冬天很冷，夏天很热，有没有办法改善？员工冬天睡觉时盖的棉被够不够厚？……

“小小的我像大人似的关心这些，就是父母引导的结果。他们经常在家里说员工的辛苦，讨论该怎样改善员工的劳动生活状况，我其实都听见了，也因此学着去关心员工。不过，父母当着我的面讨论这些事，是为了教导我不要娇生惯养，培养我的爱心。”徐璟珺回忆，“其实那时，父母已在想方设法改善员工们的劳动生活条件了。在我的印象中，在为步阳人花钱的事情上，家里人的意见总是高度一致。”

徐璟珺12岁那年，一个偶然的机会，她从报纸上读到国内某大公司每年都坚持给每个员工送一个生日蛋糕，她马上拿着报纸去问父亲，我们公司也可以这样送吗？徐步云当场答应，当然可以啊。结果，员工每年生日时送上一份祝福，这个惯例步阳一直延续到现在。每个员工生日这一天，步阳工会都会送上一个生日蛋糕、一箱牛奶。另外，为了表达对员工的关爱，步阳还在每年端午节时组织包粽子，中秋节时组织包饺子，母亲节时给女员工送上鲜花。类似的活动不胜枚举。

没错，徐步云关心、关爱每一个步阳人的做法，最初出于他的善意，他的素养，后来成为一种企业文化，延续下来，被发扬光大。平等待人，互相关心，互相鼓劲，还成了将步阳人拧成一股绳的坚韧纽带。

生活中的徐步云，因为保持了良好的体形，加上俊朗帅气的外表、得体的动作举止，甚至有很多人认为他很像濮存昕。在永康众多企业家中，他是健康指数名列前茅、身材保持得最好的人之一。一方面是因为他早年曾从事体力劳动，造就了一副健壮的身体，另一方面则是因为在进入中年之后，他长期坚持体育锻炼，堪称体育健将。

“最爱的是冬泳，我还担任着永康市冬泳协会会长，其次是健走、打高尔夫球，以前也打羽毛球、网球，但后来选择了健走和冬泳作为主要的锻炼方式。每天早晚加起来健步行走1万步以上，到了冬天就每天游泳，已经雷打不动了。”徐步云说，“‘精力旺盛，工作有序’，这8个字能概括我坚持体育锻炼的主要收获。一个有着事业追求的企业家，没有良好的体魄，绝对不行。”

说起冬泳，徐步云来了兴致。“真的，到了水里，尤其是冬天在水里游，那感觉实在是太美妙了！游泳本身就是一种全身运动，冬泳又具有挑战性，你敢于迎接这个挑战，就会产生激情！当你挑战成功，你成了大自然的主人，身心与大自然融为一体。到了冬天，哪怕飘雪花、刮冷风，我照样享受冬泳。”

徐步云告诉笔者，冬泳的好处除了毅力和激情，增强体质、提高免疫力，还有助于保护心脑血管、颈椎腰椎，增加肺活量。他的一个切身体会是，当觉得工作疲倦，精神萎靡，有压力时，只要在水库里享受半个小时的冬泳，这一切都会烟消云散。“有人认为冬泳会损伤身体，在我看来恰恰相反，在所有的锻炼方式中，冬泳对身体的损伤是最小的，益处是最多的，而且还节约时间。你想，我从步阳总部出发，游半个小时，路上来回40分钟，加起来也只要1个多小时，不占用太多时间，却获得了全身心的放松。

在永康冬泳，还有着不可多得的有利条件。永康本地的诸多水库就是天然的游泳池，水温最冷也有4摄氏度。通常情况下，徐步云会去永康城南的南山水库等处冬泳，且已组成了一支以他为首的冬泳队伍。“拗不过大家，那些朋友很信任我，知道我对冬泳的热爱，一致推举我为永康市冬泳协会会长。这也让我对这项体育锻炼更投入了！”徐步云说，担任协会会长之后，他组织过多次活动，还为冬泳协会赞助了不少运动设备和活动资金。

除了冬泳，健走也是徐步云常年坚持的锻炼方式。“他的健走速度，我敢说步阳的大多数员工，哪怕是年轻人，都跟不上他。无论多晚，他都会去健走，在外面出差也一样，下雨都挡不住他。”蒲万毅不无钦佩地说，“董事长健走，不仅是体魄上的锻炼，也是对意志的锤炼。经营一家这么大的企业是很不容易的，就我所知，没有强健的身体、没有强韧的意志，真挺不过一次又一次的考验。”

徐步云热衷于冬泳和健走等体育锻炼，是一种健康的生活方式，也是他热爱生活、无畏艰险、迎接挑战的个性展现，也是让人生多姿多彩的极好做法。值得补充的是，在他投入体育锻炼的同时，他亦关心他人，自觉承担社会责任。

比如，他经常在永康南山水库游泳，夏天时也会去看看，或游上一回。不识水性、因游泳而丧命的例子，在永康及周边时有发生。他找到该水库的管理部门，以冬泳协会的名义，由步阳集团先期捐出20万元，用于雇用和组织专门的野泳劝阻队伍，每年夏天野泳高发期，负责在水库堤坝旁劝导、阻止野泳者下水，或让下水者赶紧上岸。“野泳者与我们这些有组织的游泳爱好者不一样，不仅是技术上有差别、对游泳场地的熟悉程度有差别，更主要的是在处理突发情况时有差别，有不少人连突然腿抽筋都处理不了。”徐步云诚恳地说。

捐了款，组织了专门的野泳劝阻队伍，夏季时在水库堤岸上劝导、阻止。南山水库的野泳现象也渐渐消失，徐步云在其中所起的作用众人皆知。

徐步云还有刚直、正义，以及硬朗、执拗的一面。认准的事，义无反顾地去做；不愿做的事，一旦主意已定，怎么也改变不了。

前面写到当时因办理上海嘉定御江金都房地产项目相关手续卡了壳，有人提议由徐步云出面协调，却被他断然拒绝。此事即为一例。徐步云认为，各人有各自的职责，要争取相关领导的关注和支持，得通过正常渠道反映，不能用私人关系。否则，就是对别的房地产企业不公平。

“步阳在发展过程中，得到了政府部门的大力支持。这一点，董事长铭记在心，不会忘记。董事长十分重视官商关系的处理，多次强调经营企业必须依法依规，绝对不能走歪门邪道。即便因为坚守原则，可能会让企业受到一些眼前的损失，丢掉某些机会，但依然不能丧失底线，做不应该做的事。”蒲万毅告诉笔者，在处理与政府工作人员之间的具体事情时，徐步云一向认真谨慎，任何时候都不会违反原则。

有一次，某领导想把一名亲戚安排在步阳工作，通过别人向徐步云提出了这个要求。本以为他会一口答应，这么大的企业，不过是安排一份工作，谁知徐步云竟非常干脆地拒绝了。他让别人带话给那位领导，拒绝的理由只有一个，那就是“步阳是企业，这里不养人”。如果你有真才实学，企业也需要你，可以通过正常招聘渠道成为步阳人，但步阳绝对不会因为你有什么“背景”“靠山”而打破规矩，专门开绿灯，更不可能给予特殊照顾。

可想而知，在数十年的企业经营过程中，这样的例子当然不止一个，但他一次次妥善地处理了这类事情。时间久了，与他打交道的人都知道他的脾气，也都自觉与他结成了君子之交淡如水的关系。

徐步云曾坦率地告诉笔者，自从经商办企业以来，他从没有为了企业发展或者为了某件具体的事情，以请客送礼的方式来求得相关领导支持。反过来，有关部门及领导同志也没有因为他坚守原则，而给他穿小鞋。他特别感谢永康各个部门为步阳提供的良好的发展环境。这个良好的发展环境，包括了政府部门清正廉洁、勤政为民的工作作风和优质高效的办事风格。没有各地、各级政府部门的支持关心，步阳不可能发展得这么快、这么好。

“正是因为有这么好的发展环境，我觉得更加应该珍惜清清白白的政商关系。对于企业来说，要进一步规范和约束企业的生产经营行为，强化守纪守法意识，真正依法经营。多年来，在步阳内部，尤其是对采购、销售部门，对各地的销售办事处，我经常以廉洁自律、不走歪门邪道等铁的纪律来约束他们的言行。我们宁可少赚钱，宁可多一点生产成本，也不能做违法乱纪的事，不能走歪门邪道。”徐步云说，“政商关系做到清清白白、坦坦荡荡，无论对企业，还是对政府部门的干部来说，都是最好的。而对我个人来说，保持自重自省、义利兼顾、洁身自好，也是社会责任心的良好体现。”

2. 不惮于挫折，怀必胜信心，披坚执锐破关隘

步阳发展30年来，企业掌门人徐步云不知已遇到多少次挫折，身上的压力之大可想而知。面对种种意想不到的难题，他努力克制负面情绪，从不轻易言败，依靠广大员工克服重重困难，始终掌握企业发展主动权。

经营企业，怎么可能不遇上困难，不遭遇挫折？事实上，当麾下的企业越来越大，对企业发展的要求越来越高，企业家面临的难题将更为严峻，更加繁重。什么时候真的搬走了阻碍，突破了瓶颈，消除了隐患，那就赢了。

无须讳言，在步阳30年的发展历程中，作为掌门人的徐步云经历了无数次考验。如同孩子是在磕磕碰碰中学会走路、长大成人一样，他和步阳集团也是在历经一次次艰难困苦后才得以蜕变成长。

“董事长是吃得起苦的人，哪怕在创业路上遇到了挫折，或者眼前有很多不确定因素，他还是不会轻易放弃，仍然埋头苦干。”徐献勇回

忆创业之初，难免感慨万千，“当年开办双股金钗汽修厂的时候，条件很艰苦。孤零零的一间店面房，又闷又热，四处漏风，夏天时被蚊子吸走了多少血，已经说不清楚了。但我从来没有听到他叫苦。那时已出现了同行间的竞争，他对我说不用怕，只要我们修车技术好、服务态度好，谁也打不垮我们。”

随着汽修利润越来越薄，徐步云开始谋求新的发展。然而，寻找新的、具有较好发展前景的行业并非易事。浇铸炉头是在城中铸造厂时期，徐步云也由此完成了最初的资金积累，却仍非长远之计。在经过产销较为旺盛的几年后，他依然需要寻求新的行业，要再物色比汽车修理、浇铸炉头更适合的行业。

“那时已经准备转产铜铸炉头，毕竟燃气灶具是刚需产品，铜铸炉头替代生铁炉头也是趋势。没想到，在基本完成产品研发后，由于广东那边的燃气灶具配件渐渐做到了自给，加上运输等环节烦琐，即便是优质的铜铸炉头也没多少优势，利润有限。没办法，只得眼见着数万元研发费用化作了流水，前期准备也白费了，但我没有一丝气馁，情绪也比较平和，果断放弃后，马上开始寻求新的产业。”徐步云回忆，当时心里想的是时间不等人，机会也不等人，企业有了一定的规模后，是容不得停顿的，否则员工怎么办？闲置设备怎么办？资金停止流动也是一种损失，唯有赶紧找到新的发展门路，才能减小损失。

从事旅游用望远镜制造3年左右，效益始终不够理想，特别是在最后一年，专门成立的镜王光学仪器始终处于奄奄一息的状态——这里的“奄奄一息”没有贬义，也没有夸张。“随时可以停产，但因为当时还没有找到新的生产项目，便让它继续运营。望远镜这个项目没有大亏，当然也没有大赚，但若加上投下去的精力，那还是有点亏的。”徐步云坦率地说，那时的永康，大小五金业发展得很全面，不少熟识的企业家已经做出了业绩，他却还忙着寻找项目，这不免有些让人坐不住。

寻找合适的项目，成了徐步云结束汽修行业之后一直忙乎的事。还没有一个项目可以全身心投入，没有一种产品可以让他发挥生产和经营优势，他有些着急。他对项目的要求比较高，产品既要有较广的覆盖面又要有相当的独创性，还要能最大程度地发挥自己的优势。事实上，直到后来安全门生产已成为主业，徐步云依旧在寻找和筹划新的生产项目，试图让企业适度多元化。

他不断地寻求和尝试，当然也有必要的投入，失败和挫折也一直

浙江师范大学美术学院师生走进企业画劳模

纠缠着他，让他一次次经历考验。

“滑板车生产也是永康重要的产业，我当时成立了飞神，如今已转由陈向阳等人独立经营。安全门生产正常化之后，为了与居民住房装修做进一步配套，步阳曾生产过厨房一体化产品，还让步阳专卖店兼售厨柜，但因尺寸多变，加之设计和价格问题，后来无奈放弃。2005年，我又筹划与韩国一家企业合作，成立中韩合资汽车零配件企业，主要生产刹车片里的橡胶贴，但因韩国方面合作条件过于苛刻，让人无法接受，先期的投入又泡了汤……”徐步云说，每次尝试都难免会付出代价，付出代价时他也心疼，但冷静下来思考后，他还是认为这笔学费交得值，应该交。

一次次地寻求、尝试，一次次交学费，在克服一个个挫折，经历一次次考验后，结局是美好的。如今的步阳集团，形成了以安全门生产为主业，房地产开发和轮毂制造为辅业的发展布局，形成了既多元化发展，又避免盲目扩张的良好格局。

当然，企业经营并非易事，特别是遇见种种复杂情形之时。不仅是寻求新的生产项目，在原材料采购、设备更新、资金周转、对外投资、生产质量、产品营销、技术人才聘用等方面，都会遇到意想不到的变故和竞争。有时，一个小小的变故、毫不起眼的失误，会带来多米诺骨牌式的连锁反应，甚至导致企业遭受灭顶之灾。这样的情况，在企业尚处发展初期，还未具备较强抵抗力的时候发生尤其可怕，企业经营者必须想方设法扭转局面。这便是一种巨大考验了。

徐璟珺曾向笔者回忆起她目睹的一件往事。在她读初中的时候，一天她因有事情找陈江月，回家后就直接推开了房门，惊讶地看见父母都在房间里。“是我不小心看见的。我看见妈妈正轻声细语地安慰爸爸，爸爸竟然坐在床沿哭，说这个困难可能很难扛过去了。爸爸看上去特别伤心。我站在门口被这一幕惊呆了，但知道自己帮不上忙，只得退出去，轻轻地关上了门。”

徐璟珺后来才从父母的口中知道了事情的大概。并不是步阳内部经营出了问题，而是其他原因让父亲蒙受了损失，徐步云的一笔金融投资被基金公司转走，金额近2亿元。

“那时候近2亿元是一个不小的数目，而且那时公司的实力与现在也没法比。不过，我后来知道爸爸不单是心疼这笔钱，更是担心如果有其他银行听到了风声，知道步阳遇上了资金上的麻烦，会影响我们的正常贷款。说到底，他还是担心公司的正常运转。”徐璟珺说，那次资金危机，在步阳的发展期还是比较严重的，她真切地感受到了父亲承受的巨大压力。

但是，在陈江月的安慰下，经过冷静思考，调整好负面情绪，至少在众人面前，徐步云很快恢复了常态。他必须使出浑身解数来度过这个艰难的时期。在众人面前，他依然保持着从容、淡定，甚至脸上仍然挂着一丝微笑，企业运转一切照常，员工的工资按时发放，似乎什么事情都没有发生过。而在众人看不见的地方，他正在千方百计地筹集资金，想方设法地填补漏洞，克服困难，力求挽回已有的损失。

“他说钱是可以再赚回来的，只要步阳在，只要公司业务好，大家都在正常工作，这些困难都能过去。他在巨大的压力下依然保持着乐观精神，有难题慢慢解决，有情绪自己消化，这让我很敬佩，特别是在我长大之后，更加觉得爸爸实在了不起。”让徐璟珺颇为感慨的是，即便遭受资金危机，父亲首先想到的依然是员工，是各地的经销商，是与步阳并肩奋斗的朋友们，“他说这笔学费应该是由老板交的，无论在哪种情况下，都不能影响员工、经销商和朋友们的利益，天大的困难也应该自己扛。说真的，他这种不怕挫折、敢于担当的毅力和干劲，极大地影响了我。”

2008年10月，徐步云与恒大集团签下了10万樘装甲门的订单。从此，步阳集团成为恒大集团的核心合作伙伴。几乎同时，徐步云还与碧桂园、万科、绿地等大型地产企业建立了长期战略合作伙伴关系。与房地产大企业合作，显然为步阳集团的长期发展、做优做强奠定了基础。此后，步阳的工程门销量明显增长，品位也大大提高。

然而没想到的是，在与恒大集团的进一步合作中，徐步云遭遇了经商办企业以来最大的一次挫折：一笔用于购买理财产品、数额达7亿元的资金在投入恒大集团后，因发生了众所周知的“爆雷”事件，虽经几番努力，这笔巨额资金一时仍无法收回！

“起初两家的合作还是很愉快的。恒大毕竟是国内最大的房地产企业之一，那几年的社会评价也比较好。许家印一度成为中国首富，在房地产开发这一块做得风生水起，在房地产界声名赫赫。恒大集团曾在贵州贫困山区捐助，一下子拿出了50亿元，实力似乎用不着怀疑。如果我们只是与恒大集团有供求关系，他们‘爆雷’后，我们至多也是几笔产品应收款收不回来，损失的不至于有7个亿（元）之多。”说到这里，徐步云不免有些怅然。

“任何投资都是有风险的。事后，我仔细分析，原因还是我本人缺乏警惕性，缺乏这方面的经验，没有透过对方光鲜的外表，窥见其内部的危机。另外，在发觉对方的一些负面信息后，也没有及时采取果断的措施，包括法律手段，把这笔款追回。遭遇这一挫折的根本原因，就是我的盲目信任。所谓企业越大，风险越大，其中一个意思，是有些规模很大的企业背地里是靠借钱度日子的，恒大集团就是一个典型。靠借钱，靠股民的钱，靠供应商，甚至靠大量举债来支撑，注定会引来大的危机。”徐步云不无内疚地说，与大企业合作，必须去除盲目信任的因素，这一点此前的自己没有做到。

目前，步阳集团正通过法律手段追回这笔投资款，但部分损失已难以避免。徐步云反复向笔者表示，如今的步阳已不是发展初期的步阳了，哪怕遭受较大的损失，凭着眼下的实力，公司的正常经营不会受到任何影响。同时，材料供应商、经销商、广大用户及员工们的利益也不会受损。不把公司的损失转嫁给他人，这也是步阳一贯的做法。

“这一次，仍然是交了一笔学费，只不过学费的金额有点大，教训比较深刻。尽管款项还在追讨中，但我的心态早已恢复。坏事也可以成为好事。今后，我们对合作方实力的研判，将更加全面、客观、及时，对大笔投资将更加谨慎、科学。还会制订相关的危机处理预案，一旦发生或将要发生危机，能以最快速度处置，规避风险，减少损失。‘吃一堑，长一智’，古人的话还是很有道理的。”徐步云微笑着，沉稳而从容。

步阳集团的发展，进入2012年之后，企业规模扩大了，抵御危机的能力也增强了很多。但“船大难调头”，加上各种社会发展因素的影响，经营压力有增无减，徐步云运用智慧和经验，谨慎把控，但也免不了遭遇挫折，经受考验。比如原材料涨价的难题，新冠疫情冲击的难题，房产政策调控带来的难题，对外贸易遇到瓶颈等，几乎没有消停过，同行之间的竞争也迫使他不时调整经营谋略，力争避开礁石，减少损失。

安全门生产，钢板、钢条等原材料采购是大头，但近五六年以来，原材料连续涨价，即便步阳从宝钢、涟钢等大型钢铁企业直接批发购买，但因涨价幅度实在太大，产品利润基本被“吃没了”。由于各地经销商早已与房地产等企业签约，若想因成本提高变动供货价格，那是违约行为；若与用户商量，对方预算已定，难以同意调价，只有靠生产企业内部消化。“成本内部消化不是一件容易的事，况且涨价的不只是原材料，用人成本、运输成本等也在不断上涨。”徐步云说，原材料涨价给企业增加了巨大的压力，涨价最厉害的2019年，步阳的利润几乎出现了断崖式下滑，形势十分吃紧。

与用户签下的原价格不能变，经销商的利益不能影响，产品的规格和质量不能变，怎么办？只能是继续挖潜增效，能节省的统统节省，杜绝哪怕一丁点儿浪费；调整产品设计，堵住生产过程中可能存在的漏洞……“门板裁切做到精确计算，使订购的钢板不产生裁切浪费；在不影响品质的前提下，下档包在里面的那一块门槛材料减半；最大限度地减少废料；增加非标门的生产数量；从运输、营销等方面节约开支；等等。可以说，什么方法都用上了。”徐步云说，从根本上说，减少浪费、降低成本就是争取利润，在原材料涨价的情况下，唯有内部充分挖潜，才是走出困境的手段。

事实上，在这几年中，为了抵御原材料价格上涨等因素的冲击，徐步云殚精竭虑，在产品更新换代、营销方式进一步多元、强化管理等方面用足了心思，尽最大可能摆脱因成本上涨、利润变薄而带来的发展困扰。

“要维持企业的运行，养活那么多员工，还要谋求发展，总不能依靠贷款来解决问题吧。让我感到欣慰的是，如今的步阳虽然也有部分银行贷款，但占比非常小。步阳的运行和发展主要靠的还是自有资金，我们没有还贷款的压力，这也是步阳目前的一大优势!”徐步云向笔者强调，这是步阳全体员工共同努力，破解种种难题，保持企业稳健发展的结果。

一方面推出SMIED系列高端定制门，另一方面推出工程管井门，这是徐步云近年来在产品更新换代上的大手笔。SMIED系列高端定制门的推出大大提高了步阳安全门的档次，符合当下用户的新需求、高要求，更是提高了步阳产品的附加值。在各安全门生产企业中，重点推出工程管井门，此举有效扩大了步阳安全门的生产种类，填补了空白。

工程管井门一般安装在各类楼宇中的管道井井口，便于检修。居民小区中的高层建筑也有这类管道井。但以前，工程管井门大多为简易木门或钢质门，有些地方甚至未安装管井门，或在破损后不再补装。这与业主节省成本和管理有疏漏有关，也与先前的管井门质量较差有关。

步阳推出的工程管井门其实是精品门，门框采用石墨防火膨胀密封条，受热膨胀系数高，能有效防火防烟，适合用于有防火及隔音需求的设备间、机房、管井间。为使工程管井门经久耐用、美观，除了采用优质防火胶条，还采用了高强度铰链和高档把手，使之闭启顺畅、握感舒适。为了适用于各类楼宇中的各类设备间、机房、管井间，从推出之初开始，步阳就采用了定制化设计，用户可以根据建筑物实际使用及防火需求，对门控五金提出要求。

“一开始还不是一个各方都看好的生产品种，毕竟用途相对狭窄，产品附加值也不高，但它的生产工序不少，成本也不低。董事长力排众议，坚持要上这个品种，并要求把它做细、做精、做大。没想到一段时间下来，这块业务很快上去了，用户的需求量真还不小。”胡金奎感叹，“如今，工程管井门已成为步阳的主要产品之一，品牌效应也逐步体现出来。”

工程管井门丰富了步阳的产品种类，但对徐步云来说，更重要的是使步阳获得了新的经济增长点，为步阳化解因经济形势复杂、生产成本增加、同行竞争激烈等因素带来的发展难题积蓄了力量，也为他一次次战胜严峻考验提供了信心和路径。

从2020年初开始，徐步云面临的新考验，是如何摆脱新冠疫情给企业正常生产经营带来的巨大冲击。

新冠疫情在全球范围内蔓延开来后，步阳受到的冲击远超过预期，首当其冲的是销售渠道和运输环节。“武汉等大城市都静态管理了，很多房地产楼盘也停工了，经销商的店铺都没法正常开张，产品营销遇到了前所未有的困难。尤其是2020年，营销业务呈指数直线下降，不少经销商一时间真有点束手无策！”徐步云向笔者描述，其时听着全国各地经销商传来的消息，得悉不少协议因疫情这不可抗力的出现而无法履行，巨大的焦虑让他夜不能寐。

的确，面对这样的情况，徐步云怎么可能睡得着啊！满车的货，有的没法上高速公路，有的连车带人隔离。好不容易把整车货拉到了目的地，却无人接货，只能重新拉回，或者滞留在那里。仓库里堆满了送不出去的产品。安全门行业就是这样，产品没有被接收，货款就到不了，利润就等于零，而且还要承担仓储和运输成本。步阳采取的是直营制，若用户没接收产品，就会让步阳来解决问题。步阳那么多员工，那么多经销商，每天可都是要吃饭的啊！

面对这种情况，企业只有自救。徐步云亲自出面协调，调集各销售办事处和总部各部门的人力物力，逐个帮助经销商与用户联系，利用疫情管控的间隙，把产品送出去，履行协议。经销商的一部分损

步阳集团支持永康防疫

失，则由步阳承担。所有这些安排的前提，依然是确保每个用户的利益，步阳愿意为此作出牺牲。

经销商的积极性重新被调动起来，在各销售办事处协调下，尽最大可能恢复业务。老用户感受到了步阳的诚意，复工复产后加强了与步阳的合作。步阳的良好形象进一步树立，又带来了一批新用户……

“新冠疫情暴发近3年来，步阳在生产、营销方面受到的冲击是很大的，这与安全门制造业的特点有关。可以说，直到现在，我们依然在承受因疫情带来的各方面损失。作为企业掌门人的我，压力之大可想而知。但对员工，对社会各界，我依然是那句话，钱是可以再赚的，只要步阳在，只要公司业务好，大家也都是在正常工作的，这些困难都能过去。”徐步云说，“我说到做到。这3年步阳为疫情防控和复工复产做的投入，早已是一个大数字。经历了这场考验，我的目标依然没有改变，信心越来越足，员工的工作热情依旧高涨，企业发展的速度也处在较为理想的状态。我觉得，步阳已基本战胜了新冠疫情的考验，这场企业发展的保卫战，还是我们赢了！”

2020年2月3日，通过永康市红十字会，步阳集团向永康市经济和信息化局定向捐款100万元，用于疫情防控急需防护物资购置。而在此前的1月31日，步阳就捐出了疫情防控专项捐助200万元。当然，这只是步阳为抗击新冠疫情热心捐助的一部分。发动员工捐款、捐助防控物资、定向捐款、党员捐助……近3年来，步阳为抗击新冠疫情而发起的捐助活动始终没有停止。徐步云说，企业必须承担社会责任，这是步阳应该做的……

3. 以书画收藏感受清刚雅正之气

对子女等后代的疼爱，是让他们了解和发扬中国传统文化。爱上书画收藏10多年来，徐步云完成了从目观到心悟再到神会的阶段，获得了心灵层面的愉悦，进入了一个新的境界。

在与徐步云零距离接触的那段时间，一天，时间有些晚了，本以为他会在永康市区或者公司里宿夜。他却说要赶回金华的家里去，晚上还要陪外孙睡觉，给他讲故事。只要他没在外地，每天晚上都这样。

他的忙碌众所周知，一天到晚像只陀螺似的转个不停。他细致严谨、亲力亲为的行事风格，更增添了他的忙碌。晚上应该是他好好休息的时候，调适身体，补充体力，没想到竟然还有新的“任务”：那就是与白天的工作不同性质的事——陪孩子睡觉，给孩子讲故事。

“享受天伦之乐，才是我最好的解乏手段，看到孩子的笑脸，所有疲倦都会烟消云散。我喜欢这样，而且也习惯了。”他快乐地说。尔后，他乘上车匆匆而去，一闪一闪的尾灯很快融入夜色之中。

笔者见过不少企业家，每个企业家都有自己的个性，都有自己的解乏方式，比如睡觉、喝茶、钓鱼、唱歌等，但从未听说陪外孙睡觉解乏的。事实上，徐步云如此作为，是以“隔代亲”的方式表达对孩子的关爱，对未来的期待。

“无情未必真豪杰，怜子如何不丈夫？知否兴风狂啸者，回眸时看小於菟。”这是鲁迅的《答客诮》。诗的大意是对子女没有感情的人不是真的豪杰，懂得疼爱孩子的人为什么就不是大丈夫了呢？你看山中兴风狂啸的老虎，回头照看小老虎的时候，也是满眼的温柔与怜爱。鲁迅在当年复杂的社会形势下，面对冷枪暗炮，可以“横眉冷对”，但对待自己的孩子，却是满心温柔。所谓心有猛虎，细嗅蔷薇，当代企业家的舐犊情深与鲁迅的铁骨柔情无疑有着异曲同工之妙，他们对家庭的似水之柔情，对子女等后辈的如山之恩，是他们家庭美德的生动体现，让我们瞥见了他们真实的另一面，由此更加完整全面地认识了他们。

徐步云对家庭、对子女的关爱和培养由来已久，可以追溯到他创业之初。

通常，孩子对妈妈的印象比较深刻，因为生活中妈妈带孩子比较多，但在徐璟珺幼时的印象中，无论爸爸工作多忙，他都会抽出时间来陪伴家人。

“我觉得爸爸是世界上最好的爸爸，他是一个非常完美的人，我发自内心地说。”徐璟珺毫不掩饰对父亲的钦佩和赞美。

“爸爸的好，我真的一下子说不完。在企业初创阶段，那时的他应该比现在更忙，很多事情都需要亲力亲为。不像现在，企业大了，但所有工作都已形成了机制，不少事情有人可以代他做。那时，他得自己去送货、谈生意、陪客人，但不管多忙，他每天都有一个固定的时间陪家人。他怕太晚了我们都睡了，有时不能与我们一起吃晚饭，就把陪我们的时间安排在晚饭前或者晚饭后。每到星期天，他会带着妈妈、我、妹妹，有时还有外婆、外公，还有我的小姨，一起去一个地方玩。最喜欢他带我们去挖笋、摘柿子，一家人每次都玩得很开心。当家里有了依维柯牌汽车，一家人还去了江苏南京玩。”回忆中的徐璟珺不由得露出快乐的神情。

徐璟珺还记得，在她七八岁的时候，无论是舅舅陈向阳出差，还是爸爸出差，回来时都会给她带一个小礼物。有一次，爸爸答应她出差回来时会送一个洋娃娃。但等到他出差回家，竟然忘记买了，她就在那里哭，不肯吃饭。当时家里还没有汽车，也没有摩托，外面还下着雨，爸爸连饭都没有吃，就骑了半个多小时的自行车到百货公司把洋娃娃买回来送给她，让她乖乖吃饭。“看到我破涕为笑的神情，我爸爸也特别开心，所有的劳累、浑身湿透，全都忘了。这样的情景，印象实在太深刻了。”徐璟珺认为，父亲最好的一点，是知道怎么表达对孩子、对家人的爱，他会说出来并且做到。

但是，对孩子的关爱并非无原则溺爱，徐步云对两个女儿的日常教育始终是严格的。

徐璟珺回忆，她到12岁时才知道家里是挺有钱的，之前只知道家里的条件比较好，仅此而已。不过，到了她18岁那年，当时的步阳已是永康全市第一纳税大户了，她还不清楚家里是怎么个有钱法，究竟有多少财产。徐步云夫妇从来不在孩子面前谈论家里已经有多少财产，今年赚了多少，明年还将赚多少。他们不愿让孩子产生不思进取的念头，更不愿让她们染上富裕家庭子女常有的不良习惯。

孩子稍大一点，徐步云就与陈江月张罗着把孩子送到外地读书，培养她们独立生活的能力。他从不主张对孩子娇生惯养。

徐璟珺上小学五年级那年，绍兴外国语学校到永康来招生。这所学校其实是所国际学校，学生毕业后会有出国深造的机会。当时，陈江月跟着其他人去绍兴实地看了看，觉得学校又大又好，条件不错，学生也都独立生活，回家后便把这些情况告诉了徐步云。徐步云一听，当即决定把两个女儿都送往那里，进行封闭式的学习。

“怕我们不愿去那里读书，刚开始还故意不告诉我和妹妹，只说去绍兴那个学校看一看，谁知他们早已为我们报了名缴了学费，然后就把我们放在了那里。后来，还是我外公外婆急了，说两个孩子放在那里实在不放心。大约10天后，我正在吃午饭，意外发现餐厅柱子后面有两个人，是外公外婆，就扑过去抱住他们。因为我一直哭着要求回来，母亲最后同意把我接回了永康，而妹妹已经融入了那里，便从小学三年级一直读到初二。”徐璟珺说，虽然自己后来在永康读了初中，但读高中后，还是被父母送到了国外，在英国读完了高中和大学。她的妹妹也与她一起出国，在国外续上初中。

即便姐妹俩已在国外，徐步云仍不愿溺爱两个女儿。

“在英国读书的那段时间，父母没有给我们信用卡，不会中途打钱给我们。每个学期给我和妹妹1万英镑，听起来已是一个大数目，但因为日常生活的所有费用都必须从这里出，其实还是很紧张的。父母用这种方式，让我们懂得规划、精打细算、避免浪费。”徐璟珺回忆，因为明白父母的意图，所以她们便会按照父母的要求做。每学期的1万英镑，首先留出5000英镑存入银行，积攒起来准备回国时给亲友买礼物，再给妹妹2000英镑，给自己3000英镑。这虽然是零花钱，但因为要用整整一个学期，必须做到节省再节省。“回国的时候，必须给亲友带礼物。这既是父母的要求，也是家里的传统。这些亲友，包括父母、外公外婆，还有表弟、表妹……反正每个亲友都要有礼物。”

徐璟珺回忆，当时她和妹妹在英国读的是女校，学校管理比较严格，星期一到星期五是不准出校门的，星期六才能外出，星期天下午4点钟之前一定要回到学校。“学校离伦敦比较远，那儿没有高铁，坐绿皮火车的话需要3个小时，打车的话只需要1小时，但我们不舍得打车，先坐公交车到小镇上，然后再去火车站坐绿皮火车。到了伦敦也不会去逛街购物，只是在唐人街吃个饭，再买点零食，就返回学校了。”

徐璟珺告诉笔者，她在英国大学读的是金融和管理专业，会有计划地使用资金，绝不浪费。有了积累就去投资这种习惯，是在父母，尤其是父亲，潜移默化的影响中养成的。

“爸爸生活俭朴、节约的故事，我更能说出一大堆。爸爸出差住酒店往往选择快捷酒店，衣服有不少是在优衣库买的，往往是穿了又穿，那条皮带就是这样，都已经磨花了、破了还在用。他的袜子有洞了还在穿，还说反正没有人看到。有时候我看他穿的鞋子实在太旧了，索性就给他买。爸爸经常说，哪怕再有钱，也不能浪费。有了钱，最好的去处是存起来，再去做投资。这句话我记得很牢，也会自觉做到。”以节俭为荣，以浪费为耻，这些教育始终没有中断过。徐璟珺认为，把中国优良传统传承下去，学会怎样看待金钱，怎样创业，怎样面对挫折，才是父母留给她们最大的财富。

在陈江月的心目中，完美的徐步云也有着渐渐成熟，在工作和生活中逐步精进，变得游刃有余、从容淡泊的过程。

两人刚结婚的时候，徐步云还是县搬运公司汽车修理厂的工人，连第一桶金都还没有开始掘，彻底的不名一文。两个人恋爱时，在外就是点一碗馄饨，她先吃，他再吃，这样就已经很满足很快乐了。陈江月看中他，与金钱无关，况且陈江月本人对物质财富也很淡泊。她在乎的，还不是他的可靠、淳朴和肯干么？

哪怕后来徐步云经商办企业，赚了很多钱，陈江月依然保持着淡泊之心。做事业当然应该全力以赴，但她从不要求徐步云要赚多少，相反，她总是要他从容些，细致些，把物质财富看淡些。她也是一个勤俭朴素的人，平素从来不去美容院，甚至不化妆，也不会打牌。恬淡轻简的生活状态是她最乐意的。

两人结婚20周年的时候，步阳集团已经慢慢发展起来了，家里也有了一些钱，徐步云想买一辆车给陈江月作为生日贺礼，陈江月谢绝了，说这笔钱还是投到公司设备的采购上吧，何况她也不喜欢汽车。听了她的话，徐步云十分感动。

企业慢慢发展壮大了，诸多事务接踵而来，徐步云经常要针对各种复杂情况做出决策。每当这种时候，徐步云从不盲目行事，而是会倾听妻子的意见，毕竟这企业是两人共同打造起来的，她对企业经营情况也非常熟悉。“那时候妈妈每天早上5点钟就起来料理家务了，我和妹妹醒来就可以吃早饭。妈妈还有一个重要的工作，那就是当好爸爸的参谋。我们经常听见他们轻声嘀咕着商量，有时半夜醒来，他们还在嘀咕。虽然听不真切，但知道他们在商量公司里的事情。在很多方面爸爸是很听妈妈的建议的。”徐璟珺告诉笔者。

早在1990年，陈江月就从县印刷厂辞了职，成为徐步云最有力的帮手。其时，城中铸造厂都还没有成立。“她的考虑更全面，更理性，尤其在我准备做出某个决定、想做某件事情时，总会听一听她的意见。她有时是反对的，甚至是强烈反对，我一时可能没想通，但事后，我想明白了，她的意见总是正确。”徐步云用一句话概括道，“在很多时候，我们两个是一种互补关系。她能提供冷静成熟的想法和建议，而我的长处，是一旦有了明确的目标，就会脚踏实地去做，直到做成。”

徐步云的脾气温和是出了名的。在公司里，哪怕员工出了差错，错得厉害，他也不会冲着员工发火，不会拍桌子骂，他会给犯错的员工留面子，让员工觉得不好意思，再也不敢犯同类错误。你这回做坏了，下回做对了，他依然相信你，他会记住你的优点。“爸爸的这个脾气，我觉得也与妈妈有关。我妈妈在家里经常说要对员工好，员工在我们这里上班也是一种缘分。不能因为是老板就高高在上，一定要主动关心员工，做一个有人情味的老板。爸爸从不厌倦妈妈的这种提醒，他总是仔细听着。”徐璟珺说。

徐步云像是打造大家庭那样打造步阳集团，在他的心中，步阳、家，员工、亲人，事业、家事，早已浑然一体，密不可分。家庭的变化、步阳的发展、自己的成功、员工的收获，以及接班人的成长，在他看来，都是同一件事。所以，他与公司骨干商讨，与员工交谈，他奔波于各地的销售办事处，他做种种决策，他要求节约公司经营成本，为员工增加福利，举办一年一度的步阳文化节……做的都是公司的事，同时也是自己家里的事。他对家人的态度，其实也是对员工的态度，而员工也是像对待自己的家长、父母，或者大哥哥、大叔大伯那样对待徐步云，不把他当成董事长、看成头儿。

“我觉得，像打造家一样打造公司，也是一种中国传统文化。中国人有句话，叫作‘家和万事兴’，一个公司同样需要和谐、和睦的氛围。有了温馨的氛围，员工们对公司才有归属感，才能更好地投入工作。同样，员工与公司的命运必须连在一起，公司发展了，员工也都要跟着增加收入，增加福利，共享公司发展成果，增强他们的信心和获得感。只有这样，员工才会觉得自己也是公司的主人，不仅是在为老板干活，为公司干活，更是在为自己干活。再有，还要加强对员工的技能培训，毫无保留地把各方面的技能传授给员工，把每名员工都培养成业务骨干，不用担心员工掌握了技能就走。当他觉得这里是自己家的时候，还会轻易走吗?”陈江月说，两个人在这个问题上取得了一致意见。“以员工为发展主体”已经成为步阳的经营理念。

2011年5月的一天，徐步云在北京参加中国门业博览会，恰遇在北京国际饭店举行的嘉德春拍。有几位同乡好友从现场打电话给他，邀他前去感受一下。本来是以看热闹的心态去的，谁知在拍卖现场，徐步云被彻底吸引住了，既为拍卖会上热情四溢的氛围吸引，更为那些凝聚着中华传统文化精髓的书画藏品吸引。他以3000万元的价格拍下了一套中国近现代杰出的书画与学术大师谢稚柳的《仿宋山水花鸟册页》。此件作品创作于20世纪50年代，共计八开，五开山水，三开花鸟，谢稚柳自题画跋两开，并有陈佩秋“谢稚柳山水花鸟册八开”题签及每开对题画跋。作品载入了上海人民美术出版社的精装书《谢稚柳盛期风华》，为谢稚柳盛年精品之一。

从此，徐步云开始关注中国古代和近现代书画作品收藏。

“中国书画艺术博大精深，要弄懂吃透实在太难，我们了解的、能感受的只是其中一小部分。中国书画艺术融合了自古以来中国人对自然、社会及相关的政治、哲学、宗教、道德等方面的认识，内涵之丰富是我们难以想象的。当然，我们收藏和欣赏中国书画艺术精品，一是表达对中国传统文化艺术的尊重；二是希望从中得到熏陶，培养个人雅趣，提高艺术和文化素养；三是为提升整个企业文化品位；四是比较实际的想法，这也是一种作为保值增值的投资行为，把艺术精品留给子孙后代，肯定要优于留下一堆钱。”徐步云认为，自从投资书画藏品以来，公司的文化氛围更为浓郁，文化层次更为高雅，文化追求更加自觉，可以说是步阳文化建设的一个转折点。

收藏了谢稚柳的书画精品之后，徐步云一发不可收。此后的几年时间里，他转辗于各大拍卖场，购下并收藏了包括黄宾虹、齐白石、李可染、张大千、吴昌硕、傅山、傅抱石、石鲁、徐悲鸿、于右任、沙孟海等大家在内的一大批书画作品，以及明四家、清四王、扬州八怪、清末海派四大家等的精品，甚至还收藏了明仁宗朱高炽的手谕和清乾隆皇帝的御批，可以说都是价值连城的。因为喜欢谢稚柳的作品，在购入《仿宋山水花鸟册页》不久，他又购入了谢稚柳夫人、著名画家陈佩秋的作品。“陈佩秋先生的花鸟画、山水画，尤其是工笔画很见功夫，画风秀美，格调含蓄，很有个性。彩墨结合的中国画新风也很有特色，我很喜欢。”徐步云说。事实上，从刚开始单纯参与竞购，他也很快进入了鉴赏阶段，购画收藏更加自觉。

徐步云对中国书画艺术的兴趣越来越浓厚，开始研读大量与中国书画艺术和书画史相关的典籍和画册，鉴赏和研究古代书画作品成了他闲暇时的一大爱好。“10多年来，通过对中国书画艺术和书画史的收藏和研究，他对中国书画艺术的理解变得透彻，既悟到了先人对这些作品和书画史的评价，又有了自己的理解，这是很不容易的。”永康市人大常委会副主任、诗人、文化学者章锦水告诉笔者，徐步云对书画藏品的鉴赏，早从对字画作品的感性视野上升到了对字画作品价值的认同，完成了从目观到心悟再到神会的阶段，获得了心灵深层的持久愉悦，进入了一个新的境界。

步阳集团总部办公楼西侧原先那排低矮的厂房已被拆去，一座8层的漂亮新楼已经建成并装修完毕。这幢新楼的其中一层，便集中存放了徐步云这10多年来购买并收藏的大部分书画精品。笔者有幸入内观赏，藏品之丰富、高端超出笔者预想。徐步云展示并细致介绍了他最满意的几件藏品，让笔者受益良多。

徐步云重点向笔者介绍明代文学家、画家唐寅的《月泉图卷》手卷。此手卷材质为水墨纸本，尺寸为画心31厘米×113厘米，题跋31厘米×135厘米。明代书法名家、“吴中四才子”之一的祝允明在《怀星堂集》卷五中有载，见于2003年9月出版的《香港苏富比三十周年》一书第55页。题识为：吴郡唐寅为月泉作。钤印：吴趋、唐伯虎、唐子畏图书、六如居士。

值得一读的是祝允明的题跋，简直是作品的诗化描摹。全文为：

道人号月泉，邀作月泉篇。道院常有月，道院本无泉。石坛空歌罢，斜倚长松眠。竽籁尽沉寂，云烟纷绵联。上有黄玉顶，下有碧瑶渊。心赏极神畅，不测何名天。恍然欠伸双瞳开，手握碧萝，脚蹑紫苔。犹是朝元之宇，步虚之台。人间少玄境，况此百肆万火中，安有广寒与蓬莱。吾闻太湖之傍，洞天之幽，千山绕缭相罗周。其间飞珠喷玉，贯穿漱涤多异流。夜夜玉镜飞上千山头，来印万壑金波滉漾寒光浮。姮娥下浴魈魅避，眼波莹照大九州。授仙老以玉诀，与三光而俱留。道人已自梦中受得金锁流珠之洞文，吞黄月而饮上池，舞贝阙而遨蓬丘。世间月泉空悠悠，轩辕之孙尔同俦。胸有日月袖有海，能为道人作此讴。向来院宇多垢浊，勿将灵诠语蜉蝣。正德乙亥三月望，吴中祝允明赋。钤印：允明、吴郡祝生。

另有明代画家、“吴门四家”之一的文徵明跋：

山石荦确空山中，寒泉潺潺来不穷。千回百折荡明月，东岩西壑含清风。素光自足照野鹤，幽韵何必闻丝桐。但知岑寂是吾境，不问门外为吴淞。徵明题。钤印：文徵明印、衡山。鉴藏印：雪坪心赏、新安程雪坪氏鉴赏图书、云华仙馆审定。

“月泉是明代高僧，名为可浩，擅长作画，撰有《重修宝公塔记》。他生活在15世纪末至16世纪，明嘉靖年间（1522—1566）曾任右觉义（明清时期僧录司之官员，分掌天下释教之事），住持金陵（南京）灵谷寺，与吴门画家交往颇多，在当时的苏州文人及政要圈内极有影响力。”徐步云如数家珍地介绍，“此手卷是程雪坪的旧藏。程雪坪生活在19世纪末至20世纪初，精通书画鉴别，很可能是安徽榆村程氏家族的继承者。榆村程氏是徽州休宁有名的大收藏家族，收藏的宋元古画价值连城。”

徐步云向笔者介绍的另一件稀世藏宝，是明末清初画家八大山人的立轴名作《古木双禽》。八大山人即朱耷，字刃庵，号雪个、个山、人屋、道朗等，明太祖朱元璋第17子朱权的九世孙。明亡后出家为僧，后改信道教，是中国画一代宗师。他的这件作品尺寸为140.3厘米×60.8厘米。题识：八大山人写。铃印：八大山人、何园、真赏。

“齐白石曾经有一段评论：‘青藤、雪个、大涤子之画，能纵横涂抹，余心极服之，恨不生前三百年，或为诸君磨墨理纸。’又作有诗一首：‘青藤雪个远凡胎，老缶衰年别有才。我欲九原为走狗，三家门下转轮来。’这说明在齐白石心目中，八大山人画作的地位几乎已到了至高无上的程度。”徐步云简要介绍了这件作品的由来，“《古木双禽》曾经由美国著名古董商人庞耐（Alice Boney，1901—1988）女士收藏。庞耐女士1924年在美国开设了第一家经营中国艺术品的画廊，到20世纪80年代，她的画廊几乎成为在美中国收藏家重要聚会场所。20世纪90年代，流通于拍卖市场的中国古董有很多就出自庞耐之手。”

关于这件精品是否属于真迹，除了庞耐女士已作审定，原美国西东大学亚洲学系系主任王方宇（1913—1997）已作出了审定。20世纪50年代，王方宇从张大千手中得到一批八大山人作品，从此一发而不可收，积数十年之力，成为海内外研究八大山人的权威及最重要的收藏家之一。另外，旅居纽约的知名收藏家、画家，八大山人研究权威王季迁（1906—2003），也认定此为八大山人同类题材中的代表作，并编入他的研究图集之中。

徐步云一边展示着一件件珍品，一边不停地介绍着，爱不释手。笔者明白，在短时间里要欣赏完徐步云收藏的书画精品是不可能的，但从有幸观赏到的几件珍品来看，徐步云的藏品数量应该极为丰富。如同最核心的商品机密不可随意泄漏，当笔者问及他究竟投入多少资金收藏书画时，他未置一语，仅以那招牌式的微笑作答。

购买和收藏书画精品，既能培养收藏雅趣，亦能使整个公司的文化氛围变得浓厚，对企业经营、产品研发、产品营销等也有巨大作用。一切都在潜移默化地进行中。

“这一点倒也是确凿的。如果我没有那么多书画精品，对中国书画艺术和传统文化不了解、不热爱，那么，在安全门的开发上，精品门的种类也不会那么多了。像‘十八学士’系列和‘吉福门’系列等产品，文化气息就不会这么浓了。那樘由木雕工艺大师李忠良设计、用名贵木材制作而成的全榫卯结构精品门说不定也不会推出了。这樘门上面的‘东吴招亲’‘永保安康’木雕图案，灵感完全来自中国古代书画作品。还有，为敦煌莫高窟制作高科技安全门的事，很可能也就没有了。古人书画作品对我的素质、观念、能力等方面的熏陶，可以说是很深刻的。”徐步云深有感触地说。

尾声　百年步阳，越做越强，同创下一个辉煌

奋斗不散场，未来犹可期。走过30年历程的步阳即将进入新的发展时期，踌躇满志的徐步云带领全体步阳人越做越强，必将创造新的辉煌。冲破瓶颈，蓄力前行，迎来新的机遇。领先全球，领跑“中国制造”，永远是“百年步阳”的奋斗目标。

2022年3月8日，永康市工商业联合会（总商会）第十一次会员代表大会召开。大会进行了换届选举，徐步云被选举为市工商联（总商会）主席。当选后，徐步云满怀热情和信心地表示，新一届市工商联领导班子将扛起新使命，争当促进“两个健康”（即非公有制经济健康发展和非公有制经济人士健康成长），听党话、跟党走的政治坚定者；争当打造浙江制造标杆，聚智力、助发展的引领实干者；争当建设模范组织的担当作为者。将积极应对挑战、开拓新局、再启征程，为“十四五”顺利开局，为加快打造“世界五金之都、品质活力永康”而

不懈奋斗。

这些语句中渗透着徐步云的思考，表达着他的雄心。

按徐步云的打算，接下来的市工商联（总商会）有不少事情要做。“加快打造‘世界五金之都、品质活力永康’并不是一件容易的事，一方面要继续抓好企业的生产经营，树立标杆，更重要的是借助于市工商联（总商会）这个平台，充分发挥好市委、市政府各项惠企政策，在争当打造浙江制造标杆，聚智力、助发展的引领实干者方面多做文章，努力担当作为。”徐步云说，“要对标一流标准，拉高标杆，把商会建成广大民营企业家的总服务台，争创商会改革标准化建设的示范样本，进一步完善商会治理的运行模式，为推动地方经济建设贡献自己的力量，带领永康广大企业共创共富、同行致远，带领步阳继往开来，一步步让永康成为义利并举、务实创新的新标杆。”

当选为永康市工商联（总商会）主席，组织协调永康广大民企（非公企业）企业家承担社会责任，发挥产业优势，做创业创新的引领者和义利并举的践行者，只是徐步云积极参与社会事务的其中一项。2018年1月，徐步云当选为浙江省人大代表，他积极参政议政督政，为人民代言，切实履行神圣职责，体现社会担当。

2022年1月20日，在浙江省十三届人大六次会议上，徐步云提交了一份“关于浙江实行免费12年义务教育的建议”提案，提出应在浙江率先实行12年义务教育，为共富奠基。

“随着我国全面建成小康社会，九年制义务教育已不适应经济社会发展需要，实行12年（小学至高中段）义务教育，可以提高浙江下一代的全民文化素质，特别是更好地带动农村经济发展和新农村建设，为后续经济发展和共同富裕建设打下良好基础。良好的基础教育还能吸引更多人才到浙江就业、创业。”徐步云指出，“随着社会经济发展、财政收入提高，浙江推行12年义务教育已具备现实条件，可为全国作出探索、积累经验，建议率先将普通高中、职业高中教育纳入义务教育范围。”

担任了不少社会职务，承担了扩大就业、扶危助困、公益慈善等社会任务，眼下的徐步云自然更忙了，但他乐此不疲，还经常出钱出力出场地，举办或承办相关的社会活动。2022年3月31日，永康市工商联（总商会）第十一届一次常委会在步阳集团召开。市委书记章旭升，市委常委、统战部部长吴东明出席会议。在会上，徐步云代表永康市工商联，表示将全力以赴当好民营企业发展壮大的“店小二”和“服务员”。接下来要在政治引领上下功夫，深入开展“浙商永远跟党走”理想信念教育；要在“服务”上下功夫，积极投身光彩事业，发扬新时代“永商精神”；要在“联”字上下功夫，认真当好民营企业“娘家人”。

承担社会责任，主动担当作为，自然要从办好自己的企业、发挥自身的优势上做起。对此，徐步云有着极其清醒的认识。从根本上说，他是一名优秀的企业家，一位对社会发展抱有极大热情、愿意奉献的企业家，他把主要精力投注在企业经营发展上，全力打造“百年步阳”。

2022年7月9日，步阳集团年中工作会议召开，徐步云对本年度上半年的业绩进行了总结，并指出了存在的问题：“要积极查找上半年出现的各类问题，分析市场形势，明确公司各项目标，雷厉风行地改进，绝对不能得过且过。不能因为业绩呈现出表面的光鲜，就忽略了那些久治不愈的痼疾。目前形势的严峻程度超出想象，我们不能没有忧患意识，头脑始终要清醒，措施要有针对性地出台。就在6月，花了6天时间，我横跨了半个中国走市场，给经销商鼓劲，要求经销商放开手脚多接单；今年在给经销商16条优惠措施的同时，又新增了8条实实在在的措施。”

徐步云认为，2022年是步阳集团成立30周年，又是步阳发展的重要节点，稳健发展关系到今后一个时期步阳的发展趋势，甚至关系到“百年步阳”的实现。7月是承上启下之月，既要总结上半年，也要开启下半年。“下半年，各项重点工作必须加快推进，要通过管理增效，推动企业高质量发展，不断创新产品，提升市场竞争力。同时要积极推动大数据改革，动员大家扎实苦干、奋勇争先、苦练内功。面对困难，全体步阳人一定要坚定信心，勇担重任，逆势创赢。”

“培养一批人才，培育一个市场，铸就一个品牌”，即便是在遥远的未来，这依然是“百年步阳”的目标。

“你要问我接下来一段时间，步阳的工作任务是什么，将围绕哪几个方面重点突破，我可以简单地归纳一下。一是提振信心。不管危机多重，我们对市场的信心不能丢，步阳人的精神不能丢，危机中肯定有机遇。越是形势严峻，步阳人越应该保持足够的勇气和信心，战胜困难，迎接挑战，赢来成功。

“二是调整结构。要不断调整产品结构，增加产品门类，寻找新的市场增长点，比如以往我们对管道井门（工程管井门）销售不够重视，只作为附带产品。其实一幢大楼里这类门的数量比进户门的数量还要多，我们要把这一类门作为重要的产品来开发。步阳智慧门业研究院还设计了多款新型的管道井门，作为市场增量产品之一。

“为满足经销商各种需求，在工程门方面，步阳又开发了一款‘安顺门’，精品门方面增加了一款‘祥升门’。为庆祝步阳集团成立30周年，还隆重推出30周年纪念款‘新星门’，采用现代流行基调，结构独特，插入式钢槽，智能锁配置，上有‘步阳30年’标识，目前已闪亮登场，将进行大规模销售。同时，将继续加强SMIED专卖店建设，满足步阳众多专卖店的需求，加大零售高端门业务的拓展。

“三是管理创新。主要工作任务是实行产品经理区域负责制，改变以往业务员产品分类单一的情况。下一步将进行优化组合，提高业务人员的综合素质和服务能力，减少重复出差，降低费用。另外还将建立和推行‘日事日清’制度。

“在提高工作效率方面，将充分利用数字化平台，建立各销售办事处周会制度。每周初，销售办事处经理必须召开所在省份经销商视频连动会议，每周六晚上各销售办事处经理必须参加公司视频直播会，通过视频会议进行互动，交流信息，交流经验，传达公司精神，提升各销售办事处的综合业务能力。

“四是提高服务水平。今后将进一步提升成品库的服务，尽管装货慢的被动局面已有根本性的好转，但在大非标门、个性化门多的情况下，要加强另单托运，尽量满足经销商的需求。要提高服务质量，步阳要做的事情还有很多很多。”

这既是2022年下半年及接下来几年的工作任务及工作重点。事实上，生产能力要不断增强，产品质量要步步提升，销售生产要步调一致，关键是要造就一支素质优良、敢打敢拼的步阳人队伍，继续发挥好步阳人的团队精神。这也是打造“百年步阳”的重中之重。

令人振奋的是，如今，经过多年锤炼，担任步阳集团总经理的徐璟珺已经逐步挑起了步阳集团经营发展的大梁。她曾在国外学习金融和管理，学养深厚。在父亲身边耳濡目染，她早已深谙企业经营的诸多奥秘。她有着强烈的创新意识和极强的创新能力，担任总经理一职后，推出的多项数字化管理措施实效明显，企业经营更合乎时代发展的节奏。让徐璟珺挑起大梁，逐步完成接班，这是徐步云的成功手笔，步阳的经营发展后继有人，这是“百年步阳”远大目标最终实现的根本保证。

2022年11月5日晚，在步阳集团成立30周年庆典暨第20届步阳文化节文艺晚会上，徐步云董事长在致辞中说：“30年，弹指一挥间，过去的辉煌已成历史。30年，是步阳发展的一个重要里程碑，未来发展路，还很长，很远，还需全体步阳人的精诚团结，共同努力，继续去探索，去追求，还需社会各界的大力支持。我们秉承‘步阳与社会共同发展，步阳与市场共同发展，步阳与员工共同发展’的宗旨，在中国特色的新时代，中国式现代化的新征程道路上，栉风沐雨、砥砺前行，我们‘铸百年步阳’的愿景一定会实现!”

也就是在这场文艺晚会上，徐步云董事长亲手将象征着接力发展的火炬，交给了徐璟珺总经理。当两人高高举起火炬时，全场顿时发出长时间掌声。

步阳集团的这一次火炬接力活动，是为了庆祝集团成立30周年而举办的。火炬火种采自步阳集团的前身城中铸造厂原址，点燃后，火

步阳30年薪火相传

炬接力团队从步阳广场出发，又接续传递全国四大生产基地、26个销售分公司、10大仓储中心，最后返回永康，在步阳文化节文艺晚会现场交给徐步云董事长，再由他传递给徐璟珺总经理。长达1个月时间的火炬接力传递活动，同时也表明步阳集团将继续胸怀“产业报国、实业强国”的强企理念，披荆斩棘、自强不息，谱写“产业报国、勇于创新、敢闯敢拼”新篇章。

“山随平野尽，江入大荒流。月下飞天镜，云生结海楼。”舟行江中，关隘已过，青山渐渐消失，平野一望无边。长江滔滔奔涌，流入了广袤荒原。此时，月映江面，犹如明天飞镜；云彩升起，变幻无穷，结成了美丽的海市蜃楼。这是李白追求的境界，通过一段艰难的旅程后终于化梦为实，他的欣慰和愉悦无以言表。

把求真务实作为步阳人的价值观，把拼搏精神作为步阳人的行动力，把创新理念作为步阳人的前进方向。连续17年蝉联安全门行业产销量领先，是安全门行业中第一家同时获得中国名牌、国家免检、中国驰名商标等荣誉的企业，是荣获375项国家专利、128项国家级省级质量奖、拥有各类优秀奖项最多的安全门企业……实力非凡的步阳集团，在接下来的30年、50年、70年中，怎么可能不创造一个又一个新的辉煌？我们有充足的理由热切地期待。

领先全球行业，领跑“中国制造”，永远是“百年步阳”的奋斗目标。

步阳步阳，越做越强！步阳步阳，永创辉煌！

后　记

从事报告文学创作以来，关注经济发展，叙写企业经营历程，记录企业家克服种种困难、持续创业创新的故事和奋斗历程，是笔者的一大重点任务，并已写了多部同类报告文学作品。笔者向来对那些甘于吃苦、无惧挫折、勇于探索的企业家怀有敬意。他成功，光彩耀眼，但其走过的路必定泥泞崎岖，其身上的衣服必定曾被荆棘划烂。我们会为他能在激流中挺立这么多年惊讶，因他初心不变、义无反顾而感到钦佩。把笔端伸向这样的描摹对象是值得的、应该的。他们以毕生的努力，改变了自己与世界、与命运的关系，创造财富，推动社会进步。文学没有任何理由忽略或漠视他们。

徐步云是在改革开放的社会发展背景下，从永康这片商贾沃土上成长起来的优秀企业家。凭着聪明才智，凭着咬紧目标、吃苦耐劳的意志，以及越挫越勇、敢于竞争的胆魄，他在云诡波谲的商海左冲右突，杀出了一条“血路”。他投身安全门制造并非最早，却能赶超同行，成为业界翘楚，其艰苦的历程及辉煌的业绩听来令人动容。说他是一位新时代成功企业家的典型自然名副其实，称他为战胜了并且还将继续战胜无数艰难险阻的拼搏者似乎更加准确。从无到有、从有到强的步阳集团如今已是中国首屈一指的安全门生产企业，但徐步云依然怀有远大目标，即打造“百年步阳”，努力垒筑起一座民族工业的巍峨大厦。当对徐步云的了解越来越深入、越来越透彻时，笔者深切地感到，把他作为一部叙写中国民企发展历程的报告文学的主人公，是合适的，在步阳集团成立30周年这一难得的节点创作出版这部作品，是极有意义的。在本作品中，笔者只集中描摹了一位成功的企业家，只把焦点对准了步阳集团，但其实徐步云和步阳集团已被赋予了样本意义，透过对这一样本的展示和分析，我们的领悟、获得的启示必然多多。

在写作本作品的过程中，笔者得到了多方人士的大力支持。永康市人大常委会副主任章锦水是一位文化学者，对永康人文历史和经济发展有着全面系统的了解，他不仅向笔者提供了零距离接触徐步云董事长的机会，为本作品的采访写作穿针引线，还提供了诸多极其有用的采写思路。徐步云董事长十分支持本作品的采写，接受了笔者长时间的采访，并亲自协调布置采写事宜。副总裁陈江月、总经理徐璟珺在接受笔者采访的同时，为本作品的写作提出了诸多宝贵建议。集团副总经理程明松策划、安排了本作品的采访写作，提供了大量的珍贵资料，并审阅了作品全稿。副总经理朱宁、董事长助理蒲万毅以及步阳集团总部各部门负责人、各地销售办事处经理、步阳集团老员工、业务骨干及相关人员接受了笔者的采访，中国建筑金属结构协会会长郝际平欣然为本书作序，在此一并表示感谢。还要感谢浙江人民出版社副总编辑郎震邦及编辑的辛勤付出，使本书能在较短的时间内完成编辑出版。在写作本书过程中，笔者参照了步阳集团的历史文件、规章制度、业务报表、媒体报道等大量资料，书中所有照片均由步阳集团提供。

“未来将属于两种人：思想的人和劳动的人。实际上这两种人是一种人，因为思想也是劳动。”这是法国作家雨果说的。不乏睿智、劳作不息的步阳人已经瞄准了未来，更艰巨的任务还在后面，更辉煌的成果必然会到来，我们有足够的能力和自信，创造新的奇迹，把握明天。

孙 侃

2022年9月于杭州复和居

图书在版编目（CIP）数据

云起 / 孙侃著. — 杭州 ：浙江人民出版社，2023.4

ISBN 978-7-213-10833-4

Ⅰ. ①云… Ⅱ. ①孙… Ⅲ. ①报告文学-中国-当代 Ⅳ. ①I25

中国版本图书馆CIP数据核字(2022)第223514号

云起

孙 侃 著

出版发行 浙江人民出版社（杭州市体育场路347号 邮编 310006）

市场部电话:(0571)85061682 85176516

责任编辑 郦鸣枫 鲍夏挺

责任校对 戴文英 姚建国

责任印务 幸天骄

封面设计 王 芸

电脑制版 杭州兴邦电子印务有限公司

印 刷 浙江海虹彩色印务有限公司

开 本 710毫米×1000毫米 1/16

印 张 25.75

字 数 282千字

插 页 6

版 次 2023年4月第1版

印 次 2023年4月第1次印刷

书 号 ISBN 978-7-213-10833-4

定 价 65.00元